도
향

사랑, 그 설렘에 취하고 향기에 물들다.

도
향

사랑, 그 설렘에 취하고 향기에 물들다.

달콤하게
혹은
유치하게

달콤하게
혹은
유치하게

초판 1쇄 찍음 2012년 11월 19일
초판 1쇄 펴냄 2012년 11월 21일

지은이 | 박윤애
펴낸이 | 정 필
펴낸곳 | 도서출판 **뿔미디어**

편집장 | 이재권
기획 · 편집 | 심재영, 손수화
편집디자인 | 이진선
관리 · 영업 | 김기환, 임순옥

출판등록 | 2002년 9월 11일 (제1081-1-132호)
주소 | 부천시 원미구 상3동 533-3 아트프라자 503호 (우)420-861
전화 | 032)651-6513 / 팩스 | 032)651-6094
E-mail | dahyangs@naver.com
카페 | http://cafe.daum.net/dahyangs

값 9,000원
ISBN 978-89-6775-032-9 03810

달콤하게 혹은 유치하게

박윤애 장편 소설

DAHYANG ROMANCE STORY

contents

프롤로그

탁!

윤 회장이 갈색빛이 도는 양주를 단번에 들이키자 김 실장이 기다렸다는 듯 잔을 채웠다. 바닥에 깔려 있던 얼음 덩어리들은 금세 수면 위로 떠올라 둥둥 떠다녔다. 과한 행동이나 굳이 거친 말을 하지 않더라도 잘 마시지도 못하는 술을 마시며 발개진 윤 회장의 얼굴만 봐도 소진은 알 수 있었다. 지금 아버지가 '어떠한' 일로 무척 노여워한다는 것을 말이다. 그 어떠한 이유가 유감스럽게도 바로 자신이라는 것을 알기에 소진은 당장 아버지의 노여움을 풀어줄 만한 방법을 30초 안에 강구해야 했다.

서재로 들어오기 10분 전까지만 해도 별반 다를 것이 없었던 것은 아버지의 술수였다는 생각에 분노가 치밀기도 전에 소진은 등줄기에 땀이 나기 시작했다. 갑작스러운 상황 때문인지, 아직까지 사태 파악이 덜 된 것 때문인지 비상하던 소진의 머리는 건전지가 다 된 리모컨처럼 작동하지 않았다.

"김 실장."

살짝 취기가 오른 얼굴이었지만 목소리만큼은 어느 때보다 무게감이 있었다. 소진은 이번에 어떤 불호령이 떨어질지 잔뜩 긴장한 채로 어깨에 메고 있는 가방끈을 부여잡았다. 윤 회장의 부름에 김 실장은 소진이 매고 있던 가방을 빼앗더니 가방 안에서 여권과 비자를 챙겼다.

"무슨 짓이에요!"

독기 어린 눈으로 김 실장을 노려보며 소리를 질러도 역시 소용없는 행동이었다. 김 실장은 곧바로 윤 회장의 뒤로 몸을 숨겼다.

"카드는?"

"예. 회장님."

김 실장은 좀 전에 소진에게서 빼앗은 가방에서 대범하게 지갑을 찾아 VIP 로고가 선명히 새겨진 카드 세 장을 신속히 챙겼다.

"아빠!"

소진이 울부짖었지만 윤 회장은 아랑곳하지 않고 김 실장에게 다음 명령을 내렸다.

"잘라 버려."

"안 돼!"

찢어질 듯 비명을 지르며 냅다 달려갔지만 김 실장은 준비해 둔 날카로운 가위로 카드 세 장을 순서대로 반 토막을 냈다. 우두둑. 카펫에 떨어진 반 토막이 난 카드를 망연자실한 얼굴로 소진은 바라보기만 할 뿐이었다.

"이젠 너 마음대로 하고 살아!"

"아, 아빠……."

"카드나 펑펑 쓰고 다니라고 미국에 보내준 줄 알아? 놀러 다니라고 보내준 줄 알아? 근본도 없는 놈팽이들 만나는 것도 모자라 술이나 퍼마시며 클럽이나 다녀? 하! 네 나이가 몇이야? 고작 스물여섯에 VIP 카드가 가당키나 한 줄 알아!"

평소에 소진이라면 눈에도 안 아플 하나뿐인 딸이었지만 지금 상황은 달랐다. 하나밖에 없는 자식이 웬수였다. 이렇게 크게 고함을 치며 집에서 나가란 말까지 하는 걸 보면 며칠 방에서 독수공방하며 반성을 해서 끝날 일이 아니란 것을 소진은 예감했다.

"짐 싸서 당장 나가! 아니, 쌀 것도 없겠네. 짐 가방 들고 당장 나가!"

"아, 아빠. 이 밤에 어딜 가라구!"

"그걸 내가 어떻게 알아? 꼴도 보기 싫으니까 당장 나가!"

"이렇게 쫓아낼 거 미국에서 왜 오라고 했대? 그냥 콱 미국에서 굶어 죽게 만들지!"

정신 차리지 못하고 윤 회장 앞에서 소진은 앙칼지게 쏘아댔다. 금이야 옥이야 하나뿐인 딸에 대한 애정이 조금이라도 남아 있는 아버지라면 분명 백기를 들리라.

"미국? 너한테는 미국도 과분해. 너는 이라크나 이란 같은 곳에 가서 눈물 쏙 빠지게 고생 좀 해야 정신 좀 차리지."

"그렇게 내가 이라크 가서 고생하는 게 아빠 소원이야?!"

"거기 가서 정신머리를 고칠 수만 있다면 이라크, 이란이 아니라 더한 곳도 보낼 수 있다. 크흠!"

"알았어! 가면 되잖아!"

설마 그 위험천만한 곳에 보내겠어? 라는 자신감과 오만에 소진은 주워 담지 못할 말을 뱉곤 캐리어를 들고 윤 회장에게 등을 돌렸다. 분명 붙잡을 거다. 딸을 그런 곳에 보내놓고 두 다리 뻗고 태평하게 주무실 양반이 아니다. 확신에 찬 그녀의 예감과 적중은 빗나간 적이 없었다.

한 걸음.

두 걸음.

세 걸음.

붙잡아야 하는데. 소진아! 라고 부르며 붙잡으러 달려올 때가 되었는데. 뒤에서 아무런 인기척 소리가 들리지 않자 소진은 점점 불안해지기 시작했다.

그리고 서재 문고리를 막 잡았을 때였다.

"김 실장."

그럼, 그렇지. 소진은 잠깐 동안 졸였던 마음을 쓸며 김 실장이 붙잡으러 오길 기다렸다. 그런데 김 실장은 소진을 붙잡기는커녕 무언가를 조심스럽게 내밀었다. 그것을 제 눈으로 확인한 소진의 얼굴은 사색이 되었다.

"정말 가라고?"

김 실장이 건넨 여권을 망연자실한 얼굴로 바라보다 소진은 그 뒤로 보이는 확고한 윤 회장을 얼굴로 시선을 던졌다.

"네가 네 입으로 간다고 했다. 성인이면 자신이 내뱉은 말 정도는 책임질 줄 알아야 한다고 생각되는구나."

"이라크 말고 다른 데 가면 안 될까? 파리나 독일…… 음, 그리스나……."

"누가 여행 보내준대? 아직도 정신을 못 차렸구만!"

"그, 그럼 진짜 이라크에 보낼 생각이었어?"

"애비가 언제 허튼소리 하는 거 봤어?"

잠깐 잊고 있었다. 윤 회장이 얼마나 냉정하고 철저한 사람인지를 말이다. 입 밖으로 내뱉고 한 번 정한 일은 반드시 실행에 옮기는 아버지였다. 그 예로, 집에서 나가는 날엔 삭발을 해 버릴 거란 윤 회장의 말을 무시한 채 클럽에서 놀다 걸려 윤 회장의 전용 미용사에게 숏커트로 머리를 잘린 적이 있었다. 그래도 그 후로 몇 달 근신한 끝에 윤 회장의 노여움이 풀어지지 않았던가. 분명 이번에도 손이 발이 되도록 빌며 한 방울의 눈물이면 용서해 줄지도 모른다.

"아빠, 내가 잘못했으니까 이라크에 보내는 것만 하지 마라. 응?"

바닥에 무릎을 꿇고 소진은 곧장 실행에 옮겼다. 눈물을 가득 담은 눈으로 최대한 불쌍한 표정으로 윤 회장을 바라보았다.

"김 실장! 어서 안 내보내고 뭐해!"

"아, 아빠! 나 이라크 안 갈래!"

"아가씨, 일어나십시오."

캐리어를 대신 제 손에 쥐곤 김 실장이 무릎 꿇고 윤 회장에게 빌며 발악하는 소진의 팔을 잡아당겼다.

"안 갈 거라구요! 아빠, 뭐라고 말 좀 해보세요!"

김 실장의 손을 뿌리치며 발악하는 소진을 윤 회장은 노여움 가득한 얼굴로 바라보다 한마디 했다.

"저거 빨리 치워."

26년간 알고 지내던 아버지가 맞나 싶었다. 눈물을 흘려도 발악을 해도, 그리고 떼를 써 봐도 씨알도 먹히지 않았다. 오히려 백기를 들어야 할 쪽은 자신이라는 것을 소진은 그제야 뒤늦게 깨달았다.

"아빠, 잘못했다니까. 응? 정말 내가 잘못했다구요."

이라크에 간다는 것은 그야말로 죽느냐, 사느냐 하는 생명과 직결된 문제였다. 그녀가 지금까지 아버지에게 내려진 '생계'와는 차원이 달랐다.

"잘못하긴 네가 뭘 잘못해! 반성은 이라크 가서 잘하고 와!"

"앞으론 정말 카드도 안 쓰고 유학이라는 핑계 대고 외국에 놀러 다니지 않을게요! 근본도 없는 놈팽이 안 만나고 아버지가 지어준 짝 만날게요. 그니까 제발 이라크에 보내지 마세요!"

아량이라곤 눈곱만큼도 없는 김 실장은 정말 그녀를 이라크에 보내려고 안달난 사람처럼 팔을 끌어당겼다. 이라크에 가라는 아버지보다 나가라고 팔을 잡고 집요하게 늘어지는 김 실장이 더 얄미웠다.

"외쿡 나가는 거 좋아하니까 이참에 한 몇 년 이라크 가서 반성하고 와."

"집에서 반성하면 안 될까? 지금도 충분히 반성하고 있고 이젠 정말 아빠가 하라는 대로만 하고 살게. 응?"

질질 김 실장의 손에 끌려 몸은 밖에 얼굴만 내민 채 소진은 윤 회장에게 끝까지 매달렸다.

"김 실장, 잠깐."

아버지의 허락이 떨어지자 소진은 다시 서재로 들어와 숨을 골랐다. 정말 이라크에 가야 하는 줄 알고 얼마나 놀랐던가. 그저 겁만 주려던 것이 분명하다.

"그럼 앞으로 네가 먹고 쓰는 돈은 알아서 벌어."

"아빠, 나 보고 돈을 벌라니?"

"너도 이제 성인이니까 네 앞가림 정도는 하란 말이다. 지금까지 너한테 들어간 자금은 갚으라고 하지 않을 테니 앞으론 절대 원조를 바라지 말거라."

끙. 앓는 소리가 저절로 입에서 흘러나왔다. 이라크에 가지 않는다고 한숨 돌림과 동시에 또 다른 시련이 닥칠 줄은 소진은 꿈에도 생각지 못했다.

"십 원도 애비한테 바라지 말거라."

"아, 아빠."

"네가 알아서 돈을 벌어. 사지 멀쩡한데 돈 벌 데가 없겠어?"

사지만 멀쩡하면 뭐합니까? 할 줄 아는 게 없는 걸요.

"그, 그런데 일할 데가 없어요."

"내일부터 당장 회사에 나와!"

1.
서프라이즈를 만나다

"웩. 웩."

소진은 버스에서 내리자마자 전봇대를 붙잡고 오바이트를 했다. 안쓰러운 얼굴로 김 실장이 소진의 등을 쓸어주긴 했지만 이미 아침에 먹은 걸 게워 낸 후였다. 버스 정류장에 쓰러지듯 주저앉은 소진은 이마를 짚었다.

"아가씨 괜찮으십니까?"

"무슨 버스 기사가 운전을 이따위로 해요? 누가 보면 레이스 나가는 줄 알겠어요! 그런데 나 보고 저 버스를 타고 출근하라고요?"

"아까 말했다시피 회장님."

"아, 똑같은 말할 거면 차라리 말을 말아요."

기계처럼 회장님 명령이라는 같은 말만 되풀이하는 김 실장을 보며 도망갈 구실 하나는 제대로 물었다는 생각을 떨쳐 버릴 수가 없었다. 소진은 저질 승차감을 제대로 몸소 느끼게 해준 버스를 떠올리자 또다시 속이 울렁거렸다.

"그런데 아가씨, 지각입니다. 어서 회사에 들어가 보는 게……."

"누가 안 간대요? 지금 얼굴 창백한 거 안 보여요?"

어떻게든 출근하는 것만큼은 막아보려고 버스에서도 오바이트 하는 시늉까지 했지만 김 실장에겐 별 효과가 없었다. 오히려 창백한 소진의 얼굴을 보고서도 출근하라고 재촉해대니 말이다.

경쟁하듯 높이 솟아 있는 빌딩 중 단연 돋보이는 건 농인식품 빌딩 사옥이었다. 결국 이렇게 대형 사고를 칠 줄 알았다. 김 실장을 붙여주곤 출근하는 딸을 내다보지 않는 아버지의 매정함에 소진은 눈물이 날 지경이었다.

거기다…….

「네가 내 딸이란 건 서 이사밖에 모르니 회사에선 애비 딸이라고 하지 말거라.」

회장의 골칫거리 딸이라는 신분이 사람들에게 탄로되는 날엔 당장 짐 싸들고 이라크 갈 준비하라고 단단히 으름장을 놓은 윤 회장의 협박에 소진은 자신이 알던 아버지가 아님을 깨달았다.

그래, 이왕 이렇게 된 거 까짓것 버텨보지 뭐. 서 이사든, 김 이사든 다 오라고 해.

"서 이사라고 했던가요?"

"네. 아가씨."

"어떤 사람이에요?"

"꽤 미남입니다."

소진은 김 실장이 이토록 이해력이 떨어지는 사람인 줄 처음 알았다. 그저 자신이 상대하기 어떤 사람이냐는 질문을 이렇게 이해할 줄이야.

"누가 잘생겼냐고 물었어요?"

"아……. 그게 아가씨와 비슷합니다."

"좋은 쪽으로요?"

김 실장은 끝내 소진의 물음에 대답하지 않았다.

"직접 보면 알겠지, 뭐."

난 절대 이라크에 가서 아까운 목숨을 잃지 않을 것이다. 상대방의 정보가 없으니 어떻게 대처해야 할지 소진의 머리가 돌아가진 않았지만, 한 가지 확실한 것은 간이 배 밖으로 나오지 않은 인간이 아닌 이상 회장 딸에게 함부로 대하진 못할 것이라는 사실이었다. 빌딩 회전문을 지나 엘리베이터 앞까지 도착한 소진은 눈앞에 써 붙여진 종이를 눈을 크게 뜨고 또박또박 읽었다.

"고장. AM11시부터 작동 가능하오니 불편하시더라도 계단을 이용해 주시기 바랍니다……라니?"

어쩜 이렇게 안 좋은 일이 기가 막힌 타이밍에 약속이라도 한 듯 한꺼번에 몰아칠 수 있을까. 엘리베이터를 타자고 두 시간을 기다리자니 제아무리 윤소진이라도 못할 짓이었다. 그렇다면 8층까지 비상계단으로 올라가는 수밖에 없었다.

한 계단.

두 계단.

세 계단.

내가 이렇게 운동 부족이었던가. 헉헉, 누가 들으면 오해할 만한 거친 숨을 몰아쉬며 소진은 계단을 오르다 말고 숨을 고르고 있었다. 다시 계단을 오르는데 평소엔 없던 현기증이 소진은 괴롭혔다.

"망할 회사. 어떻게 출근 시간에 엘리베이터가 고장이 나냐고!"

온갖 투덜거림을 동반하며 소진은 힘겹게 8층에 도착했을 땐 알싸한 통증이 발목에 전해지고 있었다. 그래도 소진은 아픈 내색하지 않고 또각또각, 더욱 힘차게 발을 내딛으며 홍보팀 이사실 문을 열었다.

"윤소진 씨, 왔으면 들어오십시오."

안에서 들려오는 젊은 남자의 음성에 소진은 고개를 갸웃거리며 손잡이를 돌려 안으로 들어갔다. 소진은 당황한 얼굴로 서류를 보고 있던 준을 바라보다 뒤늦게 준의 시선과 마주치자 고개를 까닥했다. 속으론 거침없이 쾌재를 부르고 있었다.

뭐야, 머리가 홀러덩 벗겨진 50대 정도 되었을 줄 알았더니 완전 젊잖아?

"처음 뵙겠습니다."

"앉아요."

그의 허락을 기다린 것도 아닌데 소진은 준의 허락이 떨어지기가 무섭게 소파에 앉았다. 그제야 계단을 올라오면서 느꼈던 발목의 고통에서 해방되는 기분이었다.

"이미 회장님께 들었겠지만 홍보팀 이사 서준이라고 합니다. 오늘부터 윤소진 씨는 제 비서로 일하게 될 겁니다."

"네. 알고 있어요."

아직까진 그저 신사다운 모습으로 자신에게 친절하게 말을 건네는 모습에 김 실장의 정보가 좋은 의미임을 깨달았다. 30대 중후반 정도 되어 보이는 젊은 이사라니. 거기다 목소리 또한 매혹적이고, 외모도 나쁘진 않았다. 이 정도면 알아서 구워삶고도 남을 수 있을 것 같다는 자신감에 소진은 두 번째 쾌재를 불렀다.

　"한 가지 정확하게 짚고 넘어가야 할 게 있는데 여긴 직장이고 난 윤소진 씨 상사니까 앞으로 어떠한 경우에라도 내 명령에 따라야 할 겁니다. 이미 회장님께도 약속받았고, 난 대충이나 은근슬쩍이란 단어를 아주 싫어하니 '적당히' 하려고 하지 않는 게 좋을 겁니다. 여긴 윤소진 씨가 적당히 즐기는 놀이터가 아니란 것을 인지하며 '즐거운' 직장 생활이 되길 바랍니다."

　……즐거운 직장 생활?

　고른 앞니를 드러내며 미소까지 보이는 준의 여유에 소진은 호락호락한 상대가 아님을 깨달았다. 얼굴을 대면하자마자 자신의 속내까지 간파한 사람이라니. 소진은 그의 미소에 상응하는 과한 미소를 띠며 대답했다.

　"적당히 할 생각은 나도 없어요."

　"그러면 다행이고. 공과 사는 엄격히 구분해서 난 윤소진 씨를 내 부하 직원으로 다른 사람들과 똑같이 대할 생각인데. 윤소진 씨 생각은?"

　이 남자 앞에선 농인식품의 오너 딸이란 타이틀도 부질없는 듯했다. 소진의 표정이 탐탁지 않자 준은 기다렸다는 듯 대신 말을 이었다.

　"마음에 안 들면 딴 데 가서 일해. 안 그래도 구인공고 올린 지한 시간 만에 쌓인 이력서만 해도 어마어마하니까. 여기서 일하려고 아까운 스펙 쌓은 취업 준비생들이 얼마나 많은데? 회장님께는 내가 잘 말해 둘게."

언제부턴가 기분 나쁘게 말을 턱 놓는가 싶더니 자신의 머리 꼭대기에서 조롱하는 것 같았다. 그의 말을 대략 한마디로 정리하면 '그럼 그렇지.' 라고 비웃고 있었다. 소진은 당장 자리를 박차고 일어나고 싶었다.

하지만 현실은……

"공과 사 엄격히 구분하는 거? 나쁘지 않죠. 나도 원하는 바예요."

"그래도 근본은 된 모양이네."

그럼 내가 근본도 틀려먹었다는 거야, 뭐야?

"내가 경우 없는 사람은 아니거든요."

거기다 '그래도' 라는 수식어가 미심쩍게 기분이 나쁜 건 기분 탓이겠지, 애써 위로하는데.

"내가 제일 싫어하는 사람이 무례하고 경우 없는 사람이거든. 다행이군."

지금 무례하고 경우 없는 사람이 누군데? 본인이 그쪽에 속하는 거 알고나 하는 말인가 싶었다. 잘 차려입은 슈트에 말끔하지만 차가운 인상이 시니컬해 보이는 것까진 정상인처럼 보이는데 말을 섞으면 섞을수록 기분이 점점 불쾌해진다. 순간 소진은 김 실장의 얼굴이 떠올랐다.

"……김 실장."

소진은 그제야 김 실장의 말이 좋은 뜻이 아님을 깨닫고 어깨를 바르르 떨며 독을 품은 목소리로 나지막이 중얼거렸다.

도대체 어디가, 어떤 모습이 나랑 똑같다는 거야? 예의 없고 무례하고 경우까지 없고. 거기다…….

"회사 출근 시간 알고 있겠지? 첫 출근에 한 시간 지각이라? 간이 배 밖으로 나 온 거야, 아님 개념이 없는 거야? 다른 사람 같았으면 바로 아웃이야. 발에 치이고 넘치는 게 취업 준비생인데 뭐하러 아까운 한 시간이나 낭비해? 윤소진 씨, 외국에서 그만큼 생활했으면 언어 능력이 원어민 수준 정도 되어야 하는 거 아닌가? 정말 마음에 드는 구석이 하나도 없군."

……싸가지까지 없잖아.

보기 좋게 이력서를 던지듯 탁자에 내려놓곤 똥 씹은 얼굴을 일관하는 준의 시선과 쥐구멍이 없으면 쥐구멍을 만들어서라도 들어가 숨고 싶을 정도로 절박한 소진의 시선이 마주쳤다. 자존심은 밟힐 대로 밟히고 씹힐 만큼 씹힌 소진은 준에게 받은 수모를 참을 수 있는 한계에 다다르고 있었다. 그녀의 손은 백의 손잡이가 떨어져 나갈 기세로 쥐고 있었다.

"잘할 수 있겠어?"

'내 밑에서'라는 말이 함축되어 있는 질문에 소진은 자리를 박차고 일어나고 싶었다. 머리는 당장 일어나 서 이사라는 인간에게 물 한 잔 시원하게 뿌려주고 나오라고 지시하고 있는데 정작 몸은 석고상을 바른 것처럼 빳빳하게 굳어 있었다. 어제 한바탕 난리가 났었는데 이대로 나간다면 소진은 산송장을 치고도 남을 것이 분명했다.

"돈 받았어요?"

소진의 뜬금없는 질문에 준은 그게 대답이냐는, 조금 황당한 얼굴을 했다.

"울 아빠한테 돈 받았냐구요."

"그게 대답인가?"

"아뇨. 질문이요. 혹시 아빠가 나 막 괴롭히고 사람 만들라고 돈 같은 거 주지 않았어요? 아님, 나 채용하는 조건으로 받았다던가."

하, 하고 준의 입에서 짧은 웃음이 터져 나왔다.

"내가 돈 필요해 보여?"

"돈 필요한 사람이 얼굴에 써 붙이고 다녀요?"

"그런데 왜 사람들은 노숙자들을 잘만 피해 다닐까?"

"난 피한 적 없어서 잘 모르겠는데요?"

"그럼 내가 그렇게 도덕적으로 깨끗하지 못한 사람으로 보여?"

음, 하고 잠시 생각에 잠긴 소진은 글쎄요, 하고 무심한 얼굴로 대답했다. 상대방의 기분 따위는 안중에도 없는 표정이었다. 그저 속으로 이 인간은 초면부터 날 못 잡아먹어서 안달난 사람처럼 으르렁거리는지 그게 불만이었다. 이유도 없고 누군가에게 사주 받은 것도 아니라면 적당히 하고 넘어가면 안 되는 것인가. 어찌 되었건 조직으로 따지자면 엄연히 오너의 딸인 자신이 한 수 위인데 말이다.

"뭐 돈 받았다고 도덕적이란 말까지 운운할 필요 있나요? 본인만 양심의 가책을 느끼지 않으면 되는 거지."

정작 본인은 대답도 하지 않았는데 윤 회장에게 돈을 받은 걸로 '확실'시 된 상태였다. 거기다 병을 준 사람이 약까지 얹어주고 있으니 준은 환장할 노릇이었다.

"그럼 뭐 회장님은 한낱 이사라는 인간과 뒷거래를 한 파렴치한 사람이 되는 거군."

"파렴치?"

"윤소진 씨 말 대로 회장님께서 나에게 돈을 주고 내가 받았을 경우 말이지."

"겁도 없이 누구더러 파렴치한 사람이라는 거예요?"

발끈한 소진이 눈에 불을 켜고 준에게 따졌다.

"정말 그런 것도 아닌데 왜 흥분하고 그래?"

"누구 덕에 월급 받는데 파렴치라니요?"

"소처럼 일하라는 회장님의 가슴 뭉클한 사훈 덕분에 직원들이 소처럼 일한 덕분이지."

"지금 장난해요?"

어떤 회사 사훈을 그런 이상한 걸로 했을까 했는데 소진은 준의 책상 위에 붙여 있는 액자에 정확히 사훈이라는 글씨 밑으로 한 자 한 자 정성들여 쓴 붓글씨가 눈에 들어왔다.

……정말 아빠답다.

"사과해요. 울 아빠 모욕한 거."

"모욕은 윤소진 씨가 한 것 같은데. 나한테 돈 받았냐며. 머리가 그렇게 안 돌아가?"

"뭐요?"

"누구한테 뒤집어씌우려고. 어림없지."

자신만의 페이스를 철저히 유지한 채 준은 손바닥 위에서 소진을 쥐락펴락하며 가지고 놀고 있었다. 징글징글하게 부친 말은 안 들으면서 눈에 불을 켜고 사과하라고 따지는 모습이 참 가관이었다.

"에이씨."

더 이상 못 참겠다는 듯 소진은 자리에서 벌떡 일어났다.

"그럼 그렇지. 인내심은 제로. 능력은 꽝. 의지는 바닥. 뭐 하나 봐줄 만한 게 없네."

인정사정없이 짓밟힌 자존심에 소진은 눈물이 핑 돌았다. 따지고 싶어도 틀린 말은 아니었기에 따져봤자 추한 꼴만 보일 게 뻔했다. 다시 자리에 앉기도, 그렇다고 박차고 나갈 용기도 없어 소진은 자리에서 3초가량을 침묵 속에 서 있었다. 집으로 기어들어가는 날엔 아빠보다 더한 망할 김 실장이 자신을 짐 짝 치우듯 치워 버릴 것이란 걸 알기에 소진은 짓밟힌 자존심에도 반박할 수도 없이 자리에 앉았다.

"나 뭐하면 돼요?"

"일단 복사 좀 해와."

기다렸다는 듯 곧장 부려먹는 태도에 소진은 입을 삐쭉거리며 그가 건넨 서류 뭉치들을 훑어보았다. 63빌딩만큼은 아니지만 작정하고 쌓아 둔 것 같은 서류들을 보며 소진의 눈이 동그랗게 커졌다.

"저걸 다요?"

"지금 사무실에 있는 복사기는 고장 나서 안 되니까 1층 복사실에서 하면 돼."

"엘리베이터 고장 났던데……."

"알고 있어. 올라올 때 비상계단으로 올라오지 않았나? 이참에 운동도 하고 좋잖아."

자의적이 아닌 타의에 의한 운동은 필요 없거든요.

알고 있다는 말이 '그러니까 시키는 거야.' 라고 들리는 건 분명 곱지 않은 저 말투가 고의적으로 들리기 때문이었다. 얼굴 가득 불만을 노골적으로 드러내며 소진은 서류들을 양손으로 들곤 낑낑대며 준의 방에서 나왔다. 소진은 책상 위에 서류를 내려놓고 한눈에 보기에도 오래되어 보이는 복사기 전원을 켜 보았으나 윙 소리가 나며 켜지는가 싶더니 피슝, 바람 빠지는 소리를 내며 꺼져버렸다.

"에이, 고물!"

쾅!

힘껏 복사기 몸통을 발로 걷어차자 부품 하나가 삐걱 하며 떨어졌다.

"이거 A/S는 불렀어요?"

"부품 가져온다고 갔는데 여직 소식이 없군."

"이참에 새 걸로 바꾸면 안 돼요? 무슨 거지도 아니고 이런 고물을 아직까지 쓰고 있어요? 누가 보면 고물상에서 주워 온 줄 알겠네."

"윤소진 씨 첫 월급 타면 바꿔 주던가."

"벼룩의 간을 빼먹지. 양심도 없어요?"

이사씩이나 된 사람이. 소진은 서류 뭉치를 양손에 들곤 뒤뚱거리며 사무실에서 나가는 모습을 보며 준은 한숨을 내쉬었다.

"괜히 오케이 했어."

윤 회장의 부탁을 거절하지 못한 자신을 탓할 수밖에 없었다.

며칠 전, 윤 회장이 저녁이나 같이하자며 불러냈을 때부터 낌새가 이상하다 싶더니 역시 그랬다. 마시지도 못하는 술을 연거푸 마시는 걸 말리는 몫은 준이었다.

"무슨 일 있으십니까?"

걱정스러운 준의 물음에 윤 회장의 안색이 점점 안 좋아지더니 입을 열었다.

"누구 때문이겠나. 하나밖에 없는 골칫거리 때문이지."

"회장님……."

윤 회장의 하나밖에 없는 금쪽같이 아끼는 외동딸, 소진을 칭하는 말이었다. 거기다 윤 회장이 언급한 대로 엄청나게 말 안 듣는 골칫거리라는 것도 익히 들어 알고 있었다.

"내 자식이지만 정말 호적에서 파 버리고 싶을 때가 한두 번이 아니네."

"그럼 파 버리십시오. 그래야 정신 차립니다."

이게 아닌데…… 라는 표정으로 윤 회장이 확고한 표정으로 말하는 준의 얼굴을 바라보다 다시 말을 이었다.

"그래도 어쩌겠나. 엄마 없이 혼자 자란 가엾은 아이네. 다 철없이 만든 내 죄지. 안 그런가."

"이제부터라도 확실히 회장님께서 본보기를 보여주셔야 합니다."

"녀석만 보면 마음이 약해져서 내가 자식을 망쳐 놨네. 내 딸이지만 정말 어떻게 그런 자식이 나왔는지 내 속이 시커멓게 타서 재가 되었다네. 스물여섯이나 먹고 자기 밥벌이도 못하고 저렇게 철없어서 정말 걱정이야. 저렇게 세상 물정 모르고 카드나 써대며 외국 가서 명품이나 사오고 말이네. 드레스 룸이 무슨 명품 매장을 옮겨 놓은 것 같다니까. 무슨 자기 꿈이 세계 일주야? 뭘 그리 싸돌아 다녔는지 한국보단 외국 지리를 더 잘 알 정도야. 선뜻 나서서 공부한다고 할 때부터 알아봤어야 했는데."

"한잔 받으십시오."

저렇게 속상해 하는데 술을 마시지 못하게 말리는 게 죄스러워 준은 윤 회장의 잔을 채웠다. 탁, 하고 거칠게 윤 회장은 잔을 내려놓았다.

"내가 서 이사에게 부탁이 있네."

"무슨……."

"그 골칫거리 좀 맡아 주게."

"그게 무슨 말씀입니까?"

윤 회장의 말을 알아듣지 못한 준이 반문했다. 간절한 눈빛으로 윤 회장의 입술이 어렵게 열렸다.

"자네 비서 자리 공석인 걸로 알고 있네. 그 자리에 소진이를 채용해 주게나."

"회, 회장님!"

각 부서 부하 직원 채용에 관한 권한은 임원들에게 있었기에 윤 회장이 준을 따로 불러내 부탁하는 것이 그리 이상한 일이 아니었다. 거기다 자신의 딸임에도 나서서 적극 추천할 만큼 자질이 충분치 않다는 걸 알기에 준에게 부탁하는 이유였다. 그리고 오래된 자신의 벗의 아들이기기에 편히 이런 말을 나눌 만한 사람은 준밖에 없었다.

"내가 이렇게 부탁하겠네."

윤 회장은 준의 손을 잡고 간곡히 부탁했다. 따로 불러낼 때부터 눈치채고 거절했어야 했는데 준은 후회 막심했다. 억지로 자신의 손을 잡은 윤 회장의 손을 떼어내며 난처한 얼굴을 했다.

"내 나이도 몇인가. 내가 잘못되어도 혼자 자립할 수 있도록 해주고 싶네. 자식 걱정하는 애비의 마음을 알아주게."

"하지만……."

대놓고 그 녀석 흉을 보더니 채용을 하라니요.

"심성은 곧고 착한 애네. 말을 안 들어서 그렇지."

말은 안 듣는데 착한 애라. 앞뒤가 맞지 않는 진정성 없는 윤 회장의 논리에 준은 자신을 낚으려는 윤 회장의 속내를 간파했다.

"제가 어떻게 회장님 딸 소진이를 직원으로 삼을 수 있겠습니까."

"괜찮네. 눈물 쏙 빠지게 혼내도 되고 정 안 되겠다 싶음 그때 가서 생각해도 늦지 않지 않나. 자네가 그 녀석 사람 좀 만들어 주게."

부모 말도 안 들어 먹는 사람을 자신이 무슨 수로 사람을 만든단 말인가. 그렇다고 어릴 적 집안이 어려웠을 때 도와주었던 윤 회장의 부탁을 모질게 거절하자니 가만히 있을 부친이 아니었다.

"정말 괜찮겠습니까."

준이 뜸을 들이며 다음 말을 이었다.

"눈물 쏙 빠지게 혼내도 되고 제 마음대로 해도 되겠습니까? 다른 직원들과 똑같이 대해도 말입니다."

"그, 그렇다네."

왠지 준이 수락할 것 같아 다행이라고 생각하면서도 윤 회장은 준의 망설임 없는 말에 당황한 기색으로 떨떠름하게 대답했다. 그래도 속으로 정말 그렇게 하면 어쩌나 하는 걱정이 가득 했다.

"그럼 생각해 보겠습니다."

"고, 고맙네. 준아."

윤 회장은 이마에 맺힌 땀을 닦아내며 준의 표정을 살폈다. 지금까지 비서를 연속으로 세 번이나 갈아 치운 것을 떠올리며 '적당히' 좀 해주었으면 하는 바람이었다.

"마음에 안 들면 잘라도 되네."

"그럴 생각입니다."

확고한 준의 대답에 윤 회장의 얼굴은 사색이 되었다. 그렇게 며칠이 지나고 나서 어떻게 알았는지 부친에게서 전화가 걸려왔다. 서로 어려울 때 도와주어야 한다며, 윤 회장에게 받은 빚을 갚아야 한다고 했다. 이미 자신이 홍보팀 이사로 온 이유가 지난날의 빚을 갚기 위함이라는 것을 고새 잊은 모양이었다.

"그 부탁 들어주면 내가 당분간 결혼의 '결' 자도 꺼내지 않으마. 물론 선 자리도 네 엄마 시켜 알아보라고 하지 않는다. 약속한다."

이 일이 그렇게까지 중요한 거였나 싶었다. 준은 그래도 당분간 부모님의 등쌀에서 해방이 된다고 생각하니 더 고민할 가치가 없었다. 윤 회장도 자신의 마음대로 하라고 하지 않았던가. 철부지 아가씨가 그리 오래 버틸 거란 기대는 애당초 버린 셈이었다. 그리고 준은 '오랜만에' 만난 소진을 만난 후 윤 회장이 어떤 심정으로 자신에게 소진을 맡겼는지 조금은 이해가 되었다.

"도대체 어떤 십대를 보낸 거냐?"

철없고 개념 상실에 예의까지 없다니. 비주얼 빼고 있는 게 도대체 뭐야. 그리고 잊을 사람이 따로 있지.

"감히 날 잊어버려?"

♥ ♡ ♥

간이 배 밖으로 나온 사람이 있을 줄이야.

소진의 편이 없다, 없다 해도 '운' 까지 소진의 편이 아니었다. 이젠 소진도 체념하며 지나가는 직원이 알려준 대로 열심히 시작 버튼만 누르고 있었다. 어쩜 이렇게 종이가 잘 걸리는지 소진은 기계에 낀 서류를 빼내느라 정신이 없었다. 주어진 첫 업무를 오전 내내 복사실에서 끝낸 후 소진은 다시 서류를 들고 엘리베이터를 탔다. 8층에서 엘리베이터에서 내린 소진을 준이 기다리고 있었다.

"괜찮아요."

감격에 젖은 얼굴로 소진은 서류 더미를 들고 있는 팔을 앞으로 내밀었다.

이 사람 아주 나쁜 사람은 아니었나 봐.

"그래, 그럼. 책상 위에 올려놓으면 돼. 때 되면 알아서 점심 식사하고."

소진의 행동을 잘못 이해한 준이 서류 더미 위에 제 손에 있는 서류를 올려놓더니 무심한 얼굴로 열려 있는 엘리베이터 안으로 몸을 숨겨 버렸다. 아직까지 상황 판단이 서지 않은 듯 소진은 잠깐 동안 우스꽝스런 포즈로 서 있다 돌을 씹은 것처럼 일그러졌다.

"김 실장보다 더 나빠. 세상에서 제일 나쁜 인간."

어떻게 이 서류를 보고서 그 위에 더 얹어줄 기특한 생각을 했을까. 그냥 터져 나오는 건 웃음뿐이었다. 사무실에 들어와 신경질적으로 서류를 내려놓고 씩씩거리며 의자에 앉았다. 당신만 호락호락하지 않은 줄 알아? 나도 만만치 않거든!

복사해 온 서류에 스테플러를 찍는 손이 바쁘게 움직이면서도 그녀의 두뇌는 빠르게 회전하고 있었다. 어떻게 어떤 식으로 용의주도하게 그에게 '엿' 먹일지 말이다.

주차장에 있는 그의 차를 확 그어 버릴까. 비싸 보이는 슈트에 뜨거운 커피를 확 끼얹을까. 소진은 점심시간이 지나가는 줄도 모르고 깊은 생각에 잠겨 스테플러를 찍는 데 열중하고 있었다.

"윤소진 씨. 점심은?"

소진은 준의 목소리에 고개를 들곤 그의 얼굴을 빤히 바라보았다.

"점심……이요?"

"때 되면 알아서 먹으라고 한 것 같은데."

이게 오늘 처음 출근한 신입 사원에게 할 소리인가. 굉장히 무관심한 사람이네. 관심보단 무관심을 바란 게 사실이지만 첫 출근한 소진에겐 점심시간이 몇 시부터인지, 구내식당은 어디인지 알도리가 없었다. 소진의 표정에서 점심을 거른 걸 눈치챈 준은 안타까운 듯 말을 이었다.

"한 시까지야. 벌써 끝났군. 이거라도 마시던가."

100㎖ 우유를 책상 위에 올려놓곤 제 방으로 들어가는 준의 뒷

모습을 보던 소진은 짜증스러운 얼굴로 우유를 그대로 쓰레기통에 처넣었다. 기다렸다는 듯 준비해 온 우유에 절대 좋은 의미가 담겨 있을 리 없었다.

이런 식으로 나오시겠다? 그렇다면 그에 상응하는 보답을 해야 인지상정. 소진의 머릿속으로 꽤 재미있는 계획이 그려지고 있었다.

3시부터 회의 준비를 지시받은 소진은 회의실 책상 위에 음료수를 세팅하고 서류 준비를 마쳤다. 단, 준의 이름이 놓인 명패가 있는 자리엔 소진이 준비한 서류로 바꿔치기했다. 회의 자료 겉장엔 다른 자리에 있는 것과 같이 〈2012년 신제품 계획〉이라는 제목이 쓰여 있지만 과연 내용물까지 같을까?

……답은 아니올시다.

"회의 준비 다 마쳤습니다."

소진의 보고에 준은 하던 일을 멈추고 사무실에서 나와 회의실로 들어갔다. 준은 자신의 이름이 쓰여 있는 명패가 있는 자리에 앉아 회의가 시작하길 기다리고 있었다. 곧, 다른 부서 팀장급과 임원들이 들어와 자리를 차지하고 앉았다.

회의 발표를 할 생산관리부 부장이 앞으로 나와 발표할 준비를 하는 동안 준은 준비해 놓은 자료를 훑어보기 위에 제목 뒤로 종이를 한 장 넘겼다.

"……이게 도대체."

뭐하는 짓이지? 도대체 어떤 놈이 이딴 짓을?

다른 사람들의 표정이 초지일관 지루한 얼굴을 하고 있는 걸 보니 자신의 자료만 '바꿔치기'가 되어 있는 듯했다. 그렇다면 누군가 고의적으로 자신에게 보복을 할 작정으로 '성인 사진' 다시 말해 19금 노출 사진을 회의 자료랍시고 놓아 둔 것이었다. 다시 자료를 가져오라고 지시하기도 전에 불이 꺼지고 스크린 화면이 바뀌었다.

……이것 참, 하는 짓이 귀엽네. 킬링타임으로는 제격인 것 같은데 어디 볼까?

꽤 기대에 찬 얼굴로 서류를 한 장, 한 장 넘길 때마다 색다른 여자들이 비키니를 입고 섹시한 표정을 포즈를 취하고 있었다. 하지만 비키니 여자들은 조금도 준에게 즐거움을 주지 못했다. 준은 식상한 표정으로 남들이 보기에 회의 자료를 보다 말았다. 회의를 마치고 준은 꽤 재미있는 얼굴로 사무실에 들어와서는 서류를 펼쳐 19금 여자들의 사진을 소진을 향해 펼쳐 보였다.

"다음엔 다른 여자들로 부탁할게. 영 내 취향이 아니라서 말이지."

"네?"

"시도는 좋았는데 식상하다고."

당황한 표정을 보니 혹시나 했는데 역시 그녀의 짓이었다. 도대체 어떤 생각으로 이런 짓을 했는지 모르겠지만 나름 신선했다.

"이, 이사님."

상황을 어떻게든 모면해 보겠다고 울먹이는 소진의 표정에 준은 기가 막혔다. 마음 약한 윤 회장이었다면 못 이기는 척 그냥 넘어갔을 테지만 준은 달랐다.

"회장님과 같이 볼까? 회장님 취향이 있을지 모르겠는데."

"이, 이사님!"

"윤소진. 신선한 건 한 번뿐이야. 앞으로 꽤 재미있을 것 같다."

훅, 하고 숨을 들이쉰 소진은 당황한 기색이 역력했다. 듣던 대로 얼마나 윤 회장의 속을 썩이며 말썽을 피우고 다녔는지 준은 너무 빨리 알아 버렸다. 괜한 허세만 부릴 줄 알지, 배짱 없고 윤 회장의 이름만 올려도 사색이 되는 꼴을 보니 미국에서 붙잡혀 와 어떤 꼴을 당했는지 짐작할 만했다. 준은 경고를 한 뒤, 벙 쪄 있는 소진을 뒤로한 채 방으로 들어갔다.

2.

순정남……은 개뿔

왈, 왈, 왈!

알람보다 한 시간이나 먼저 개 짖는 소리에 어렴풋이 잠에서 깬 준은 피곤한 기색이 역력했다. 맹렬하게 짖어대는 녀석의 목소리는 단연코 집에서 나는 소리가 아니었다.

"어느 몰상식한 사람이 이 시간에 개를 풀어놓은 거야."

속으로 미치겠네, 라고 짜증내며 준은 침대에 다시 누워 이불을 머리끝까지 뒤집어썼다.

왈, 왈, 왈!

3초도 지나지 않는 녀석의 짖는 소리에 준은 이미 잠에서 완전히 깨 버렸다. 그런데 뭔가 좀 이상했다. 어째서 개 짖는 소리가 자신의 집 앞에서 들리는 것 같은 께름칙한 기분이 드는 것일까. 이불을 걷어 버린 준은 성큼성큼 현관으로 다가갔다. 개 짖는 소리가 어느 때보다 선명하게 들려왔다. 거기다 늑대 울음소리까지 들려오자 준은 황급히 현관문을 열어젖혔다. 맹렬하게 짖던 녀석은 언제 그랬냐는 듯 꼬리를 살랑살랑 흔들며 준의 발을 핥기까지 한다.

"너 여기까지 어떻게 온 거냐."

파란 눈동자와 흰색과 검은색이 적당히 믹스된 순수 혈통 시베리안 허스키. 본가 마당에서 뛰어놀고 있어야 할 녀석이 새벽에 왜 여기에 있는지 의문이었다. 녀석은 바닥에 떨어져 있는 종이를 입에 물곤 그대로 준의 손에 가져다준다.

"미안하다구요? 어떻게 아들한테 이런 짓을 합니까, 아버지."

—미리 연락 못해서 미안하구나. 자는데 방해될까 봐 우리 세찬이만 놓고 조용히 간다. 네 엄마랑 여행 다녀올 동안만 봐다오.

그냥 아버지 손에 녀석을 받았으면 좋았을 걸 그랬다. 다른 집에서도 어느 몰상식한 사람이, 라며 욕을 하며 그 얼굴을 구경하러 나오진 않았을 테니 말이다. 준은 녀석의 먹이를 챙겨 다른 주민들의 눈치를 보며 집으로 들어왔다. 녀석은 뭐가 그리 좋은지 방방 뛰어다니고 있었다. 준은 그릇에 먹이를 붓고 녀석에게 갖다주었다.

"잘 먹네."

마치 며칠 굶은 개마냥 녀석은 숨도 쉬지 않고 먹이를 먹고 있었다. 순식간에 먹이를 해치우곤 더 달라며 꼬리를 흔들자 준은 다시 먹이를 그릇에 부어 주었다. 잘 먹는 녀석이 기특해 머리를 쓰다듬었다.

"주인을 잘못 만나서 네가 고생이 많다."

그나저나 걱정이었다. 혼자 사는 단독주택도 아니고 아파트에서 덩치 큰 녀석을 그리 오랫동안 데리고 있을 수 없는 노릇이었다. 그렇다고 주인도 없는 빈집에 혼자 두고 오자니 부친이 애지중지 아끼는 녀석이라 나중에 호되게 욕을 들을 것 같았다. 이쪽이나 저쪽이나 어찌 되었건 귀찮은 건 사실이었다. 준은 부친에게 전화를 걸었다. 전원이 꺼져 있다는 음성을 듣자 망연자실한 표정으로 전화를 끊어야 했다.

전화를 받을 노인네가 아니지, 그럼.

도대체 여행을 다녀올 그 '당분간'의 일정만 알아도 마음의 준비를 하고 있을 수 있을 텐데 전화도 받지 않는 부친 때문에 신경이 곤두서 버렸다. 왜 녀석을 그냥 두고 갔는지 알 것 같았다. 준은 다시 부친에게 전화를 걸어 짧고 굵게 음성을 남겼다.

"음성 확인하는 대로 전화하세요. 안 그럼 이 녀석 내다 팝니다."

직장인의 삶이 이렇게 고되고 힘든 거였다는 걸 소진은 몸소 체험하고 있었다. 아침에 알람 소리에 비몽사몽으로 회사에 오는 버스에서 한 시간가량을 졸다 오늘은 한 정거장 더 가서 내린 덕분에 다시 회사까지 걸어와야 했다. 지갑은 텅텅 비어 있고, 카드라곤 버스 카드밖에 없으니 왠지 마음까지 텅 빈 것 같았다. 언제쯤 아버지의 노여움이 풀릴까 하고 눈치를 살펴도 여전히 벼락같이 화를 내는 통에 출근은 계속해야 할 듯싶었다. 괜히 여기서 아버지의 눈 밖에 났다간 이라크보다 더한 곳에 보내 버릴 것 같았다. 눈꺼풀이 반쯤 내려온 얼굴로 출근한 소진은 벌써 퉁퉁 부은 발을 주물렀다.

"나중에 회사 핑계 대고 차 한 대 뽑아 달라고 해야지."

준의 방문을 노크한 소진은 안에서 인기척 소리가 없자 손잡이를 조심스럽게 돌려 안을 확인했다. 준은 아직 출근 전이었다. 소진은 어디서 난 용기인지 모르게 방 안에 발을 들였다. 탁자 뒤로 준이 일할 때와 달리 깔끔한 책상이 눈에 띄었다. 그 앞에 이사 서준이라는 명패가 보였다. 큰 유리 창문에서 햇빛이 들어와 따뜻하게 비추고 있었다. 소진은 준의 자리에 앉아 의자를 빙그르르, 한 바퀴 돌다 먼지 하나 없는 반질반질한 책상을 손으로 훑었다.

"이 자리도 제법 나한테 잘 어울리는 것 같은데? 이 사람 밀어내고 내가 앉을까?"

소진은 자신이 이 자리에 앉게 될 생각을 떠올리자 웃음이 저절로 터져 나왔다.

하지만 자신을 협박하던 그 모습을 떠올리면 그의 면상에 뜨거운 커피를 얹고 싶은 충동이 하루에 수십 번도 더 들었지만, 소진은 그때마다 숫자를 세며 인내했다. 자신이 이 자리에 앉게 된다면 절대 자르지 않고 피가 마를 때까지 괴롭혀 줄 요량이었다. 소진은 다리를 꼰 채로 팔짱을 껴보기도 하고 턱을 기대 보기도 했다.

띵.

엘리베이터가 멈춰서는 소리에 소진은 벌떡 자리를 정돈하고 일어나 방에서 나왔다.

"거기서 뭐했어?"

"아, 아니 그냥…… 책상 좀 치워 드리려고."

"책상 남의 손 타는 거 싫으니까 손대지 마."

좋게 봐주고 싶어도 좋게 봐줄 수가 없는 인간이었다. 그래도 지난 삼 일간의 정을 봐서 자신이 훗날 그 자리에 앉게 되더라도 내쫓지 않으려고 했건만. 어떻게 회사에서 사람의 인성의 첫째 조건을 무시하고 사람을 채용할 수 있을까? 대놓고 불쾌함을 드러내며 아침부터 뭐가 그리 기분이 안 좋은지 준이 찬바람을 일으키며 쌩, 하고 방으로 들어가는 것을 보다 고개를 내저었다.

"윤소진 씨."

그가 부르는 소리에 소진은 방으로 들어갔다. 준이 서류를 내밀었다.

"카피."

"네."

소진은 서류를 받아 들곤 방에서 나와 쓰레기통에 던져 버렸다. 탕비실에 들어간 소진은 커피 잔에 믹스 커피 한 잔을 급히 탄 다음에 주변을 살피다 입에 가득 침을 모아 그대로 커피 잔에 익사시켰다. 표면 위로 이물질이 떠돌다 다니는 걸 스푼으로 잘 저어 증거 인멸에 성공했다. 소진은 커피 잔을 들고 가 책상 위에 내려놓았다.

"서류는?"

"그거 버리라고 준 거 아니셨어요?"

"내가 카피해 오라고 했잖아."

"……카피요?"

순식간에 소진의 얼굴이 벌겋게 달아올랐다. 창피하다 못해 쪽 팔려서 준과 눈을 제대로 마주치지 못하고 있었다.

"설마 카피를 '커피'로 잘못 들은 건 아니겠지?"

"그, 그럼요. 모닝커피 한잔하시라고……."

"카피란 단어가 그렇게 어렵나? 그럼 특별히 윤소진 씨한테는 복. 사.라고 말해주지."

그의 비아냥에도 소진은 뭐라고 반박할 수 없었다. 그저 티 나지 않게 어금니를 물곤 커피 잔을 그의 손 가까이 갖다대는 게 전부였다.

"난 커피 안 마시니까 윤소진 씨나 마셔."

"그래도 제 성의인데."

"믹스 풀고 물 붓는 게 성의라고?"

"한 모금만 마셔 주세요. 네?"

제발 한 모금만 마셔라. 소진은 그가 커피를 마시기를 간절히 바랐다. 마치 재수 없는 말만 머릿속에 입력을 해놓은 모양인지 그는 커피를 하찮게 쳐다보곤 관심 없다는 표정이었다.

"왜 이래? 커피에 침이라도 뱉은 사람처럼?"

"침을 뱉다니요. 그, 그럴 리가요."

사색이 되어 소진은 손을 내저으며 식은땀을 흘렸다.

"이것도 내 성의니까 윤소진 씨가 마셔."

준이 커피 잔을 들어 소진에게 건네자 소진은 어쩔 수 없이 그가 보는 앞에서 커피를 마셔야 했다. 전에 있던 비서에게 많이 당해본 사람처럼 준은 눈치가 빠른 사람이었다. 빈속에 커피를 마셨더니 소진은 속이 쓰려 인상을 찌푸렸다.

"아까처럼 코맹맹이 소리로 '한 모금만 마셔주세요.' 하면 바로 아웃이야."

양어깨까지 흔들며 오버스럽게 소진을 흉내 내던 준의 얼굴이 못 볼 걸 봤다는 표정이었다.

"내가 언제 그랬어요? 진짜 웃겨."

"내가 웃겨?"

"네. 웃겨요."

말꼬리를 왜 유치하게 물고 늘어지는 걸까. 부하 직원을 괴롭히는 게 취미인 걸까, 아니면 부하 직원을 괴롭히는 게 일이거나 아님 유일한 낙(樂)이거나. 물론 친구가 하나도 없을 거란 전제하에서 말이다.

"상사가 웃겨? 윤소진 씨?"

"그럼 이사님은 유치하게 말꼬리 잡는 게 좋으세요?"

"유치?"

"네. 유. 치."

정확히 한 자, 한 자 야무지게 대답하며 소진은 그의 얼굴을 살폈다. 이제야 제 할 말을 하고 나니 그간의 쌓인 설움이 반쯤 가시는 듯했다.

"안 되겠네, 윤소진 씨. 상사를 너무 우습게 보는군."

"왜 우습게 보는지는 궁금하지 않으시고요?"

"도대체 그 건방진 태도는 어디서 나온 자신감인데?"

"명랑, 쾌활 이런 말은 들어봤어도 건방지단 말은 태어나서 처음 듣거든요."

"도대체 그런 말을 누가 했는지 궁금하군. 멀리 하는 게 좋겠어."

이 사람이 진짜!

잔뜩 일그러진 소진의 표정에 준은 신이 난 듯 말을 이었다.

"분명 윤소진 씨 싫어하는 사람일 거야. 뒤통수 조심해. 그런 거짓말을 하면 쓰나."

자신이 대단한 충고를 해주는 사람처럼 어깨를 으쓱하더니, 쯧쯧 하고 혀까지 차며 준은 고개를 내저었다.

"이사님!"

준은 꽥, 소리를 지르는 소진의 행동에도 무성의에게 손짓하며 밖으로 내보냈다. 할 말을 못한 소진은 입을 삐쭉 내밀곤 신경질적으로 쿵쾅거리며 마지막으로 쾅, 하는 무지막지한 소리를 남기곤 밖으로 사라졌다.

진짜 회장님 딸만 아니었어도 바로 아웃이었어.

준은 집요하게 울리는 전화에 핸드폰 액정 속 발신인을 확인하고 미소 지었다.

"삼, 이, 일."

잔뜩 뜸을 들인 다음에야 준은 전화를 받곤 귀청이 떨어져 나갈까 무섭도록 서 교수의 성을 받아내야 했다.

—네가 그러고도 아들이냐!

"제가 아버지 아들이긴 했습니까?"

—너 세찬이 어쨌어? 벌써 팔아 치운 건 아니지?

전전긍긍 애타는 서 교수의 목소리를 듣자 준은 갑자기 씁쓸한 기분이 들었다. 어떻게 하나밖에 없는 아들의 안부보다 '개'의 안부가 먼저란 말인가.

"궁금하면 와서 직접 보시던가."

—이놈의 자식!

"서 교수님, 말은 좀 가려서 하시죠?"

의자를 돌려 창가 쪽으로 돌리자 따뜻한 햇볕에 준은 잠깐 눈을 감았다. 이 좋은 날, 집에서 '개'나 보란 말인가. 더욱 용납할 수 없는 건 말도 없이 녀석을 집 앞에 놓고 핸드폰 전원까지 꺼놓은 서 교수의 행동이었다.

—어떻게 했어?

"동네 개장수가 녀석을 탐내긴 하던데. 어쩔까요?"

—서 준!

잔뜩 서 교수를 약 올리는 것으로 보복했지만 분이 풀리지 않았다. 하지만 계속했다간 하루 종일 핸드폰에 불이 나도록 전화할게 뻔했기에 그만두기로 했다.

"그냥 탐냈다는 것뿐이에요. 설마 넘겼을까 봐요?"

—안 되겠어. 사진이라도 보여줘.

"지금 아들을 납치범으로 모는 겁니까?"

준은 개 하나 가지고 오고 가는 대화가 참 우습다는 생각이 들었다.

"녀석 언제 데려가실 거예요?"

—지금 네 엄마랑 유럽이나 한 바퀴 돌고 올까 하는데.

무슨 유럽이 동네 한 바퀴쯤 되는 줄 아십니까?

"저에게 전화하는 거 보니까 아직 공항인 것 같은데."

―그렇긴 하다만. 설마 세찬이를 데리고 가라는 건 아니겠지?

"그럼 공항까지 갖다줄 줄 알았어요?"

낮게 깔린 준의 목소리에 뚝 전화가 끊긴 듯 아무런 목소리가 들리지 않자 준은 액정을 확인했다. 서 교수도 자신의 아들이 흰 소리를 못하는 사람이라는 걸 알기에 침만 꼴깍 삼키고 있었다. 여차하면 공항에다 세찬이를 놓고 그대로 가 버릴 수도 있는 냉정한 사람이라는 것도 알고 있었다.

"대답하세요. 서 교수님."

―한 달만 봐줘라, 아들.

"아버지한테 아들은 녀석이잖아요."

―딱 한 달인데 그것도 못해주냐?

"여기가 뭐 저 혼자 하는 단독주택인 줄 아세요? 아버지한테 딱 한 달일지 몰라도 저한테 한 달씩이나입니다."

―그래서 뭐!

"어머니가 약속을 깨셨더라구요."

―약속? 뭔 약속?

금시초문이라는 듯 서 교수의 반문에 준은 나지막이 한숨을 내쉬었다. 내 이럴 줄 알았지. 부부가 사이좋게 까마귀 고기를 삶아 드셨나.

"회장님의 하나밖에 없는 철없고 생각도 없는 떼쟁이 말이에요. 내 비서로 채용하는 조건 잊으셨어요?"

―기억하다마다. 그런데 이름 놔두고 뭐, 뭐 어쩌고 어째?

"지금 그게 중요한 게 아니라 어머니가 멋대로 이번 주 3시 약속을 잡으셨네요. 그런데 난 나갈 생각 없으니까 아버지가 잘 말해줬으면 하는데요."

절대 거절할 수 없는 녀석을 두고 하는 제 2차 거래에서 서 교수는 잠시 고민하는 듯했지만 역시 준의 예상대로 서 교수는 퉁명스럽게 알았다, 하고 짧게 대답했다.

"안 그럼 개장수한테 당장 가서 팝니다."

—알았대도. 치사한 녀석.

"그러니까 약속을 깨지 말았어야죠. 거기다 소리도 없이 집 앞에 그 녀석만 두고 가면 어떻게 합니까! 잠도 제대로 못 잤다구요!"

생각하면 생각할수록 부아가 치밀어 결국 준은 성을 내고 말았다.

—자고 있을까 봐 조용히 놓고 간 건데.

"그 녀석이 참 조용히도 있었겠습니다."

—어쩐지 까칠하다니. 한 달 동안 잘 부탁한다.

"아버지도 잘 부탁합니다."

녀석이 이렇게 요긴하게 쓰일 줄 알았던가. 한 달 동안 녀석을 데리고 있으면 꽤나 고생하겠지만 준은 그래도 마음에도 없는 선자리에 나가 시간 낭비하는 것보단 낫다고 생각했다. 부자지간의 은밀한 거래를 성사시키고 나서야 준은 한숨 돌릴 수 있었다.

"윤소진 씨. 나 물 한 잔."

한참을 서 교수와 입씨름을 했더니 입이 바짝바짝 말랐다. 준의 부름에도 대답이 없자 자리를 박차고 일어나던 준이 잠시 멈칫했다. 복사를 하러 1층 복사실에 내려갔다는 사실이 뒤늦게 생각났기 때문이었다.

♥ ♡ ♥

"소진 씨, 일은 할 만해?"

"네. 뭐 그럭저럭."

소진이 뜨뜻미지근하게 대답하며 국을 한 수저 떴다. 회사에 입사하고 적극적으로 친한 척을 하는 홍보팀 강민경 대리와 점심을 먹고 있었다. 구내식당은 꽤 깨끗하고 조용했다. 문제는 반찬이었다. 3일째 나오는 풀떼기 반찬에 소진은 점점 불만스러웠다. 소처럼 일하라더니 그래서 풀만 나오는 것일까.

"얼굴은 아닌데. 벌써 반쪽이 됐네."

"반쪽이요?"

요즘 다이어트도 안 하는데. 소진은 고개를 갸웃거렸다.

"서 이사님 때문에 힘들지?"

"어떻게 아셨어요?"

"어떻게는 무슨……. 그 자리가 벌써 소진 씨가 네 번째인데."

정말 딱하다는 듯 강 대리가 소진을 바라보고 있었다. 어쩐지 커피를 바라보는 예리한 눈빛이 그냥 나온 게 아니었던 거다.

"제가 네 번째라니요?"

"한 달 전에 세 번째 비서가 서 이사 때문에 못 다니겠다고 삼 개월 만에 그만뒀잖아. 하긴, 처음 왔던 비서는 한 달이었고, 두 번째 온 비서는 보름 정도였으니까 제일 오래 버텼지."

"……정말요?"

반문하면서도 왠지 동질감이 느껴지는 이유는 삼 일만에 준의 실체를 알아 버렸기 때문이었다.

"소진 씨는 얼마나 버틸까. 오래 다닐 거지?"

강 대리의 질문에 소진은 씁쓸하게 웃었다.

"그만두고 싶어도 못 그만둬요."

그만두면 바로 이라크로 가야 하니까. 소진은 어떻게 해서든 지금까지의 비서 중 가장 오래 생존하겠노라 다짐했다.

"하긴 요즘 취업하기 힘들긴 하지."

"그렇다고 하더라구요."

남 얘기하듯 소진은 준에게 들은 전혀 공감되지 않은 취업난에 맞장구를 쳤다.

"그런데 서 이사……님은 원래 저런 성격이에요?"

"저런?"

"그냥 뭐 무례하고 경우 없고."

재수 없고, 싸가지 없는. 그럼에도 정작 본인이 그런 사람이라는 것을 전혀 알지 못해 행복한 사람.

"그냥 뭐 히스테리지."

"결혼 안 하셨어요?"

"몰랐어?"

소진은 순진한 얼굴로 고개를 끄덕였다. 그냥 당연히 결혼 적령기인 것 같으니 결혼했겠거니 했다. 거기다 관심도 없었다.

"소문엔 10년 전에 첫사랑이 있었는데 바람나서 헤어진 뒤론 여자를 안 사귀었다더라. 그래서 지금껏 혼자인 거래."

"첫사랑을 못 잊어서? 아님 배신감 때문에?"

"둘 다 아닐까? 생각해 보니 은근 순정남이네."

"소름 끼치고 무서운데요, 전."

의외의 소진의 대답에 강 대리가 어째서? 하고 물었다.

"누군가 날 무려 10년 동안 못 잊고 있다. 거기다 배신감에 떨고 있다. 무섭지 않으세요? 난 생각만 해도 무섭고 소름 끼친데?"

"그런가?"

"순정남은 무슨. 찌질남이네."

"듣고 보니 그렇네. 아, 거기다 이런 소문도 있어."

무슨 극비인 양 강 대리는 주변을 살핀 뒤, 목소리를 낮게 깔았다.

"고자라고."

"고자!"

놀란 소진이 저도 모르게 밥 먹다 밥풀이 튀는 줄도 모르고 언성을 높였다. 덕분에 식당 안에 있던 사람들의 이목이 집중되었다. 서준까지도.

"……고잔……고등학교 알죠. 학교 선배를 여기서 만나네요. 하하!"

어쩜 이렇게 섬뜩할 수가. 그냥 눈 한 번 마주쳤을 뿐인데 공포 영화의 한 장면처럼 오싹하기까지 했다. 소진은 재빨리 그의 시선을 피해 버렸다. 강 대리는 아예 식판에 얼굴을 묻은 채 얼굴을 들지 못하고 있었다. 준이 자리를 뜨고 나서야 소진은 강 대리에게 눈치를 주었다.

"갔어요."

"내가 소진 씨 때문에 못 살아."

"너무 놀라서 나도 모르게 그만……."

"혹시 집이 막 가난하고 부모님이 도박하고 그러진 않으세요? 성장 과정이 좋지 않으면 삐뚤어지는 경우가 있다는 걸 심리학책에서 본 것 같은데."

소진은 양손으로 입을 막으며 배시시 웃다 말을 이었다. 윤 회장의 심리를 파악하기 위해 구했던 서적이었지만 아무짝에도 쓸모없는 책이었다.

"부모님 두 분 다 교수인 걸로 아는데. 정년퇴직 이후로 사이좋게 여행 다니시면 산다더라. 그렇게 금실이 좋은데 아들을 하나밖에 안 낳았는지 궁금할 정도라니까?"

어떻게 교수 부모에서 저런 인격의 유전자가 태어날 수 있는 거지? 모르는 사람이 봤으면 부모 중에 한 분이 안 계시거나 굉장히 불우한 성장 과정을 보냈으리라 오해할 소지가 충분했다.

"말도 안 돼."

"그래. 불우한 가정에서 성장한 사람만이 삐뚤어지는 건 아니라는 확실한 '물적 증거'가 있잖아. 그렇게 행복한 가정에서 태어나 부모님의 사랑을 듬뿍 받은 사람 인격이 저러니."

소진은 강 대리와 대화를 하며 준에 대해 많이 알게 된 것 같은 기분이 들었다. 왠지 불쌍하기도 하고, 무섭기도 했다. 특별한 유전자에서 정말 특별한 희귀 동물이 태어난 건가. 그저 서프라이즈네.

"그런데 소진 씨 유학을 꽤 오래 다녔다고 하던데. 어디에서 있었어?"

대화의 주제의 흐름을 강 대리가 바꿨다. 괜히 말실수하는 일은 없어야 할 텐데, 하는 순간.

"······그냥 여행인데."

"여행?"

······실수하고 말았다.

"아, 아니. 여행처럼 여기저기 다니며 공부했다구요. 유럽에도 있었고 미국에도 있었구요."

"그럼 오라는 회사 꽤 많았겠어."

"뭐, 어느 정도······. 그런데 여기서 꼭 나와 달라고 사정사정하길래 어쩔 수 없이 나왔어요."

아빠가 회사에 나오라고 한 건 사실이니까.

"서 이사가 그랬단 말이야?"

소진의 말을 잘못 이해한 강 대리가 대단하다는 듯 반문했다. 소진은 얼떨결에 고개를 끄덕였다.

"어쩐지 처음 볼 때부터 남다르다 했어."

강 대리의 칭찬이 싫지 않은 소진은 괜히 어깨를 으스댔다.

"소진 씨, 부모님은 뭐하는 분이셔? 외국 유학에 갔다 올 정도면 꽤 잘사나 봐."

"어렵게 살진 않았죠."

"지금 입고 있는 옷이랑 구두 샤* 꺼 아냐? 한정판인 것 같은데."

"보는 눈이 있으시네요."

"부모님은 뭐하셔?"

호기심 가득한 얼굴로 강 대리가 얼굴을 가까이 들이밀며 물었다.

"그냥 조그마한 사업 하나 하세요."

"이름이 뭔데?"

"농……인전자라고. 시작한 지 얼마 안 됐어요."

소진은 하마터면 아무 생각 없이 '농인식품'이라고 또박또박 말할 뻔했다.

"그래도 대단하다."

"대단은요, 뭐."

"그럼 직장 생활은 취미로 하는 거야?"

"공부하는 거죠."

회사의 소문이란 참 무섭다는 걸 소진은 새삼 느꼈다. 사람이 한순간에 고자도 되었다가 꽤 유능한 사람이 되기도 하고 어쩌면 숨기고 싶은 과거까지 들통 나 버리니 말이다. 자신의 신분이 탄로 나는 건 시간문제인 듯했다. 소진은 더 이상 강 대리가 꼬치꼬치 캐물었다간 자신이 모르는 사이게 큰 실수할 것 같아 말을 바꿨다.

"그런데 사실 아버지 회사가 썩 잘되는 건 아니고…… 실은 이 옷도 다 이미테이션이에요."

"이미테이션? 내가 보기엔 정품 같은데?"

그 말을 기다렸다고.

"정말요? 티 안 나죠?"

순간 그녀가 가지고 있는 구두 중에 제일 비싼 샤*이 싸구려가 되는 순간이었다.

♥♡♥

지금쯤이면 비키니를 입고 해변가에 오일을 바르고 누워 있어야 하거늘. 잘생긴 남자들이 말을 걸어오며 에메랄드빛 물속에 발을 담그며 뛰놀고 저녁엔 같이 피티를 즐기는 상상을 했다. 상상만 해도 역시 몰디브에 가지 못한 것이 끝내 아쉬웠다. 시도 때도 없이 사람을 부르며 마치 종 부리듯 사람을 부리는 준 때문에 소진은 생전 없던 인내심이 처음으로 생기고 있었다. 여자인 자신보다 더 예민하고 더 까칠하고 거기에 깔끔하기까지 한 저 남자한테 맞추다간 자신도 그렇게 될 것 같다는 생각이 들 정도였다. 그녀가 퇴근할 때 인사를 해도 못 들을 정도로 한 가지 일에 몰두하는 전형적인 일벌레인 것 같기도 했다. 소진은 퇴근 시간이 되자 퇴근 준비를 마치고 준의 방을 열었다.

　"퇴근합니다."

　정신없이 일할 거라는 소진의 예상과는 달리 준도 퇴근 준비를 하고 있었다. 노트북 정리까지 마친 준은 소진이 출근한 지 3일 만에 처음으로 대꾸를 해주었다.

　"그럼 내일 보자고."

　"오늘은 일찍 가시네요."

　"예상치 못한 돌봐줘야 할 귀찮은 녀석이 생겼어."

　"돌봐줘야 할 귀찮은 녀석……?"

　고개를 갸웃거리며 소진은 대상에 대해 생각했다. 결혼을 해서 아이가 있는 것도 아니고 그렇다고 외아들이니 조카나 나이 차이가 나는 동생이 있을 리가 없었다. 어울리지 않게 애완동물을 키우는 건가? 하긴 혼자 사는 외로움을 달래려면 그렇게라도 해야겠지. 준보다 먼저 나온 소진은 엘리베이터에서 내려 로비를 빠져나왔다.

"윤소진 씨."

준의 다급한 부름에 소진은 걸음을 멈추었다. 뭐가 그리도 급하기에 도로에 차를 주차시키고 자신을 부르는지 소진은 궁금한 얼굴로 물었다.

"무슨 일이세요?"

"저기 그러니까."

"왜요?"

소진의 물음에 준은 굉장히 난처한 얼굴이었다. 그가 뜸을 들이는 시간이 일 초, 이 초씩 길어질수록 소진이 오해하기 충분했다.

"윤소진 씨. 내 말 오해하지 말고 들어."

"무슨 할 말 있으세요?"

평소완 사뭇 다른 준의 모습이 소진은 낯설기까지 했다. 평소엔 사람을 깔보는 표정으로 윤소진 씨, 하고 부르지 않던가. 그런데 지금 모습은 마치 뭔가 굉장히 할 말이 있는 얼굴이었다. 마치 고백하는 사람처럼.

"혹시 시간 있어?"

이건 마치 데이트 신청하는 수줍은 남자의 모습이었다. 그와 전혀 어울리지 않은 모습에 소진은 당황해서 말문이 막혀 버렸다. 평소 행동과 언행으로 봐서 절대 있을 수 없는 일이라는 걸 알면서도 이상하게 기분은 나쁘지 않았다.

"보는 눈은 있어 가지고. 나 시간 없거든요?"

평소 준이 그랬던 것처럼 최대한 준을 깔보며 소진은 참 바람을 쌩, 일으키곤 뒤돌았다. 어찌나 통쾌한지 저절로 입가에 미소가 지

52

어졌다. 당황한 준의 표정 또한 혼자 보기 아까울 정도였다. 내일 회사에 가서 강 대리한테 말해줄 생각을 하니 저절로 신이 났다.

"누가 데이트하잰어?"

갑자기 유리 깨지는 소리에 소진은 도도하게 걷던 걸음을 멈추곤 뒤돌아보았다. 무척이나 한심하다는 듯 자신을 바라보는 준의 행동이 아직까지 판단이 서지 않았다.

"누군 눈이 발에 달렸는 줄 알아?"

"뭐예요, 그럼?"

"쪽팔릴까 봐 좋게 말해주려고 했는데."

소진은 입가엔 기분 나쁜 미소를 머금은 채 다가오는 준의 행동이 두려워지기 시작했다.

"뭐, 뭔데요?"

준은 소진의 귓가에 대고 작게 속삭였다.

"시간 있으면 스타킹이나 갈아 신고 가라고."

픽, 바람 빠지는 소리를 내며 웃는 그가 기분 나쁘게 소진을 위, 아래로 훑었다. 아직까지 준의 말을 이해 못한 소진은 그가 세워 둔 차로 돌아간 뒤에야 뭐에 홀린 사람처럼 아래를 내려다보았다.

"아, 젠장!"

스타킹이 나간 것보다 준이 자신을 좋아한다고 오해한 게 더 쪽팔렸다. 운전석에 앉은 준은 시동을 걸며 소진을 쳐다보다 망설임 없이 출발했다. 종아리부터 아래로 쭉 스타킹이 보기 싫게 나가 있었다. 언제 어디서 스타킹이 나간 것인지 생각해 내는 것보다 스타킹을 사서 갈아 신는 편이 훨씬 **빠**를 듯했지만 소진의 지갑은 현재 텅 비어 있었다.

"사람이 어쩌면 저렇게 매정해."

스타킹이 나간 꼴로 집까지 가는 건 치욕이었다. 소진은 김 실장에게 전화를 걸었다.

"나 지금 버스 정류장이니까 스타킹 사다줘요."

—아가씨 그런 건 알아서…….

"알아서 하려고 해도 돈이 없으니까 전화했죠! 스타킹 살 돈도 없다구요!"

애먼 김 실장에게 꽥 소리를 지르고 나서 소진은 전화를 뚝 끊어 버렸다. 짜증이 날 대로 난 소진은 신경질적으로 깡통을 걷어 찼다.

"아악!"

하지만 외마디 비명과 함께 소진은 발목을 붙잡고 주저앉았다.

3.
밉지 않아

"아야!"

눈살을 찌푸리며 참고 참았던 신음 소리가 소진의 입에서 터져 나왔다. 스타킹 나간 것도 모자라 발목까지 아프다는 걸 입 싼 김 실장이 아는 날엔 가만히 있을 리가 없었다. 결국 윤 회장의 귀에 들어갈 것이고 그녀가 애지중지하는 구두를 싹 다 버리고 그것도 모자라 앞으로 구두를 사는 걸 허락하지 않을 게 분명했다.

김 실장이 차를 가지고 데리러 온 덕분에 오랜만에 편히 집까지 온 것은 좋았으나 구두를 벗고 방으로 올라가자마자 참았던 통증에 소진은 바닥에 주저앉아 버리고 말았다. 때마침 방에 들어왔던 안성댁의 눈에 띄었고 그녀의 호들갑 덕분에 김 실장까지 소진의 발목이 팅팅 부은 걸 듣게 되었다. 안성댁은 얼음찜질을 해주면서도 연신 얼마나 아팠을꼬, 하고 안타까운 듯 말을 했다. 그나마 다행인 건 윤 회장이 미국 출장 중이라는 거였지만 회장 비서인 김 실장이 왜 미국 출장에 동행하지 않았는지 그게 참 불만이고 이유가 궁금했다. 이유를 알 것 같기도 했지만.

"아빠가 감시하래요?"

"아, 아가씨."

"어디 도망이라도 갈까 봐요? 여권도 없고 스타킹 살 돈도 없는 거 보면 몰라요?"

"저는 그냥 아가씨가 걱정돼서……."

"내가 초등학생이에요? 아이큐가 70도 안 되는 저능아예요? 걱정은 무슨 걱정?"

빤히 속이 들여다보이는 김 실장의 거짓말에 소진은 발끈하고 따졌다. 소진의 기에 눌린 김 실장은 비지땀을 닦아내며 대꾸도 못하고 쩔쩔매고 있었다. 이유는 모르겠지만, 지금 현재 극도로 기분이 좋지 않은 소진의 모습에 김 실장은 조용히 한마디 했다.

"회장님께는 따로 보고 드리지 않겠습니다."

"이거 참 눈물 나게 고맙네요."

온갖 화풀이를 김 실장에게 퍼붓고 나니 속이 좀 시원한 것 같긴 했지만 어쩐지 소진은 미안한 마음이 들었다. 이놈의 성질머리, 고쳐야 되는데. 후회하며 한숨을 내쉬는 소진을 보던 안성댁이 엄마 같은 미소를 지었다.

"또 후회하고 있죠?"

"후회?"

"애먼 데다 화풀이했다고 후회하고 있죠?"

어떻게 자신의 속내를 저렇게 쉽게 간파할 수 있는 것인지 소진은 놀라울 따름이었다. 하지만 소진은 안성댁의 말에 딴청을 피웠다.

"그런 거 아니거든요."

"내가 아가씨 꼬물꼬물 할 때부터 봐왔는데 모를까 봐요? 실장님도 알고 있을 거예요."

"알면 뭐 다행이고."

안성댁한테 받은 찜질이 효과가 있었는지 소진은 조금 전까지 싸하게 오는 통증이 거짓말처럼 사라지자 기분이 한결 나아졌다. 소진은 안성댁의 눈치를 살피다 찜질을 그만두게 하게 침대 옆에 앉혔다.

"아줌마가 아빠한테 잘 좀 말해주면 안 돼요?"

"무슨 말이요?"

"소진이 반성 엄청 하고 있고, 회사에서도 열심히 일한다구요."

"저 보고 그런 거짓말을 하라구요?"

"거짓말이라뇨? 저 지금까지 반성도 열심히 하고 있고 출근도 잘하고 있잖아요."

소진은 안성댁의 팔을 잡아끌며 없는 애교까지 부렸다. 자다가 준만 생각하면 벌떡벌떡 일어날 정도로 이렇게 보기 싫은 사람은 처음이었다. 하루라도 빨리 그만두고 그 반지르르한 상판떼기를 보고 싶지 않은 마음이 굴뚝같았다. 안 그랬다간 자신이 황병으로 죽을 것 같은 생명의 위협을 느꼈다.

"내가 생각하기엔 그냥 지금처럼 쭉 지내는 게 나을 거 같은데요?"

"어째서 그런 악몽 같은 말을 하는 거예요?"

울음을 터뜨릴 것처럼 소진은 안성댁을 바라보았다. 쭉, 이렇게 지내라니. 도대체 언제까지 그 재수 없는 인간을 봐야 한단 말인가.

"지금 내가 회장님께 말해봤자 믿으실 거 같으세요?"

"안성댁 말이라면 다 믿잖아요."

"이번에 회장님 보니까 마음이 확고하신 거 같아요. 잘못했다간 회장님 화만 돋우는 꼴이 될 걸요?"

"설마요. 우리 아빤데?"

이라크에 보내지 않고 회사에 처박아 놓은 것만 봐도 윤 회장의 딸 사랑을 알 수 있었다. 분명 이라크에 보낼 생각은 꿈에도 없었던 거였다. 지금쯤 분명 반쯤 화가 풀려 있을 것이 분명했다.

"그래요, 회장님이에요. 모르겠어요?"

"어째 안성댁이 우리 아빠를 더 잘 아는 말투네요."

소진은 안성댁의 말에 뾰루퉁해져서는 눈동자를 굴리며 생각에 잠겼다. 지금 어떤 행동을 취하고 있어야 하는지에 대한 생각과 하루빨리 회사에서 탈출할 수 있는 갖가지 방법을 생각해 보았지만 역시 윤 회장의 화가 풀리는 것뿐이었다.

"생각해 보니 어때요?"

"그럼 잠자코 이렇게 지내라구요? 노숙자처럼 지갑을 텅 비어 있고 집과 회사만 왔다 갔다 하면서?"

"회장님께 용돈은 드리라고 말해 놓을게요."

"나 회사 가기 싫어요."

"왜요?"

"친구도 한 명도 없는 것 같은 재수 없는 상사 있거든요. 오늘도 된통 당했단 말이에요."

소진의 우는 소리에도 안성댁은 뭐가 그리도 재미있는지 웃음을 참다 결국 쿡쿡, 웃음을 터트리며 말을 이었다.

"조금만 더 참아 봐요. 회사 일도 어느 정도 적응되면 할 만할 테니까."

"일은 그렇다 쳐도 그 사람은 절대 적응 안 될 거 같아요."

소진은 한숨을 내뱉으며 그대로 침대로 드러누웠다. 사람이 실수할 수도 있지, 대놓고 비웃는 거 하며, 무시하고 멸시하고 조롱까지 행세한다. 생각하면 생각할수록 분하고, 윤 회장은 어째서 또라이 상사를 자신에게 주었는지 이해할 수 없었다. 이해만 안 될 뿐이던가, 또라이보다 더 밉고 싫은 사람이 바로 윤 회장이었다.

"아빠 정말 이해할 수 없어요."

"부모 마음을 어떻게 자식이 이해할 수 있겠어요? 아가씨도 결혼해서 자식 낳아봐요. 그땐 회장님 마음 백번이고 이해할 테니까."

"흥, 안성댁은 무조건 아빠 편이죠?"

"다 아가씨를 위해서 그런 거예요."

"이 집엔 날 위하지 않는 사람이 없는 것 같아요."

안성댁의 말을 비아냥대며 소진은 돌아누웠다.

"따뜻한 물 받아놓을 테니 씻고 쉬어요."

소진은 대답도 하지 않고 안성댁이 방에서 나가든 말든 여전히 토라져 있었다.

"씻고 나오면 비빔국수 해줄게요."

그제야 소진의 입가에 저절로 미소가 지어졌다.

♥ ♡ ♥

"아가씨, 오늘도 높은 구두 신고 가시려고 그러십니까?"

"왜요? 뭐 잘못됐어요?"

소진은 자신의 앞을 가로막는 김 실장이 못마땅하다는 표정으로 쳐다보았다. 잠을 제대로 못 자면 다른 날보다 성격이 예민해져 잘못 건드렸다간 화를 당할 수도 있었다. 이런 소진을 칭하는 말은 '시한폭탄'이었다. 언제 터질지 모르는.

지금 그녀의 상태가 어떤지 잘 알기에 김 실장은 그녀를 막아서는 걸 멈추고 그저 발에 그녀가 가장 아끼는 제일 높은 구두가 신겨지는 모습을 바라보고 있을 뿐이었다.

"아가씨, 그러다 발목이 더 심해지기라도 하면……."

"어제 찜질했더니 괜찮아졌어요. 걱정 말아요."

"하지만."

걱정스러운 김 실장의 눈빛에도 소진은 아랑곳하지 않고 집에서 나왔다. 발목이 살짝 시큰거리긴 하지만 거의 매일 10㎝ 힐을 신다시피 한 소진에게 힐을 신지 말라는 건 나가지 말라는 말이나 마찬가지였다. 소진은 대문을 나오자마자 차가 대기시켜 있는 것을 보고 의아한 표정을 지었다.

"아가씨 타십시오."

"뭐예요? 갑자기 왜 이러는 건데요?"

"아가씨, 발목 아직 부어 있지 않습니까. 오늘은 모셔다 드리겠습니다."

갑자기 원하지도 않은 김 실장의 선의를 소진이 곱게 볼 리가 없었다. 윤 회장의 명령이 곧 법인 김 실장이 법을 어기면서까지 이러는 이유가 정녕 자신의 발목 때문인가 싶었다.

"나중에 아빠한테 가서 고자질 안 할 거죠?"

"고자질한 적 없습니다."

소진은 한참을 뜸 들이다 못 이기는 척 차에 올라탔다.

"김 실장님이 하도 사정사정해서 타는 거예요. 난 분명 평소대로 버스 타고 가려고 했어요."

"네. 알고 있습니다."

융통성 없는 게 아쉽지만 그래도 성정이 아주 못된 사람은 아니었다. 소진은 오랜만에 뒷좌석을 차지하곤 편하게 앉아 출근했다.

준의 방문을 노크하자 아침부터 무슨 일을 하는지 고개만 까닥하곤 서류를 훑어보고 있었다. 소진이 자리에 앉아 그가 맡긴 계약서 정리를 한참 하고 있는데 준이 밖으로 나왔다.

"필요한 거 있으세요?"

"윤소진 씨, 저쪽에서 여기까지 걸어와 봐."

"네?"

전혀 의도를 파악할 수 없는 그의 명령에 소진은 상황 판단이 서지 않은 얼굴로 반문했다. 아침부터 정신없이 일하더니 살짝 맛이라도 간 걸까.

"빨리."

생각하면 생각할수록, 겪으면 겪을수록 전혀 적응 안 되고 속내를 알 수 없는 준은 지금까지 소진이 만났던 사람 중 이런 사람이 있었나 싶을 정도로 '서프라이즈'였다.

소진은 그저 아침부터 또라이 병이 발병하여 같잖은 일을 시키는 것이라 생각했다. 투덜투덜 온갖 욕을 하면서 그가 시키는 대로 저쪽에서 준의 앞까지 걸었다. 걸으면서 시큰한 통증이 몰려와 저절로 인상이 써졌다. 그런 반면 준은 팔짱을 끼고선 힘들게 걸어오는 소진을 한심하다는 듯 바라보았다.

"아파서 죽을 것 같은 표정이네."

"아프긴요. 내가 어디가 아프다는 건데요?"

발목이 부어 있는 걸 그가 눈치챌 새라 소진은 오히려 큰소리를 쳤다. 갑자기 되도 않는 워킹을 시킨 이유는 실행을 옮기고 나서도 모르겠으나, 그가 자신의 발목 상태가 이렇다는 걸 안다면 무차별 공격이 시작될 것이다.

"윤소진 씨 발목, 맛 간 것 같은데."

"무슨 말하는 건지 도대체 모르겠네요."

준은 혀를 차며 그대로 무릎을 꿇고 앉아 소진의 발목을 손으로 만졌다.

"왜 이래요! 변태에요? 아야!"

준의 예상치 못한 행동에 놀라 소리치던 소진의 목소리는 이내 외마디 비명으로 바뀌었다. 소진의 가느다란 발목을 잡던 준은 망설임 없이 손에 힘을 주었기 때문이다.

"이런 발목을 해 가지고 정신 못 차리고 이걸 신고 왔어?"

"무슨 상관인데요?"

"눈에 거슬린다고."

62

"언제부터 신경 썼다고 신경 쓰는 척이에요?"

"설마 오늘도 신고 왔을까 했는데 정말 발목 못 쓰게 되고 싶어?"

생각이 없다, 없다 해도 제 몸 하나 간수조차 제대로 하지 못하는 그녀의 모습에 준은 답답하기 그지없었다. 지금까지 하루도 빠짐없이 10㎝가 넘는 힐이 마치 자신의 자존심이라도 되는 것처럼 신고 다니더니 발목에 무리가 가는 것이 당연한 일이었다. 그런데도 뭘 잘했다고 큰소리나 떵떵 치는 것인지 정말 여자만 아니었으면 쥐어박고 싶었다.

"잘못되도 내 발목이 잘못되지 뭔 상관이래요? 누구 때문에 이렇게 되었는데?"

"나 때문이라는 거야?"

"전혀 책임 없다는 말은 못하겠네요."

엘리베이터 고장 나던 출근 첫날, 뻔히 힐 신고 온 거 알면서 대놓고 운동을 하라고 하지 않았던가. 작정한 듯 신이 나서 시킬 땐 언제고 이제 와서 걱정하는 모습이란, 가증스럽기 그지없었다.

"내 책임이 어느 정도 있단 말이군. 좋아."

그는 이해심 많은 얼굴로 소진을 바라보며 말을 이었다.

"내가 책임져 주지."

"……네?"

"조금 있으면 점심시간이니까 밖으로 나와."

"왜, 왜요?"

"책임져 준다니까."

준은 소진의 대답도 듣지 않고 방으로 들어가 재킷을 챙겨 나왔다. 얼떨결에 소진은 그를 따라 밖으로 나왔다. 도대체 어떻게 책임을 지려고 일하다 말고 밖으로 나가는 것일까. 준은 지하 주차장으로 내려가더니 미로처럼 생긴 넓은 주차장에서 용케도 자신의 차를 찾아내었다. 준이 먼저 운전석에 올라탔다.

"안 타고 뭐해?"

"지금 뭐하자는 건데요?"

"빨리 타기나 해."

소진은 잠시 고민하다 어쩔 수 없이 보조석에 올라탔다. 그는 말없이 지하 주차장을 빠져나와 회사 앞을 빠르게 지나쳤다. 어차피 물어보아도 대답해 주지 않을 것처럼 입을 꾹 다물고 있는 준을 보다 소진은 포기한 얼굴로 창밖으로 시선을 돌렸다. 책임을 지려거든 정중한 사과가 우선 아니었나, 싶은 순간 소진의 시선이 다시 준에게로 향했다.

"뭘 그렇게 봐? 운전하는 남자가 멋져 보이기는 한가 봐?"

"이사님은 저한테 남자 아니거든요."

"그럼 뭔데?"

……뭐긴 또라이지.

소진은 속으로 하고 싶은 말을 실컷 하는 걸로 만족할 수밖에 없었다.

"속으로 욕했지?"

"안 했거든요!"

"얼굴은 혼자 욕하고 재밌어 하는 표정인데."

그 표정은 도대체 어떻게 생겨먹은 표정인데. 소진은 같은 한국

말을 하면서도 이해할 수 없는 그의 말을 듣다 준의 얼굴을 다시 바라보았다. 진한 눈썹에 오뚝한 콧날 하며, 반듯한 입술에 움푹 파인 인중까지…….

……너 참 잘났구나.

소진은 결국 인정하고 말았다. 서른 중반의 나이에 벌써 임원직에 오를 정도면 그의 능력 또한 만만치 않을 것이리라. 어느새 목적지에 도착한 모양인지 시동을 끄고 차에서 내리려는 준을 바라보며 소진이 물었다. 이곳이 목적지가 아니기를 간절히 바라면서.

"여긴 왜요?"

"윤소진 씨는 늘 그렇게 질문을 달고 살아?"

"누구 병문안 온 건 아닐 테고. 이사님도 멀쩡해 보이고. 뭐예요?"

"그 다리 나 때문에 그렇게 됐다면서? 책임지러 왔는데 뭐가 잘못됐어?"

"책임지라는 말 안 했거든요. 그리고 내 다리예요."

병원에 데려다 주면 누가 고마워서 눈물이라도 흘릴 줄 알았나. 먼저 차에서 내린 소진은 그대로 다시 회사로 돌아가기 위해 버스 정류장을 찾아 다른 곳으로 걸었다. 하지만 몇 걸음 걷지 못하고 소진은 발을 겹질렀다. 너무 아파서 내지르던 비명마저 목구멍 속으로 들어가 버리게 만드는 고통에 소진은 인상을 쓰곤 어느새 자신의 앞까지 와 있는 준을 쳐다보았다.

"그래도 괜찮아?"

"그래요!"

끙, 하고 앓는 신음 소리가 저절로 터져 나와도 소진은 고집을 부렸다.

"들쳐 업고 갈까, 그냥 걸을래?"

"됐다니까. 왜 갑자기 착한 척해요? 이상한 사람이네, 정말."

"그렇게 원하니 들쳐 업고 가는 수밖에."

소진이 발악하기도 전에 준은 그대로 실행에 옮겼다. 마치 보쌈하듯 소진을 어깨에 들쳐 업곤 병원으로 걸음을 옮겼다.

"이거 놔요!"

"그러니까 좋은 말로 했을 때 들었어야지. 무슨 잔말이 그렇게 많아."

그의 인내심이 드디어 바닥을 드러내고 있었다. 참는 데도 한계가 있는 법이었다. 원치 않게 준의 어깨에 매달린 소진은 창피해서 얼굴을 들 수가 없었다. 손으로 준의 등을 꼬집고 때려보아도 그는 미동도 없이 접수를 하고 병원 진료실까지 들어간 뒤에야 소진을 내려주었다. 발목 엑스레이를 찍은 사진을 가져온 의사가 걱정스러운 표정으로 말했다.

"발목이 꽤 부었군요. 그래도 인대가 늘어나거나 그런 건 아니니 찜질하고 당분간은 높은 구두를 피하는 게 좋을 듯싶습니다."

"괜찮아요."

"이래도 괜찮습니까?"

아픈 곳을 제대로 누르며 묻는 의사를 노려보는 소진의 모습에 준은 혀를 찼다. 소진은 간호사의 안내를 받으며 다른 진료실로 옮겨 찜질을 받았다.

"의사 말 잘 들었지? 당분간은 구두 신지 말라는 말."

"이사님이 무슨 내 보호자라도 돼요?"

"내가 데리고 왔으니 보호자 맞네. 거기다 회장님께서 직접 나에게 윤소진 씨를 맡겼으니 잘못되기라도 하면 내 탓 아니겠어?"

"……어쩐지. 왜 그렇게 친절하나 했어."

"윤소진 씨는 원래 그렇게 고집이 세?"

"살면서 느는 건 고집밖에 없네요."

간호사가 찜질팩을 벗겨 내자 소진은 침대에서 내려와 구두를 신었다. 오늘 하루는 어떻게든 구두를 신고 버텨야 했다.

"높은 구두 싹 다 버려. 이게 구두야? 완전 계단이네."

"이 구두가 얼만지나 알고 버리라는 거예요?"

"저거 신고 넘어져서 발목 부러져 봐야 정신 차릴라나."

"신발이 이런 것밖에 없네요. 됐어요?"

"그럼 이참에 신발 하나 사러 가면 되겠군."

"재미없으니까 그만하죠."

"또 들쳐 업고 갈까? 다리 아프니까 그쪽이 훨씬 편하긴 할 거야."

상사만 아니었어도 저렇게 나불거리게 놔두진 않았을 것이다. 그의 끔찍한 말에 소진은 꽥 소리를 질렀다.

"간다구요!"

"이건 정말 내 스타일 아닌데."

"저건?"

"너무 촌스럽네요."

소진은 간이 의자에 앉아 점원이 골라주는 플랫슈즈 바라보며 고개를 저었다. 패션은 발끝에서부터 완성된다는 디자이너의 말을 깊이 공감하며 소진은 하나같이 마음에 드는 플랫슈즈가 없어 따분한 표정을 짓고 있었다. 덕분에 점원은 전전긍긍하며 준을 향해 눈짓을 하고 있었다. 이미 웬만한 플랫슈즈는 다 보여주었기에 더 이상 보여줘도 그녀의 눈에 차지 않을 것이 분명했다. 어쩔 수 없이 준은 소진이 신어 본 플랫슈즈 중 적당한 걸 손으로 가리켰다.

"이거, 저거 주세요."

그제야 점원이 플랫슈즈를 신속히 챙기기 시작했다.

"뭐에요! 내 의견은 무시하고!"

"오늘 중으로 고를 수 있겠어? 난 이미 윤소진 씨가 고를 수 있는 최대한의 시간을 주었다고 생각하는데."

"……고르는 중이었어요. 조금만 더 생각해 보고."

"이건 촌스럽다, 색이 마음에 안 든다, 리본 달려서 싫다, 이유도 가지각색, 뭐가 그렇게 까탈스러워?"

참고 참았던 분노를 터트리며 준이 매섭게 쏘아대는 통에도 소진은 기죽지 않고 대답했다.

"이사님이 패션을 알아요?"

"뭐가 어쩌고 어째?"

"마음에 안 드는 데 당연히 이유가 있지, 없겠어요? 그리고 이건 까탈스러운 게 아니라 신중한 거예요."

날을 꼬박 새고도 남았을 그녀의 신중함에 준은 감탄을 하면서도 한마디, 한마디하는 말이 너무 어이가 없었다.

"됐고, 이미 골랐으니까 저거 신고 가."

준이 대충 아무거나 고른 빨간색 플랫슈즈를 가리켰다. 준의 말에 점원이 소진의 발 앞에 가지런히 내려놓았다.

"무슨 어린애들 꼬꼬마 신발도 아니고 빨간색이 뭐야. 보는 눈이 아주⋯⋯."

"아주 뭐?"

"들었어요?"

"들으라고 큰소리로 얘기한 거 아니었나? 내가 귀머거리야? 바로 옆에서 말하는데도 못 듣게?"

그렇게 크게 얘기했었나. 소진은 되짚어 생각하면서 준의 눈치를 살폈다.

"스타일리쉬하다구요."

"빨리 신기나 해."

준의 재촉에 소진은 마지못해 신발을 신었다. 플랫슈즈라 착용감은 편했지만, 빨간색에 리본 달린 게 촌스러웠고, 오며 가며 사람들이 신고 다니는 걸 보았기에 썩 내키지 않았다. 다른 슈즈는 상자에 담아 쇼핑백에 넣어 소진의 손에 있었다.

"그런데 신발은 왜 사주는 거예요?"

"내가 사람 하나 살리는 거지. 그 계단 한 칸 계속 신고 다녔으면 분명 어디서 굴러도 몇 번은 더 굴렀을 걸."

"무슨 말을 그렇게 무섭게 해요? 그렇게 되길 바란 거 아니었어요?"

"뭐 정신 차리려면 그것도 좋은 방법이긴 하지."

"왜 사주는 거냐구요?"

"무지하게 발 아프면서 안 아픈 척 계단 한 칸 신고 다니는 꼴이 딱해서."

"솔직히 내가 아빠한테 잘 말해달라고 사주는 거죠?"

"뭐?"

"이를 테면 뇌물?"

준은 소진의 뛰어난 상상력에 박수를 보내고 싶었다. 얼토당토 않는 말에 준은 무시하며 주차장으로 걸었다.

"뭐, 걱정 말아요. 뇌물까지 받쳤으니까 생각은 해볼게요."

"시끄럽고 빨리 타. 누가 누구 비서인지 모르겠네, 진짜."

걸어 다니는 폼이 이상해서 병원에 갔다 신발까지 사주게 되다니. 세상이 무슨 자신 위주로 돌아가는 양, 착각 속에 빠져 사는 소진의 착각에 준은 새삼 '신세계'를 경험하고 있는 중이었다. 그런데 참 아이러니하게도 그녀의 착각은 왠지 밉지가 않았다.

"참 우습게도 컸군."

"뭐가요?"

"아냐, 그런 게 있어."

세상 살다 보면 여러 종류의 사람을 만나기 마련이지만, 소진은 역시 지금까지 만나보지 못한 '독특한' 종류의 사람이었다. 뭐 이런 사람이 다 있나 싶을 정도로.

그런데 갑자기 무언가 퍼뜩 떠오르자 준이 낮게 물었다.

"그런데 윤소진 씨가 고잔고등학교 졸업했었나?"

"그런 고등학교도 있어……."

70

"강 대리랑 재미있는 대화하는 것 같던데. 어떤 이야기꽃을 피우셨나?"

"재미없었어요. 신경 쓰지 마세요."

회사 내에 소문 따윈 애당초 관심 없었으나, '고자'라는 터무니없는 소문은 도저히 참을 수가 없었다. 신체 건장한 남자를 하루아침에 고자로 만들어 놓다니, 사람들이 양심이 없어도 너무 없었다.

"궁금하면 확인시켜 줄 수도 있어. 어때?"

"돼, 됐어요."

"그럼 어떻게 책임질 건데? 사람을 한순간에 고자를 만들었으면 응당 책임을 져야 하지 않겠어?"

"책, 책임이라뇨? 내가 사람들한테 떠벌리고 다니기라도 했다는 거예요?"

눈을 부릅뜨고 억울함을 호소하는 소진을 바라보는 준은 매정하게 쏘아댔다.

"식당에서 아주 신나게 나를 까던데. 나도 들었는데 다른 사람들은 못 들었을 것 같아?"

"……작게 얘기한다고 얘기했는데 들렸어요? 이를 어째."

"어쩌긴 뭘 어째? 책임져야지."

"무슨 수로요?"

어쩔 줄을 몰라 하는 소진에게 준은 마치 준비했다는 듯 비책을 전수해 주었다.

"점심시간에 강 대리와 이렇게 떠드는 거야."

준은 은밀히 밀담을 나누는 것처럼 조심스럽게 말을 이었다.

"서 이사 만나는 여자 있다고. 뒤에 조심스럽게 멀쩡한 것 같다는 말 붙이고."

꼭 이렇게까지 해야 하나?

……이렇게까지 해야 한다.

소진은 얼떨결에 고개를 끄덕였다.

"너 여기서 뭐하냐?"

준은 아침 일찍부터 침대 위에 올라와 준의 얼굴을 핥아대는 녀석을 보며 눈살을 찌푸렸다. 늙으면 잠이 없다더니 개나 사람이나 똑같은 모양이었다. 아침부터 온갖 애교를 부리며 놀아달라며 어린애처럼 녀석은 졸라대고 있었다. 하기야 하루 종일 아무도 없는 집에서 혼자 있으려니 심심한 것도 당연했다. 본가엔 넓은 마당이 있어 뛰어놀기라도 하지, 집에선 뛰어봤자 그 자리가 그 자리니 아침부터 밖에 나가자고 녀석은 조르고 있었다.

"알았으니까 마음에도 없는 애교 부리지 마라."

준은 어쩔 수 없이 이불을 걷어 부치곤 피곤한 몸을 이끌고 거실로 나왔다. 샤워를 하곤 토스트기에 빵을 굽고 시원한 우유 한 잔을 컵에 따랐다. 그 사이 빵이 다 구워졌고, 준은 빵을 입에 물며 식탁에 앉았다. 그러다 녀석은 그릇이 비어 있다는 걸 깨닫고 사료를 가득 담아 주고 나서야 마음 놓고 빵을 먹을 수 있었다.

"역시 귀찮단 말이야. 돌보는 건."

벌써 녀석이 온 지 일주일이 다 되어 간다. 녀석의 사진을 보내 달라는 서 교수의 성화에 결국 대충 찍은 녀석의 사진을 보내주고 나서야 서 교수는 마음이 놓인 모양인지 잘 돌봐 달라고 부탁을 하곤 팔자 좋게 유럽 여행을 즐기고 있었다. 준은 꼬리를 흔들며 사료를 먹는 녀석을 바라보다 식은 식빵을 먹다 우유 한 잔을 들이켰다. 준은 편한 추리닝을 입곤 거울을 바라보았다.

　"뭐 나름 봐줄 만한데."

　그런데 그렇게 별로인가? 남자로 보이지 않는다는 건 그만큼 매력이 부족하다는 것 아닌가. 훤칠한 키에, 최연소 임원직에, 페이스도 이 정도면 꿀리지 않는다고 자부하는데 어째서 '남자'로 보이지 않는 것일까? 물론, 소진에게 남자로 보이고 싶은 마음이 있는 건 아니지만 이상하게 자존심이 상했다. 마치 그녀가 '별로야.' 라고 퇴짜를 놓는 것처럼 말이다.

　"보는 눈이 고새 변했군."

　준은 그녀가 무심하게 내뱉은 말을 마음에서 지워 버리며 세찬이의 목에 줄을 달곤 녀석과 놀아줄 부메랑까지 준비해선 밖으로 나왔다. 날씨가 화창한 게 녀석과 놀아주기에 안성맞춤이었다.

　오피스텔 근처에 새로 만들어진 공원 벤치에 앉은 준은 부메랑을 성의 없이 하늘 위로 던졌다. 그러자 녀석은 기다렸다는 듯 날쌔게 뛰더니 높이 점프를 해 준이 던진 부메랑을 입에 물었다. 감탄이 절로 나오는 녀석의 운동신경에 준은 벌써 귀찮아지기 시작했다. 그래서 이번엔 더 높이, 그리고 멀리 부메랑을 던지곤 한가로이 주변을 살펴보았다. 가족 단위로 나온 사람들도 있고, 친구

또는 연인끼리 온 사람들도 있었다.

따분한 표정으로 녀석이 부메랑을 물어보는 모습을 보고 있는데 어린아이가 신기한 얼굴로 다가왔다.

"아저씨, 강아지 만져 봐도 돼요?"

"그래, 한 번 만져 봐."

녀석도 싫지 않은지 꼬리를 살랑거리며 어린아이의 손길을 기다리고 있었다.

"어머! 애야 더러우니까 만지지 마."

벌레 보듯 녀석을 쳐다보며 앙칼진 목소리로 말하며 아이의 손을 저지하는 여성의 목소리에 준의 표정이 일그러졌다.

"더럽다구요?"

"……아니 내 말은."

"이 녀석도 말귀 다 알아듣거든요. 적어도 이틀에 한 번은 씻기는데 더럽다니요?"

"아, 아니 뭐……."

준은 거기서 멈추지 않고 하던 말을 이었다.

"내가 보기엔 아주머니 아들이 더 더러워 보이는데요? 잔뜩 흙 묻은 손으로 나도 만지는 거 별로 탐탁지 않았습니다."

"뭐, 뭐예요? 사람이랑 동물이랑 지금 비교하는 거예요?"

"먼저 이 녀석 더럽다고 선입견 갖고 마치 벌레 보듯 말한 건 아주머니가 먼저 아닙니까? 비교는 아주머니가 먼저 그런 것 같은데요."

준은 씩씩대며 세찬을 쳐다보며 말을 이었다.

"기분 더러워졌다. 집에 가자."

동물 애호가는 아니었다. 그런데 이 녀석에게 뭐라고 하는 말이 마치 자신에게 하는 것 같은 기분에 준은 불쾌감을 감출 수 없었다.

벌써 정든 건가?

4.
어느 별에서 왔나?

거짓말 못하는데…….

걱정도 잠시 소진의 앙증맞은 입술이 오물조물 움직였다. 일부러 목소리를 낮추거나 뒷담화의 주인공이 있나 없나 티 나게 살피다 눈을 마주치는 쓸데없는 행동은 삼갔다. 소진의 말을 들은 강 대리는 쉴 새 없이 '웬일이니'를 연발하며 예상을 뛰어넘는 오버스러운 행동이 이어졌다.

"하긴 그 나이에 여자가 없는 게 이상하지. 어쩐지."

며칠 전까지만 해도 히스테릭이나 고자 환자로 내몰더니 소진의 말에 강 대리는 언제 그랬냐는 듯 쉽게 태도를 바꾸었다. 입이 가벼운 강 대리에게 흘렸으니, 준이 바람둥이라는 소문은 삽시간에 퍼질 듯했다. 제 임무를 무사히 마친 소진은 그제야 조금이나마 있었던 죄책감에서 해방될 수 있었다.

"그런데 소진 씨가 어떻게 알아? 봤어?"

"핸드폰이 조용할 날이 없더라구요. 통화가 끝나기 무섭게 전화가 오고 통화할 때마다 부르는 여자 이름이 다르던데요?"

예상치 못한 강 대리의 예리한 질문에 소진은 없는 이야기를 더 지어내기 위해 머릿속은 쉴 새 없이 돌아가고 있었다.

"정말?"

"어떤 때는 미진이라고 했다가, 영주라고 했다가 또 누가 있었더라……."

"이름까지 기억한단 말이야?"

"그냥 흘려듣는 거죠. 고자란 소문은 아무래도 헛소문인 것 같아요."

"와, 이거 빅뉴스인데."

예상대로 강 대리는 소진이 던진 미끼를 일말의 의심 없이 덥석 물었다.

"서 이사가 바람둥이라니. 나 먼저 갈게."

간지러운 입을 가만히 있지 못하고 강 대리는 급히 식판을 들고 자리를 떴다. 생각해 보니 '고자'라는 소문을 낸 범인은 강 대리인데 어째서 뒷수습은 자신이 하고 있는 걸까. 뒤늦게 깨달은 소진은 억울해지기 시작했다. 이제 와서 억울해 봤자 준이 시킨 대로 수습을 끝낸 후인지라 어찌할 도리가 없었다. 엘리베이터를 타고 사무실로 올라가던 소진은 7층을 눌렀다. 휴게실에서 강 대리가 제 소임을 잘하고 있는지 문득 궁금해졌다. 엘리베이터에서 내려 휴게실 투명 유리 창문으로 쉴 새 없이 입을 움직이고 있는 강 대리를 보자 소진은 안심이 되었다. 그 옆엔 여직원 몇 명과 남직원도 보였다.

"저렇게 재미있나?"

뒤에서 남 욕하는 게. 고잔 줄 알았던 사람이 바람둥였다고 한다면 쇼킹하기도 하겠지. 소진은 고개를 끄덕이며 계단을 이용해 8층으로 올라갔다. 준이 억지로 사준 마음에 들지 않은 플랫슈즈가 제법 발에 익숙해졌는지 계단을 오르거나 내려갈 때 그 진가가 발휘되었다. 이렇게 편한 걸 왜 진작 신지 않았는지 후회가 될 정도였다. 물론 디자인은 골라준 사람의 안목이 떨어지니, 소진의 눈에 차지 않았다.

"이젠 바람둥이야?"

막 사무실에 들어온 소진은 볼멘소리를 내는 준을 노려보았다. 얼굴 가득 불만스러운 얼굴로 팔짱을 낀 채 자신과 똑같은 얼굴을 하고 있었다. 분명 그가 시킨 대로 여자 있다고 입이 가벼운 강 대리에게 미끼를 던졌는데 어째서 불만인 얼굴인 걸까.

"이사님이 시킨 대로 했잖아요. 책임지라면서요?"

"내가 언제 바람둥이 만들랬어?"

"……고자만 아니면 됐지."

"뭐?"

입술을 삐쭉삐쭉 내밀곤 소진의 혼잣말을 들은 준이 눈을 부릅뜨고 반문했다. 소진은 귀찮은 얼굴로 자신의 공을 몰라주는 준에게 따졌다.

"나도 최선을 다 했다구요."

"최선?"

"네. 최선. 원래 뒤에서 남 욕하는 거 내 체질 아닌데 이사님이 시켜서 어쩔 수 없이 했잖아요. 밥 먹다 체하는 줄 알았네."

말을 하다 보니 잊어버린 줄 알았던 억울함이 되살아났다.

"그리고 까놓고 말하면 내가 소문낸 것도 아니라구요. 소문은 강 대리님이 냈는데 왜 나한테 수습하라고 난리예요?"

생각하면 생각할수록 분하고 억울해 말하는 내내 흥분을 감출 수 없었다. 하지만 준은 그런 소진의 반응을 전혀 이해 못한 얼굴로 그저 어이없다는 반응이었다.

"그래서 억울해?"

"당연한 거 아니에요? 뒤늦게 생각해 보니 왜 내가 수습하고 있나 억울하고 분하네요."

"윤소진 씨가 상당히 머리가 나쁜 것 같으니 다시 한 번 말해주지. 식당에서 고자라고 소리 친 사람이 누구지? 백 명이 넘은 사람이 들었고, 그 사람들이 가만히 있었을까? 그리고 그냥 넘어가려고 했는데 윤소진 씨가 남 욕하는 체질이 아니야? 그거야말로 정말 어이가 없네, 정말. 이 사단을 만들어 놓은 장본인이."

한마디 한마디가 너무 구체적이고 사실적이라 반박할 여지가 없었다. 하지만 이렇게 세세하게 따지고 거기다 책임까지 묻는 모습이 좀스러워 보였다. 그래, 내가 소문냈다 치고 수습했는데 왜 저렇게 따져드는지 모르겠다.

"그래서 책임졌잖아요. 본의 아니게 바람둥이를 만들긴 했지만 고자보다는 그래도 바람둥이가 백 번 낫지 않아요?"

"뭐, 뭐?"

소진은 기죽지 않고 당당하게 대꾸했다. 이 정도면 그래도 남의 일에 신경 꽤나 써준 셈이었다. 말을 하다 보니 저도 모르게 여자가 한둘이 아니라는 말에 즉석에서 이름까지 지어내긴 했으나, 결과적으로는 고자라는 누명에서 벗어날 수 있으니 다행 아닌가.

"요즘 바람둥이가 트랜드라구요. 일명 나쁜 남자. 그러니까 신경 쓰지 마세요."

"남 일이라고 그렇게 막 말하는 거야?"

"사람들은 금방 잊어버려요. 걱정 말아요."

막말은 지금 누가 하고 있는데? 생각하면 할수록 이 남자는 본인이 제일 싫어한다는 무례하고 경우 없는 사람이나 막말하는 사람이 본인인 걸 모르고 있는 게 분명했다. 어쩜 본인에게 저렇게 관대할 수 있는 것인가. 예수조차 따라잡을 수 없는 본인의 관대함. 소진은 그저 감탄스러울 뿐이었다.

그나저나 며칠 전까지만 해도 병원까지 모셔다주고 플랫슈즈까지 사주며 과장된 친절을 베풀더니, 오늘은 왜 이렇게 별것 아닌 것에 따지고 사람을 못살게 괴롭히는 것일까. 혹, 여자들의 그날인 예민한 날은 아닐 테고. 아, 그저 서프라이즈.

"대도 않은 위로는 사양하겠어."

"바람둥이라고 말했다고 이렇게 따지는 거예요? 결과보다는 과정을 생각해 보세요. 내가 얼마나 이사님 누명 벗겨주려고 노력을 했는지."

"그게 노력이었어?"

도통 대화의 진전이 보일 기미가 없자 소진은 깊은 숨을 내쉬었다. 그저 그에게 언제가 될지 모르겠지만 기회가 된다면 책 선물을 하고 싶었다. 이를테면 '대화의 기술' 혹은 '성격 바꾸는 법.'

소진은 마음속에 참을 인자를 수도 없이 새기며 그의 다음 말을 기다렸다.

"난 과정보다 결과를 중요시 하는 사람인데. 결과가 안 좋으면 과정도 뭐 보나마나 아니겠어?"

이 사람이 진짜!

"그럼 '최선을 다해서' 다시 고자 만들어 줄까요?! 그 결과는 장담할 수 있을 것 같은데. 어때요?"

마음속으로 참을 인자를 새긴 지 10초도 되지 않아 소진은 그를 이해하는 짓은 개나 주기로 했다. 더 이상 참다간 화병으로 먼저 병원 신세지는 것은 물론이요, 자신이 어떤 짓을 할지 상상조차 할 수 없었다.

"대답해요! 고자할 건지 바람둥이할 건지! 선택해요!"

"윤소진 씨!"

"나 확 돌아 버릴 것 같거든요? 사람이 참는 데 한계가 있는 거라구요!"

그가 대답할 여지를 주지 않고 다다다, 쏘아붙인 소진은 있는 힘껏 사무실 문을 닫고 나와 버렸다. 그제야 속이 뻥 뚫린 것처럼 속이 다 후련해졌다.

이렇게 소리 지르며 밖으로 나가는 사람을 잘 가라며 붙잡지 않을 리 없었다. 사람이 최소한의 양심이 있다면 적어도 붙잡는 시늉이라도 해야 했다.

……그런데 어째서 이렇게 조용한 거지?

불안한 마음을 애써 추스르며 소진은 몇 걸음 걷다 멈추고 뒤를 돌아보았다. 소진이 사무실을 나오며 있는 힘껏 닫았던 문은 그대로 굳게 닫혀 있었다. 사무실 안 또한 쥐 죽은 듯 조용했다. 준의 성격상 사무실 문을 열고 자신을 붙잡을 확률은 인심 써도 20% 정도의 희박한 확률뿐이 되지 않는다는 것을 소진은 너무 늦게 알아차렸다. 그제야 앞뒤 안 가리고 막무가내로 떠들어대던 자신의 입술을 손으로 응징했다.

고자를 할 건지, 바람둥이를 할 건지 고르라니. 그걸 말이라고 하는 소린가.

"정말 안 붙잡아?"

무슨 사람이 이렇게 칼이야? 소진은 굳게 닫힌 문을 바라보며 고민에 빠졌다. 이대로 회사 밖을 나가던지, 아님 비굴하게 다시 사무실 안으로 들어가던지 둘 중 하나를 선택해야 했다. 소진은 두세 걸음만 걸으면 닿는 사무실 손잡이를 향해 어느덧 자신도 모르게 걷고 있었다. 하지만 문고리를 잡자마자 고개를 세차게 저었다. 다시 사무실 안으로 들어가서 비굴한 모습을 그에게 보일 바엔 이라크로 쫓겨나는 편을 선택할 셈이었다.

"그래, 잘 먹고 잘살아라. 서 이사!"

의기양양하게 소리치며 소진은 엘리베이터를 타고 1층으로 내려왔다. 고민할 틈을 주지 않기 위해 소진은 로비를 신속하고 빠르게 빠져나왔다. 그렇게 나와 보니 완연한 봄 날씨가 소진을 반기고 있었다. 그런 날씨에도 불구하고 소진이 갈 곳은 회사 뒤에 새로 만든 공원이 전부였다. 벤치에 있는 먼지를 손으로 탁탁 털고 나서 엉덩이를 깔고 앉은 소진은 눈부시게 맑은 하늘을 보며 울상을 지었다. 결국 자신이 가야 할 곳은 이라크였나 보다 하고 체념했다. 3초만 더 참았으면 이놈의 성질머리 죽일 수 있었는데.

소진은 자신의 머리를 쥐어박으며 고약한 성질을 탓했다.

"그래도 붙잡지도 않냐. 치사하고 더럽다, 진짜."

신경질적으로 바닥을 탁탁 치다 그제야 자신이 빈손이라는 걸 깨달았다. 백을 그대로 회사에 두고 나와 버린 소진은 회사를 벗어날 수 없게 되었다. 김 실장한테 백을 갖다 달라고 부탁한다 해도 들어줄 리 만무하고, 그렇다고 그녀가 애지중지하는 가방을 버릴 수는 없었다.

"짜증나!"

어쩔 수 없이 소진은 다시 회사로 들어갔다. 사무실 앞까지 도착해서도 자존심 때문에 쉽게 안으로 들어가지 못하고 발만 동동거렸다. 가방을 가지고 나오는 뒷모습이 왠지 초라해 보일 것 같았다. 설마 잘 가라고 인사하는 건 아니겠지?

"그럼 정말 살인 날지도 몰라."

가방만 가지고 나온다는 생각으로 소진은 사무실 손잡이를 돌렸다. 가뜩이나 귀 밝은 사람인데 문 여는 소리까지 들릴 새라 소진은 조심스럽게 문을 열어 안으로 들어왔다. 탈의실 문을 열고 서랍장에서 가방을 들고 조심스럽게 나와 회심의 미소를 지었다. 하지만,

"무슨 볼일이야?"

벌써 이런 식으로 나오시겠다?

"가방 가지러 왔어요."

"미리 알았으면 경비실에 맡겨뒀을 텐데. 외부인이 들어오기엔 정보 유출 때문에 걱정이라서 말이야."

"외부인? 정보 유출? 지금 말이면 단 줄 알아요?"

"윤소진 씨가 하는 행동은 잘한 짓이라고 생각해?"

"내가 뭘요!"

소진은 턱을 치켜들고 소리쳤다.

"초등학생만도 못한 짓이라는 건 아나? 제멋대로 행동하는 사람인 줄 알았지만 멋대로 나가 버리곤 뭘 잘했다고 큰소리야?"

"잘한 게 없을 줄 몰라도 잘못한 것도 없는데요?"

이왕 이렇게 된 거 끝까지 소진은 잘했다고 큰소리를 떵떵 쳤다. 이놈의 회사 처음부터 들어오고 싶어서 들어온 게 아니었다. 억지로 끌려와 자리를 보존한 결과는 치욕스러웠다.

"없다?"

"정보 유출되면 내 탓이라고 할 것 같으니까 외부인은 이만 나갈게요."

속마음과는 달리 소진은 애써 아무렇지 않은 척하며 밖으로 나왔다. 잘못한 게 없으니 사과하거나 숙이고 들어가야 할 이유는 없었지만, 그렇다고 한 살이나 더 먹은 어른이 저렇게까지 꼭 꼬치꼬치 따져서 사람을 내쫓아야 했는지 소진은 준이 원망스러울 따름이었다. 뻔히 자신의 사정을 알고 있으면서 말이다. 정말 나쁜 사람이다. 세상에 남자가 준밖에 없다 해도 독신으로 살고 싶을 만큼 나쁜 사람.

그런데 이젠 어쩌지? 어디 가지?

사무실에서 나오자마자 소진은 고민에 빠졌다. 윤 회장 몰래 숨고 싶어도 가진 돈이 없으니 자신의 몸 하나 숨길 곳이 마땅치 않았다. 그렇다고 큰소리 치고 나와서 다시 사무실로 들어가는 꼴이 얼마나 우스울까. 한 3초만 더 생각하고 말할 걸. 3초 동안 윤 회장의 얼굴을 떠올리다 말할 걸. 소진은 후회했다.

이젠 어떻게 해야 하는지 빠르게 두뇌 회전을 해서 앞날을 준비해야 했다. 강 대리가 입에 모터를 단 듯 신나게 떠들던 텅 빈 휴게실에 앉아 아무리 해결책을 생각하면 생각할수록 소진은 목이 타들어 갔다. 분노에 찬 윤 회장의 얼굴을 다시 보게 된다고 생각하니 또다시 오금이 저렸다. 과연 이번엔 어떤 불호령이 떨어질지 생각만 해도 끔찍했다. 휴게실에 앉아 30분가량을 고민한 결과는 안타까운 현실이었다.

"설마 나가라고 내쫓진 않겠지. 김 실장처럼 질질 날 끌고 나갈 사람은 아니야."

이런 자신이 싫으면서도 소진은 얼굴에 철판 열 겹은 거뜬히 깔곤 사무실 안으로 들어갔다. 그냥 뻔뻔해지기로 결심했다. 불리할 때마다 나오는 소진의 주특기이기도 했다.

"핸드폰을 두고 왔네. 어디 있지?"

괜히 준이 들리도록 과장된 목소리로 혼잣말인 양 말하며 책상 여기저기를 뒤졌다. 가방 안에 있는 핸드폰을 책상을 뒤진다고 해서 나올 리가 없었다. 당장 죽일 듯 나와 핸드폰을 찾을 때까지 지켜보고 있을 줄 알았던 소진의 예상과는 달리 준의 방은 쥐 죽은 듯 잠잠했다. 일벌레로 모드를 바꾼 모양이었다. 소진은 가방을 내려놓고 열심히 '일하는 척'에 돌입했다. 무언가 잘하지는 못해도 흉내는 제법 그럴 듯했다. 방금 전까지 아무 일 없었다는 듯 소진은 서류를 정리하며 결재 서류를 가지고 준의 방을 노크했다.

3초만 참으면 돼. 3초.

"이사님, 결재 서류 가지고 왔어요."

최대한 밝고 친절하게 소진은 결재판을 준의 앞에 내려놓고 그가 결재해 주기를 기다렸다. 역시 예상대로 준은 떨떠름한 표정으로 소진이 내려놓은 결재판에서 스튜디어스 뺨 치는 밝은 미소를 하고 있는 소진의 얼굴로 시선이 옮겨졌다.

"뭐하자는 거야?"

"뭐가요?"

"10분 전 일을 고새 잊었어?"

내 생에 최대 굴욕을 잊을리가요.

"무슨 말씀이신지……."

"외부인이 왜 여기 있는 건데?"

소진이 눈앞에 있는 것만으로도 상당히 불쾌한 듯 준이 쏘아붙였다. 소진은 마음속으로 카운트다운만 열심히 하고 있었다. 어떻게 해서든 인내하기 위해 나름대로의 노력이었다.

"……십 분 전 일은 잊어주세요."

"잊긴 뭘 잊어? 평생 기억할 거야, 평생."

말은 그렇게 해도 소진이 가져온 결재 서류를 훑어보며 사인을 하고 준이 나가란 말은 하지 않아 소진은 다행이라고 생각했다. 결재 서류를 가지고 나오며 소진은 혼자 중얼거렸다.

"참는 자에게 복이 있나니."

후두두둑.

퇴근 시간이 다 되었을 무렵 소진은 창문을 때리는 심상치 않은 소리에 시선을 돌렸다. 아니다 다를까, 굵은 빗줄기가 쉴 새 없이 창문을 때리고 있었다. 하루 종일 맑은 봄 날씨였는데 퇴근 시간 다 돼서야 비가 오다니 무방비 상태였던 소진은 점점 더 굵어지는 빗줄기를 보며 망연자실한 표정을 감출 수 없었다.

"윤소진 씨, 퇴근 안 해?"

먼저 퇴근했을 줄 알았는데 자리를 지키고 있는 소진을 보며 준이 물었다. 그가 차에 태워주는 친절을 베풀어 줄 사람이 아니라는 걸 알기에 소진은 시원하게 퍼붓는 빗줄기를 보고도 태연하게 퇴근 안 하냐고 묻는 준이 얄밉기 그지없었다.

"먼저 들어가세요."

"그럼 내일 보자고."

언제 그칠지도 모르는 비가 그치길 기다리는 짓은 무모한 행동이라는 걸 소진은 뒤 늦게 깨달았다. 그에게 물에 빠진 생쥐 꼴을 보이고 싶지 않아 소진은 십 분 뒤에야 사무실에서 나왔다. 로비에 내려오자 천둥번개를 동반한 강한 비가 바닥을 찧고 있었다.

"난 정말 재수도 더럽게 없지."

회전문을 빠져나오자 차가운 물을 누군가 힘껏 퍼붓는 기분이었다. 작은 손으로 머리를 가려보았지만 회사에서 나온 지 10초도 되지 않아 온몸이 젖었다. 그나마 다행인 건 이런 꼴을 보이고 싶지 않은 사람이 없다는 것이었다.

빵!

클랙션 소리와 함께 미끄러지듯 차가 멈춰 서자 소진의 발목에 빗물이 시원하게 튀었다. 어떤 몰상식한 사람인지 얼굴을 확인하기 위해 고개를 돌렸다.

"지금 뭐하는 거예요?"

소진의 입에서 절대 좋은 말이 나오게 하지 않는 사람이었다. 더러운 물을 흠뻑 튀겨놓고 미안한 기색 없이 소진은 자신의 몰골을 바라보고 있는 준에게 쏘아댔다.

"윤소진 씨와 비슷한 사람이 있길래 봤더니 맞네."

그냥 예의상이라도 '비가 많이 오는데 탈래?' 라고 물어봤어도 마음에도 없는 친절은 이쪽에서 먼저 거절할 참이었다. 그런데 비를 쫄딱 맞고 집에 가는 사람을 세워놓고 비웃는 행동에 소진은 어이가 없었다. 그쪽이 본 사람이 윤소진이 맞았으니 이젠 어쩔 셈인데?

"타든가."

"됐거든요?"

단 1초의 여유도 주지 않고 소진은 매몰차게 거절했다.

"정말 안 탈 거야? 비가 점점 많이 오는데."

"걱정 마세요! 버스 타고 한 시간 정도 가서 20분이나 집까지 걸어가야 하지만 상관 마세요!"

이렇게 그와 감정 소비를 하는 동안 계속해서 비를 맞고 있음을 깨달았다. 이럴 시간에 걸어갔어도 버스 정류장까지 도착하고도 남았을 터였다.

"이미 비 맞았으니까 그냥 가던지, 그럼."

그는 창문을 닫은 후, 자신과 상관없다는 말투로 사람을 실컷 약 올리더니 차를 출발시켰다. 분한 마음을 삭히느라 한동안 그 자리에 머물다 소진은 걸음을 재촉했다. 두고 봐라, 내일은 커피에 설사 약을 잔뜩 넣어서 꼭 마시게 할 테니까. 소진은 내일의 거사를 어떻게 성사시킬 것인지 생각하는 동안 어느새 버스 정류장에 도착했다. 그런데 좀 전에 본 차가 버스 정류장에 멈춰서더니 창문을 내렸다.

"윤소진, 얼른 타."

"내가 왜요?"

병 주고 약 주는 걸로도 모자라서 사람을 들었다 놓았다 어지럽게 쉴 새 없이 바이킹을 태우며 사람을 가지고 노는 준의 태도에 소진은 역정을 낼 뻔했다.

"금방 그칠 것 같지 않아."

"그게 이사님과 무슨 상관인데요. 웃긴다."

"여기서 얼마 안 가면 오피스텔이니까 우산 줄 테니까 쓰고 가든가, 그럼."

"대놓고 지금 날 어떻게 하겠다는 거예요?"

준의 말을 오해한 소진이 눈에 불을 켜고 따졌다. 그 사이 버스가 준의 차 뒤에서 시끄럽게 클랙션을 울렸다.

"빨리 타기나 해. 다른 사람들한테 피해 주지 말고."

지금 피해 주는 사람이 누군데……. 소진은 버스 정류장의 사람들의 따가운 시선을 느낀 소진은 뒤늦게 준의 차에 탔다.

"사람들한테 피해나 주고 다니고 말이야."

"내가 언제 태워 달랬어요?"

생각하면 생각할수록 얄미웠다. 차 있다고 유세 떠는 것도 아니고 비 맞고 있는 사람을 놀리기나 하니 말이다.

"우산 준다는 핑계로 집으로 날 끌어들일 생각하지 말아요."

"꿈에도 그런 생각 안 하니까 걱정 마."

난 눈도 없는 줄 알아, 준은 그렇게 말하려다 참았다. 무슨 사람이 착각과 오해 속에서 사는지 당최 이해 불가였다.

"말은 그렇게 해놓고 날 안심시키려는 수작이죠?"

"수작?"

"내가 모를 줄 알았어요?"

확신의 찬 그녀의 눈빛이 왜 이렇게 우스운 걸까. 저렇게 집요하게 물어보면 없던 흑심도 생겨날 지경이었다.

"어떻게 해달라고 말하는 것처럼 들리는데?"

"뭐요?"

"설마 윤소진 씨가 원하는 바가 아니야?"

"내가 미쳤어요?"

"그럼 내가 미쳤다는 말이야?"

강하게 부정하는 소진의 반응에 준은 인상을 팍 썼다. 왠지 모를 불쾌감과 모멸감이 들었다. 여자란 동물이 이렇게 쉽게 변하는 동물일 줄이야.

"그럼 예전에 미쳤었나?"

"네?"

알아들을 리가 없지. 역시 기억 속에서 영영 사라졌군, 나란 존재는.

"괜히 억울해지네."

"뭐가요?

"아냐, 아무것도."

순순히 말해줄 수 없지.

"얼마나 더 가야 되요?"

소진은 뭔가 이상한 준의 반응에 고개를 갸웃거리다 물었다.

"거의 다 왔어."

준은 오피스텔 주차장으로 들어갔다. 주차를 하곤 벨트를 풀며 소진에게 시선을 돌렸다. 그제야 그녀가 추위가 벌벌 떨고 있는 걸 알아차렸다. 이러다 감기라도 걸리면 괜히 귀찮아진다.

"잠깐 올라와."

"역시."

"괜한 생각하지 말고 올라와서 차라도 마시고 가."

"이사님이 괜한 생각하게 만들잖아요."

"혹시 남자 집에 처음 와?"

정곡을 찔린 소진은 표정관리가 쉽게 될 리가 없었다.

"그럴 리가요."

"아니기는."

그럼 그렇지. 준은 어쩐지 처음부터 혼자 이상한 상상을 하는 소진이 이상하다 싶었다. 이미 소진의 표정을 읽은 준은 소진이 긴장하고 있음을 깨달았다. 그래 놓고 괜한 사람 늑대로 만들어 놓기 선수다. 엘리베이터를 타고 준은 7층 버튼을 누르곤 바지 주머니에 손을 넣었다. 소진과 준의 사이에선 묘한 침묵이 흘렀다. 엘리베이터에서 내린 준은 긴 복도를 따라 쭉 걷곤 비밀번호를 눌렀다.

"거기서 뭐해?"

엘리베이터 앞에서 우물쭈물하며 서 있는 소진을 보며 준이 물었다.

"여기서 기다릴게요. 우산이나 가져와요."

"정말 날 이상한 사람 만들 거야?"

"우산 받고 빨리 집에 가려고 그래요. 오해 말아요."

너무 순진무구한 얼굴로 손을 내저으며 멀찌감치 떨어져 있는 소진을 보다 준은 불쾌한 얼굴로 집 안으로 들어가고 나서야 소진은 긴장했던 가슴을 쓸어내렸다. 그런데 어디서 나타난 건지 한눈판 사이에 덩치 큰 녀석이 소진의 앞에서 알짱거리기 시작했다. 눈을 시퍼렇고 털은 까맣고 쫑긋한 귀에 귀염성을 찾아볼 수 없는 무서운 녀석이었다. 티브이에서 본 듯한 녀석은 분명 남극에서 썰매나 끌고 있어야 했다.

"절로 가. 이쪽으로 오지 마."

소진은 뒷걸음질 치며 손을 휘이휘이 저었다. 도대체 저런 덩치 큰 놈이 어디서 나온 것인지 소진은 궁금하면서도 저런 위험한 개를 여러 사람이 사는 아파트에서 키우는 몰상식한 사람을 속으로 욕했다. 소진의 손짓에도 불구하고 녀석은 점점 소진에게 가까이 가고 있었다.

"너네 집으로 가. 아니다, 너 얼른 남극으로 가서 썰매나 끌어."

겁먹은 얼굴로 소진은 벽에 딱 붙어서 녀석에게 말했다. 으르렁거리며 자신에게 다가오는 게 꼭 잡아 먹을 것 같았다. 소진은 가방에서 핸드폰을 꺼내 119로 구조 요청을 하기 시작했다.

"여기 썰매개, 아니, 엄청 큰 시베리안 허스키가 있는데요. 절 잡아먹으려고 해요. 어떻게 하죠?"

상담원은 침착하라는 말만 되풀이하며 위치를 물어보았다. 그런데 준의 차로 이동했기에 위치를 알 수가 없었다. 울먹울먹 소진은 이대로 죽는 건가 싶었다.

"뭐해? 거기서?"

한 줄기 희망 같은 목소리가 들려왔다.

"이사님! 여기 썰매개가 있어요! 절 잡아먹으려고 해요!"

소진은 살려달라며 손을 흔들었다. 상황 파악이 덜 된 준은 소
진 앞에 있는 녀석을 바라보았다. 우산을 찾는 사이 녀석이 열린
현관문으로 나간 모양이었다. 그리고 마침 소진의 눈에 띄었고 겁
먹고 누군가에게 전화를 걸며 구주요청 중이었던 것 같았다.

"윤소진 씨, 지금 누구한테 전화 거는 거야?"

설마 119는 아니겠지, 싶었다.

"119요."

"얼른 전화 끊어. 이 녀석 사람 안 잡아먹어."

"어떻게 알아요?"

"우리 집에서 나온 녀석이니까."

그제야 소진은 전화를 끊고 안심을 했다.

"얼른 저 개 치워줘요. 물면 어떻게 해요?"

준은 '세찬아, 이리 와.' 하고 불렀지만 녀석은 꼬리를 살랑 흔
들며 소진 앞에서 움직이지 않았다. 준의 말도 듣지 않자 소진은
다시 겁먹기 시작했다.

"정말 주인 맞아요? 말을 안 듣잖아요."

"원 주인은 내가 아니니까. 야, 이리 와."

"얼른 니 주인한테 가렴. 널 부르잖니. 사람보다 더 맛있는 걸
줄 거야."

"윤소진 씨 이 녀석 예방접종 안 했어."

뜬금없는 준의 말에 소진은 인상을 썼다. 이 상황에서 필요 없는 말을 왜 하나 싶었다.

"어쩌라구요. 얼른 치우기나 해요."

"물리지 않게 조심하라고. 물리면 알지?"

"……뭐요?"

"광견병 걸린다. 조심해."

뭐 저런 무책임한 말을 하나 싶었다.

"야. 빨리 가. 응? 나 광견병 걸리기 싫거든?"

소진의 애원에도 불구하고 녀석은 소진에게 다가갈 뿐이었다. 준은 큭큭대며 웃다가 그제야 녀석에게 다가가 머리를 쓰다듬었다. 그냥 장난 한 번 친 것뿐인데 그 말을 곧이곧대로 믿곤 개와 대화하는 모습이 우스웠다.

"가라고 하면 얘가 참 잘도 가겠다."

"그럼 어떻게 해요? 똑같이 짖는다고 알아들을 것 같지도 않은데."

준은 녀석을 데리고 집으로 들어간 후, 소진에게 들어오라고 했다.

"저 개, 방에 가둬요."

"왜?"

"이사님은 주인이라 안 물겠지만, 전 달라요. 아까 나 보면서 침 흘렸단 말이에요."

"뭐?"

준은 소진의 말이 어이가 없었지만 그녀의 말대로 방에 가둬 버렸다. 그제야 소진은 집 안에 들어왔다.

"우산은요?"

"찾아봐야 돼. 어디다 뒀는지 기억이 안 나네. 우선 녹차 마시고 있어."

소진이 소파에 앉아 준이 내온 녹차를 마시는 동안 준은 방에 들어가서 서랍장이란 서랍장은 죄다 열어보았다. 일전에 편의점에서 사둔 우산을 버리지 않았다면 분명 집 안 어딘가 있어야 했다. 한 번 쓰고 버릴 생각으로 샀기에 정확히 어디에 던져두었는지 기억이 가물가물해질 때였다. 베란다 문을 열고 나서야 우산의 행방을 찾을 수 있었다. 베란다 뒤로 보이는 창문으론 빗줄기가 점점 얇아지고 있었다. 준은 우산을 탁자에 내려놓고 맞은편에 앉았다.

"타월 줄게."

"씻으라구요?"

"젖은 거 닦으라고. 윤소진 씨 가만 보면 되게 음흉해."

"음흉하긴요. 이사님이 그런 상황을 자꾸 연출하잖아요."

준은 쯧쯧거리며 새 타월을 꺼내 소진에게 내밀었다. 소진은 마지못한 얼굴로 타월을 받아 젖은 머리부터 닦아냈다.

"감기 안 걸리게 미리 감기 약 먹고 자."

"내가 알아서 해요."

"내일 감기 걸려서 결근하면 알지?"

"모르는데요?"

"그럼 내일 결근하면 알게 될 거야."

정말 못된 사람. 속으로 욕을 하고 있는데 어디선가 괴상한 소리가 들렸다.

"이게 무슨 소리지? 또 천둥치나?"

소진이 창밖을 바라봄과 동시에 준이 큰소리로 웃었다.

"큭큭. 윤소진 씨, 배에서 나는 소린데?"

"기분 나쁘게 왜 웃어요?"

"배고파?"

여전히 웃음을 머금은 얼굴로 준이 물었다. 기분 나빠 당연히 아니라고 쏘아붙여야 정상인데 그 순간 소진은 고개를 끄덕였다.

"저녁 먹을 시간이 한참 지나긴 했지. 그런데 어떻게 자기 뱃속에서 나는 소리도 몰라?"

"그, 그럴 수도 있지. 에이씨, 집에 가야겠어요."

자꾸만 웃어대는 그 모습이 창피해 소진은 가방을 들고 소파에서 일어났다.

"라면이라도 먹고 가든가."

그의 제안이 꽤 솔깃해서 거부할 수 없었다. 소진은 다시 소파에 앉아 녹차를 마셨다.

"윤소진 씨, 다 됐어."

매콤한 냄새에 소진은 저절로 침이 고였다. 넥타이를 풀고 소매를 두세 번 걷어 올린 모습으로 준이 냄비를 식탁에 내려놓았다. 반찬은 잘 익은 배추김치 하나뿐이었다. 식탁에 앉자 준은 앞 접시에 푸짐하게 라면을 푸곤 소진 앞에 내려놓았다.

"배고플 텐데 어서 먹어."

"와! 맛있겠다."

소진은 젓가락을 들고 라면을 후루룩 입속에 밀어 넣었다. 준은 소진이 맛있게 먹는 모습을 보다 저도 젓가락을 움직였다.

"먹을 만해?"

"이 정도면 뭐."

소진은 인심 쓰는 말투로 대답했다.

"다행이네. 먹을 만해서."

"그런데 저 개는 밥 안 줘요?"

"윤소진 씨 간 다음에 줘야지. 잡아먹으면 어쩌려고?"

소진을 놀리며 준이 대답했다

"그래도 줘요. 아까 나 보면서 침 흘린 거 보니까 배 많이 고픈 것 같던데."

소진의 인심 쓰는 말투에 준은 일어나서 녀석의 밥그릇에 사료를 가득 담아 방 안에 넣어주었다.

"그런데 저 개 원 주인은 누구에요?"

"서 교수…… 아니, 우리 아버지."

"그런데 왜 이사님이 데리고 있어요?"

소진이 묻자 준은 다시금 녀석이 집에 오던 첫날을 떠올렸다. 여전히 생각해도 열받는다.

"여행 가셨거든. 강압적으로 떠맡게 되었어."

"정말요? 이사님도 잡아먹히지 않게 조심해요."

소진이 걱정스러운 표정으로 준에게 충고했다. 도대체 어떤 근거로 이 녀석이 사람을 잡아먹을 거란 터무니없는 생각을 하는지 궁금해졌다. 침을 흘리는 거라면, 나이를 먹으면서 자연스럽게 생기는 현상인데 말이다. 준이 끓여준 라면으로 배를 채우고 나서 소진은 식탁 의자에 기대 편히 앉았다. 그런데 방에 가둬둔 녀석이 방에서 나와 소진의 곁으로 다가오고 있었다. 그런 녀석의 인기척을 소진이 느꼈는지 살짝 뒤를 돌아보곤 흠칫 놀란 표정으로 변했다.

이를 어째. 또 겁먹고 헛소리를 하겠군.

"이사님, 개가 방에서 나왔어요."

올먹이며 소진이 겁에 질려 가늘게 몸을 떨고 있었다.

"걱정 마. 이 녀석도 입은 꽤 고급이라 비싼 사료만 먹는다고."

준의 말은 아예 귀에서 차단해 버린 모양인지 소진은 녀석이 다가오자 몸이 굳어 버렸는지 움직이지도 않았다. 거기다.

"지금 이 상황에서 자는 거야?"

눈까지 감고 도대체 뭐하는 건지 준은 아직까지 감이 오지 않았다.

"죽은 척하는 거예요."

지금 농담하는 거지? 준은 그렇게 묻고 싶었다. 녀석은 아무 미동이 없는 소진을 보며 꼬리를 흔들다 이내 그녀의 발등을 핥기 시작했다. 소진은 꺼림칙한 촉감에 움찔했다.

"얘 지금 뭐해요?"

"윤소진 씨 발부터 먹으려나 보지. 침 바르는 거 같은데."

"진짜요?"

"지금 그 말을 믿는 거야?"

"장난치지 말고 이 개 좀 치워요."

여전히 눈을 감은 채 죽은 사람 시늉을 내는 소진의 모습이 우스워 더 구경하고 싶었으나 준은 그만두기로 했다. 녀석을 베란다에 가둬 둔 후 아예 문을 잠가 버렸다.

"치웠어. 이제 눈 떠."

소진은 실눈을 뜨고 주변을 살피다 녀석이 없는 걸 두 눈으로 확인하고 나서야 안도의 한숨을 내쉬었다.

"안 되겠어요. 저 개한테 잡아먹히기 전에 가야지."

소진은 급히 가방을 챙겼다.

"이사님, 택시 비 좀 빌려줘요."

"택시 타고 가려고?"

"날이 어두워졌잖아요. 숙녀를 그냥 보내려고 했어요?"

별 생각 없이 던진 말에 소진의 핀잔이 무섭게 이어졌다. 어떻게 이런 무심함이, 란 말을 생략한 소진의 얼굴을 바라보고 있자니 스스로가 정말 나쁜 놈이 된 것만 같은 착각이 일었다.

"그러니까 지금까지 혼자인 거라구요."

가시가 박힌 소진의 말에 준은 지갑에서 꺼내던 지폐를 도로 집어넣고 싶었다. 하지만 준이 지갑에서 만 원짜리 지폐를 두 장 꺼내기가 무섭게 소진이 낚아챘다.

"삥 뜯기는 것 같은데."

"월급 타면 갚을게요."

고맙다는 말도 없이 소진은 택시비 이만 원을 챙겨 준의 집에서 나왔다. 준도 소진의 뒤를 따라 큰길까지 동행했다.

"택시 왔어."

"갈게요."

준이 손을 흔들자 택시가 소진과 준 앞에 미끄러지듯 신속히 멈추었다. 소진은 뒷좌석에 타곤 준에게 손을 흔들었다. 택시가 출발하고 난 뒤 준은 뒤늦게 손을 흔들고 있음을 깨달았다.

"인천 가, 너 2345."

그냥 데려다 줄 걸 그랬나.

5.
서 이사가 달라졌어요

전화벨 소리에 소진은 걸음을 멈추고 백에서 핸드폰을 꺼냈다. 발신번호를 확인한 소진은 시끄럽게 울리는 핸드폰을 들고 고민을 하다 못마땅한 얼굴로 전화를 받았다.

"응, 나야."

─오랜만인 내 전화가 반갑지 않은 모양이지?

"한영주, 네가 웬일이야?"

그녀는 S전자의 회장의 막내딸로 학력 위조까지 해서 카이스트 수석 대학 졸업장을 받았다. 그리고 대단한 대학 졸업장으로 샵을 운영하고 있었다. 아마 영주는 소진의 귀국 소식을 듣고 전화를 한 것이 틀림없었다.

─웬일은? 너 귀국했다며?

"여전히 나에 대해 모르는 게 없구나?"

고등학생 때부터 알고 지낸 사이지만 소진과 사이는 그리 좋은 편이 아니었다. 어릴 때 짝사랑하던 남자가 소진에게 고백을 했다는 이유로, 소진이 그 남자를 여우짓으로 홀리게 했다며 근거 없는 망상으로 소진을 미워하기 시작했던 것이다. 그 흔한 대학 졸업장도 없다며 대놓고 무시했고, 그녀의 입방정 덕분에 소진은 사고뭉치로 낙인찍혀 있었다. 그런데 어떤 먹잇감 냄새를 맡고 전화를 걸었는지 소진은 그게 궁금할 뿐이었다.

　―그나저나 너 미국에서 귀국하고 아버지 회사에서 일한다며?

　그럼, 그렇지.

　"나도 이제 놀러 다니는 게 지겨워져서 아버지 밑에서 일 좀 배워볼까 하고 말이야."

　―어떤 중책이라도 맡겨 주신데?

　잔뜩 비웃는 영주의 목소리에 소진은 욕을 한 바가지 퍼부어 주고 싶었다. 하지만 먼저 얼마나 인내하느냐가 승패를 좌지우지하고 있었기에 소진은 주먹을 움켜쥔 채 인내하고 있었다.

　"왜 부럽니? 하긴 장사도 잘되지 않은 파리만 끓는 구멍가게를 하니까 내가 부럽긴 할 거야."

　―뭐, 뭐? 구멍가게?

　"내가 뭐 틀린 말했니?"

　―그러는 너야말로 회장님한테 억지로 끌려와서 일하게 됐다면서? 카드란 카드는 다 **뺏기고** 여권까지 **뺏겨서** 이제 외국도 못 나가게 됐잖아? 거기서 하는 일이야 기껏 해봐야 비서 아니겠어?

　집 어딘가 도청장치를 해놓았든가, 스파이를 심어놓았거나 둘 중 하나였다. 어떻게 이런 집안 사정을 자세히도 알고 있는지 소진은 새삼 영주의 정보력이 대단하게 느껴졌다.

"비서가 뭐 어때서? 난 멀리 날게 될 독수리가 잠깐 날개를 다듬고 있다고 생각할 뿐이야. 서 이사도 얼마나 나한테 절절 매는 줄 아니? 여기서 나한테 함부로 대할 사람은 아무도 없거든? 내 세상이 따로 없어서 하루하루가 너무 재미있으니까 그런 딱한 말투는 치워 줄래?"

소진은 화가 나서 다다다, 쏘아붙인 후 먼저 전화를 끊어 버렸다. 아침부터 전화해서 사람 혈압 오르게 하는 자질은 여전히 녹슬지 않았다. 더 쏘아대지 못한 게 후회가 돼서 다시 전화를 걸까 하다 소진은 그만두었다. 십여 분 정도 길거리에 서서 전화를 하던 소진은 다시 걸음을 재촉했다.

그리고 그때였다. 누군가 바람처럼 달려와 소진이 메고 있는 백을 낚아채 도망갔다. 뭐라고 소리를 질러야 하는데 소진은 너무 놀라서 소리조차 지르지 못하고 있다 한참 뒤에서야 목소리를 쥐어짜 냈다.

"도, 도둑이야! 도둑 좀 잡아 주세요!"

소리를 지르면서 뛰어가 보지만 이미 남자는 소진이 따라잡을 수 없을 만큼 멀리 도망간 후였다. 아무도 나서서 도와주는 사람이 없었다. 소진은 다리가 풀려 바닥에 주저앉았다.

"아악!"

사람들의 웅성임과 어떤 남자의 신음 소리에 소진은 고개를 들었다. 남자의 팔을 뒤로 있는 힘껏 꺾으며 뭐라 말하는 준의 모습이 보였다.

"이, 이사님?"

어째서 준이 이곳에, 아니, 자신의 백을 훔쳐 간 소매치기를 잡고 있는 것일까.

"일어나. 그런데 왜 앉아 있어?"

거친 숨을 몰아쉬며 넥타이를 느슨하게 풀던 준은 아직까지 미동 없이 앉아 있는 소진을 바라보다 손을 내밀었다.

"자."

소진은 그제야 준이 내밀어 준 손을 잡고 바닥에서 일어났다.

"내 이럴 줄 알았지. 정신 줄 놓고 전화 통화하고 있을 때부터."

"봤어요?"

"목소리만 들었지. 보나마나 윤소진 씨일 게 분명했어. 어떻게 가방 지퍼도 안 닫고 어깨에 메고 정신없이 통화할 수가 있어?"

소진의 가방을 들고 쳐다보며 한심하다는 듯 준이 버럭 성질을 냈다.

"아, 아니…… 그게."

"뉴스 안 봤어? 가방은 크로스로 매고 다니라고. 가방 문은 제대로 잠그고. 그러고 다니다 소매치기 당하면 그땐 누구 탓하려고 그래? 정신머리 없는 건 알았지만."

"갑자기 친구한테 전화 와서 잠깐 통화한 것뿐이라구요. 내가 소매치기 당할 줄 알고 일부러 그랬겠어요? 가방 잃어버려도 누구 탓 안 하니까 걱정 마세요."

반성은커녕 오히려 큰소리치는 소진이 어이가 없어 준은 할 말을 잃었다. 방금 전 도와달라고 소리치고 다리에 힘까지 풀려 주저앉던 사람이 누구였는지 벌써 까먹은 모양이었다.

"윤소진 씨."

"이딴 가방 집에 차고 넘칠 만큼 있지만 찾아 주셨으니 고맙다는 인사는 할게요."

까닥, 목례를 하곤 마치 방금 전 무슨 일이 있었냐는 듯 유유히 소진은 회사 안으로 들어갔다. 다음엔 어떤 일이 일어나게 될지 모르는 일이니 조심하라는 당부의 말을 저렇게 화를 낼 일인가 싶었다. 물론 인정한다. 걱정된 마음에 저도 모르게 먼저 화를 낸 것에 대해서는 말이다. 평소엔 하지도 않은 일을 하더니 좋은 소리를 못 듣나 보다 싶었다.

그런데.

"무슨 여자가 저렇게 고약해."

소진은 오전 내내 준과 얼굴을 마주할 수가 없었다. 제대로 싸가지 없는 말을 골라서 하곤 어떻게 준의 얼굴을 제대로 볼 수 있겠는가. 슬슬 미안한 마음이 들긴 하는데 뭐라고 말해야 할지 끙끙 앓고 있었다. 고맙다는 말을 하고 싶었는데, 준이 먼저 버럭 화를 내 버리니 저도 모르게 준에게 똑같이 화를 내고 말았다. 이런 분위기 속에서 준과 같이 있어야 한다고 생각하니 가시방석이 따로 없었다. 소진은 먼저 사과를 하고 고맙다는 인사를 다시 해야할 것 같은데 오전 내내 회의와 쉴 새 없이 걸려오는 전화에 바쁜 준에게 타이밍을 놓쳐 버리고 말았다.

"무슨 고민 있어?"

"아무것도 아니에요."

소진은 힘없이 대답하며 밥을 먹는 둥 마는 둥 했다.

"아니긴, 뭐가 아니야? 얼굴에 나 고민 있어요, 하고 써 있는데?"

강 대리의 말에 소진은 어색하게 웃었다.

"실은, 아침 출근길에 소매치기 당했었거든요."

"가방은 찾았어?"

"이사님께서 찾아주셨어요."

"정말?"

소매치기 당했다는 말보다 가방을 찾아준 사람이 준이라는 사실에 강 대리는 더욱 놀란 듯했다. 몇 번이고 재차 확인을 하는 강대리에게 소진은 묵묵히 고개를 끄덕이며 확인시켜 주었다.

"이건 뭐 '서 이사가 달라졌어요.' 인데. 그 인간이 뭘 잘못 먹었나?"

"뭘 그렇게까지."

"안 하던 짓 하면 갈 때 된 거라던데. 그 인간 왜 안 하던 선행을 하고 다니지?"

정말 모르겠다는 듯 강 대리는 고개를 갸웃거리며 깊은 생각에 잠긴 것 같았다.

"그런데 고맙다는 말 대신 제가 싸가지 없게 막 소리 질렀거든요."

"아침에 회사 앞에 어떤 여자랑 남자랑 싸운다는 말이 소진 씨랑 이사님이었구나."

그 정도로 내가 소리를 질렀단 말이야? 강 대리의 말에 소진은 더 우울해진 얼굴로 변했다.

"그렇게 시끄러웠대요?"

"연인이 사랑싸움하는 줄 알았다던데?"

"사, 사랑싸움?"

소진은 물을 마시다 사레 들릴 뻔했다. 어떻게 오해를 해도 사실과 전혀 다르게 오해할 수 있을까 싶었다.

그리고 상대가 돼야 기분이라도 좋지, 엮을 사람이 없어서 '서프라이즈'와 엮다니.

"그런 거 아니니까 오해 마세요."

"강한 부정은 강한 긍정이라던데. 정말 오해 맞아?"

"대리님!"

소진은 참지 못하고 버럭 화를 내고 말았다.

"그럼 이사님이 소진 씨를 좋아하나?"

어떻게 그런 말도 안 되는 상상을. 준 같은 남자가 좋아한다고 한 트럭 덤벼도 전혀 반갑지 않았다.

"바람둥이의 로맨스? 큭, 멋진데?"

"소설 그만 쓰세요. 세상에 남자가 이사님뿐이라고 해도 이쪽에서 사양이니까."

어째서 대화의 화제가 준과 지신을 엮으려는 걸로 돌아가는 것일까. 소진이 치를 떨며 거부하자 그제야 강 대리는 농담을 멈추었다.

"알았어. 그럼 이사님한테 사과하지 않고?"

"오전에 회의에 전화에 눈코 뜰 새 없이 바빠서 꺼낼 엄두도 없었어요."

"그럼 점심 먹고 올라가서 커피라도 한 잔 드리면서 말이라도 해보는 건 어때?"

커피에 대한 안 좋은 기억이 새록새록 떠올랐다.

"믹스 커피가 성의냐고 타박이나 안 하면 다행이게요?"

이게 다 아침부터 전화해서 사람 화를 있는 대로 긁은 한영주 때문이었다. 아침에 전화했을 때부터 기분이 별로더니, 결국 안 좋은 일이 생기고 말았다.

"그래도 진심으로 사과하는데 침이라도 뱉겠어?"

"그, 그렇겠죠? 저 잘리는 건 아니겠죠?"

"설마. 그런 일로 자르면 막돼먹은 인간이지."

영주에게 아빠 일을 배운다고 큰소리쳐 놓고 잘리면 아마 동창들 사이에서 체면이란 체면은 있는 대로 실추하고 말 것이다. 그리고 진심으로 소진은 준에게 미안해하고 있었다. 어떻게든 사과를 해야겠는데 그의 눈치만 보다 오늘 하루가 결국 다 지나갈 것만 같았다.

점심을 먹고 강 대리와 수다를 떨다 사무실로 올라왔을 땐 가방을 챙겨 사무실을 나서려는 준과 어색하게 마주쳤다.

"광고 관련해서 미팅이 있어."

그렇게 말을 남겨놓고 가려는 준을 소진이 잡았다.

"어, 언제쯤 들어오세요?"

"퇴근 시간 전까지 들어오지 않으면 먼저 퇴근해."

손목시계로 시간을 확인한 준이 다급하게 대답하며 밖으로 나갔다. 소진은 오늘 그에게 사과하기는 틀렸다는 생각이 들었다. 문이 반쯤 열려 있는 준의 방을 열곤 들어갔다. 여전히 깨끗하고 정리 정돈이 잘되어 있었다. 손으로 쓸어도 먼지 하나 나올 것 같지 않았다.

소진은 준의 자리에 앉았다. 의자가 딱딱해서 허리가 아플 지경이었는데 준의 의자는 쿠션감이 상당히 좋았다.

"사람 차별하기야? 똑같이 일하는데 좋은 걸로 좀 해주지."

빙그르르. 의자를 돌린 소진은 신이 난 얼굴이었다. 인터폰을 누르는 시늉을 하곤 곧 목소리를 낮게 깔았다.

"김 과장, 무슨 일을 이따위로 처리해? 당장 방으로 올라와."

조금 후, 소진은 허공에 대고 서류 뭉치를 던지는 시늉까지 선보였다.

"이걸 지금 광고 기획이라고 올린 거야? 다른 회사에서 이런 비슷한 광고 본 건 내가 착각한 건가? 누가 이따위 광고 기획했어?"

불같이 화를 내는 모습을 본 건 처음인지라 소진은 생생하게 기억해 냈다. 비지땀을 줄줄 흘리며 방에서 나와 손수건으로 이마를 닦던 그 모습이 어찌나 안쓰러워 보이던지.

소진은 다시 인터폰을 하는 시늉을 했다.

"서준 씨, 결재 서류 가지고 와."

소진은 결재 서류를 훑어보며 사인을 하는 척하다 서준이 앞에 있다고 생각하고 시선을 올렸다.

"누가 이따위 커피 타 오래?"

소진은 인상을 쓰며 펜을 집어 던졌다.

"믹스 풀고 뜨거운 물 부으면 그게 성의야? 당장 커피 내려서 가져오지 못해?"

과장된 면이 있지만 소진은 준의 흉내를 내는 게 점점 흥미가 붙어 버려서 그만두지 못했다. 입을 막고 한참 동안 큭큭, 대며 웃어대기 바빴다.

"서준 씨. 누가 내 방에 들어오래? 내가 남의 손 타는 거 싫다고 몇 번 말해?"

소진은 팔짱을 낀 채 눈을 부릅떴다.

"허어. 누가 말대답하래? 서준 씨 잘리고 싶어? 누가 상사인지 모르겠네, 정말."

혀를 끌끌 차며 노려보았다.

"한심해서 정말. 서준 씨, 내가 시킨 일 오늘 다 하고 가. 알았어? 내일 출근하자마자 안 되어 있으면 알지?"

소진은 손으로 목을 치는 시늉을 했다.

"아웃."

벌써 혼자 놀기의 달인이 되어 버린 소진은 준 흉내 내기 삼매경에 빠져 버렸다. 이번엔 책상을 손바닥으로 치며 재미있어 죽겠다는 얼굴이었다.

"큭큭. 서 이사 표정이 생각 나. 어떡해."

소진은 결국 눈물까지 보이며 웃어댔다. 아마 강 대리가 봐도 이보다 더 똑같을 순 없을 것이다. 소진은 탕비실로 가서 커피 한 잔을 타서 준의 자리에 다시 앉았다.

"서 이사 자리에 앉아서 마시니까 더 맛있다."

혹, 혹. 커피를 한 모금씩 마시는데 어째 점점 잠이 쏟아지기 시작했다. 요즘 점심 먹고 자꾸 잠이 쏟아지는 게 봄 타는 거 같았다. 몸도 너무 나른하고 일하기 점점 싫어졌다.

"잠깐만 눈 좀 붙일까. 하암."

늘어지게 하품을 하던 소진은 결국 준의 책상에 머리를 박고 그 대로 잠이 들었다.

서 이사는 어차피 바로 퇴근할 텐데 뭐.

요것 봐라? 엉덩이를 쭉 뺀 자세하며, 잘 포갠 양팔엔 머리를 기대고선 살짝 벌린 입술 틈에서 비집고 나오는 정체 모를 한 줄기 액체는 침이 아니길 간절히 바랐다. 아무리 외동딸로 오냐오냐 세상 물정 모르고 자랐다지만 외근 나간 상자 자리에 앉아 그것도 업무 시간에 낮잠을 자는 간 큰 행동은 도대체 어떻게 해석해야 맞는 것일까. 책상 모서리 끝엔 한 모금 정도 남겨져 있는 식은 커피가 준의 눈에 띄었다.

남의 자리에서 커피까지 마시다 낮잠을 자셨다?

다른 사람 같았으면 절대 용납할 수 없는 행동에 준은 잠시 동안 윤 회장과 한 약속을 떠올렸다. 마음에 들지 않으면 잘라도 된다는. 어째서 윤 회장과 나눈 많은 얘기 중 그 말밖에 기억이 안 나는 걸까.

"그렇다고 정말 자를 수도 없고."

정말 귀찮고 난감하게 되었다. 듣자 하니 회사에서 잘리면 이라크로 쫓겨난다고 하니 이 딱한 사연을 모른 척할 수도 없고 말이다. 그렇다고 이 여자가 사람이 되길 기다리자니 벌써 자고르 남

앉을 인내심이 그때까지 버텨줄지 의문이었다.

……아님 포기를 하거나.

시간은 6:50을 가리키고 있었다. 어떻게 사람이 쳐다보는 줄도
모르고 침까지 흘리며 자고 있는지 신기하기만 했다.

"대단하다, 대단해."

광고회사 사람과 미팅이 끝난 후, 수리를 맡겨 놓았던 차를 찾
아 집으로 가려던 준은 회사에 놓고 온 서류가 떠올랐다. 만약
회사에 오지 않았다면 지금 자는 걸로 봐선 아침까지 깨지 않고
도 남았으리라. 준은 문득 아침에 겪은 재수 없는 일이 떠올랐
다.

누군가 차 앞 유리를 깨부수는 대범한 짓을 한 덕분에 준은 차
를 정비소에 맡기고 버스로 출근할 수밖에 없었다. 버스에서 내려
회사까지 걷던 길에 허세를 부리며 목소리에 잔뜩 힘을 주는 소진
을 보았다. 소매치기 당한 게 뭐 잘한 짓이라고 몇 마디 했다고 쌩
하곤 먼저 회사로 들어가 버리는 그녀였다. 만약 자신마저 없었다
면 아마 소진의 가방은 찾을 수 없었을 것이다. 그런데 고맙다고
음료수 하나 뽑아 주기는커녕 되레 화를 내니 준은 도와주고도 고
맙다는 인사도 제대로 받지 못한 셈이었다. 자고 있는 소진을 앞
에 두고 아침부터의 일이 주마등처럼 지나갔다.

그나저나 이렇게 침까지 흘리며 자는 이 여자를 어떻게 깨워야
할까.

"윤소진."

역시 미동 없이 자세까지 바꾸며 다시 잠에 드는 소진이었다.

사진 찍어서 윤 회장에게 보여주고 싶을 만큼 소진의 모습은 정말 참혹했다. 만약 내 딸이면 당장 회사에 출근 정지를 시키고 이라크로 내쫓아 버릴 것 같았다. 준은 피곤한 얼굴로 손으로 얼굴을 쓸었다.

"일어나. 윤소진."

내 인내심은 한계는 여기까지니까. 준은 손으로 책상을 가볍게 노크했다.

똑똑똑. 이 소리에도 깨지 않고 자는 걸 보면 도대체 어떤 꿈을 꾸고 있기에 저렇게 자는지 궁금했다. 준은 허리를 숙여 소진과 얼굴을 가까이 했다. 뽀송뽀송한 솜털이 역시 아직 어린 철부지였다. 자는 모습은 그녀가 여섯 살 때처럼 영락없이 순진무구한 얼굴인데 입만 열었다 하면 개념 상실에 사람을 당황하게 만드니 도대체 어떤 청소년기를 보냈는지 첫 만남의 미스터리는 의문으로 남을 정도였다. 문득 타액으로 촉촉이 젖어 있는 소진의 입술을 보자 준은 그런 생각이 들었다.

이 여자 입술은 어떤 맛일까.

……이런 변태.

머리를 세차게 흔들며 허리를 곧게 세운 준은 스스로 이런 생각을 하는 자신이 한심하게 느껴졌다. 연애를 안 하면 연애 세포가 죽는다더니 아무리 그래도 오너의 외동딸을 보고 음란한 생각을 한 자신이 수치스러웠다. 준은 소진의 어깨를 흔들어 깨웠다. 다음엔 자신의 상상을 넘어 '어떤 행동'을 하기 전에 잠에서 깨어나길 바랐다.

"윤소진. 일어나."

끙. 끙. 앓는 소리를 내며 웅얼웅얼 잠꼬대를 하던 소진은 잠에서 깨어날 기미가 전혀 보이지 않았다. 그녀가 움직이면서 깔고 누운 서류가 보였다.

'신제품'이란 서류의 제목 세 글자만 보고도 준은 그 서류가 무엇인지 알아차렸다. 그리고 급히 서둘러 소진의 팔을 밀치고 서류를 꺼냈다.

〈신제품 관련 홍보 마케팅〉의 제목의 서류는 준이 찾으러 온 회의 자료였다. 서류겉면에 손톱만 한 침을 연속으로 흘려 여차하면 구멍이 날 지경으로 축축해져 있었다. 서류를 들고 있던 준의 손이 부들부들 떨었다. 그제야 잠에서 깨어나 아직 사태 파악이 덜 된 소진은 그저 분노에 찬 준의 얼굴을 가만히 응시하고 있었다.

"윤소진 씨."

"어머! 이사님 언제 오셨어요? 죄, 죄송해요. 제가 여기서 자려고 한 게 아니라……."

횡설수설하며 급히 자리에서 일어나 허리를 숙여 사죄를 하는 소진의 모습에도 준은 분이 풀리지 않았다.

"지금 제정신이야?"

너무 당연한 질문을 하는 자신이 제정신이 아닌 듯했다. 제정신이 박혀 있는 사람이라면 상사 자리에 앉아 낮잠을 자거나, 회의 자료를 걸레로 만들어 놓진 않았을 테니 말이다.

"책상 정리해 드리다가 의자가 너무 편하고 쿠션감이 좋아서 잠깐 앉아 있다가 잠들었나 봐요. 절대 일부러 자려고 이사님 자리에 앉은 건 아니었어요!"

"제대로 돌았군. 쿠션감이 좋아서 아예 자리를 잡고 자셨다? 서류를 걸레로 만들어 놓고?"

"아, 아니라니까요."

이미 소진의 속내를 간파한 준은 소진의 강한 부정에도 흔들릴 기미가 없었다. 조금 전의 1초 정도 품었던 소진의 입술에 대한 호기심은 사라져 버린 뒤였다.

"그리고 내가 말하지 않았던가? 책상 손대지 말라고."

"……아, 바보."

"이거 어쩔 거야?"

준은 침 자국이 선명하게 묻어 있는 서류를 마치 걸레라도 되는 양 서류 끄트머리를 잡고 소진에게 소리를 질렀다. 설마 이 서류를 보며 내일 회의 준비를 하라고 하는 건 아니겠지?

"햇빛에 두면 금방 마를 거예요."

"마를 때까지 기다리라고? 윤소진 씨, 지금 나랑 장난해?"

"이, 이사님."

"그리고 지금 이미 해가 진 후라 햇빛도 없는데?"

"선풍기 같은 걸로 말리면 안 되나요? 물이라 금방 마를 텐데……."

"물?"

아직까지 한 일(一)자 모양으로 선명한 침 자국이 묻어 있는데 발뺌을 하는 꼴이 우스웠다.

"침이나 닦고 발뺌하든가."

"이, 이사님."

그제야 손등으로 입술 주변을 훑더니 소진은 준의 눈치만 살살 살폈다.

"타이핑해서 내 메일로 보내. 난 비위가 약해서 '침'이 마를 때까지 기다릴 수 없으니까."

"네?"

"그럼 내가 정말 윤소진 씨의 침이 묻은 서류를 선풍기로 말릴 줄 알았어?"

준의 반응을 예상하지 못했다는 듯 반문하는 소진을 보며 준이 최대한 인내심을 발휘했다.

"하지만……."

"열 시까지야."

소진의 주특기 중의 하나인 최대한 불쌍한 표정 짓기를 선보여도 준은 끄덕 없었다. 아무래도 이 기술은 윤 회장에게만 통하는 거였나 보다.

"이 많은 걸 열 시까지 타이핑하라구요? 지금 몇 시인 줄 아세요?"

"일곱 시 반. 그러니까 누가 자다 지금 일어나래? 내가 안 왔으면 내일 아침까지 자고 있었을 걸?"

소진은 아무런 대답도 하지 못하고 입만 삐쭉거렸다.

"바로 집에 가서 하면 열 시까지 넉넉할 거야. 지금 여기서 타이핑하고 퇴근하라고 하지 않은 걸 고맙게 생각하라고."

"네, 네, 감개무량하네요."

잘못을 전혀 뉘우치기는커녕 소진은 한쪽 귀를 후비며 아예 막 나가기로 방향을 바꾸었다. 이것도 아량이라고 베풀어 주고선 큰 소리 치는데 가소롭기까지 했다.

"그러면 전 임무 수행하러 한시라도 빨리 집에 가야겠네요. 버스 타고 한 시간밖에 안 걸리니까 열 시까진 할 수 있겠죠."

"태워다 줄 테니까 같이 가든가."

"태워달라고 한 말 아니었는데 굳이 태워다 주겠다고 하니 사양은 안 할게요."

먼저 방에서 나가는 소진의 뒷모습을 보며 준이 소진의 발목을 잡았다.

"침 묻은 서류는 가지고 가야지."

"꼭 그렇게 침, 침 해야겠어요?"

준의 손에서 서류를 확 낚아챈 소진이 쏘아댔다.

"그럼 침을 침이라고 하지, 물이라고 할까? 내가 윤소진 씨인 줄 알아?"

"이사님!"

"원한다면 물이라고 해줄게. 물 묻은 서류 잘 챙겨서 열 시까지 일 분 일 초도 늦지 않게 메일로 보내도록."

씹다 뱉어도 성에 차지 않을 정도로 얄미운 서 이사. 저런 성격이면 평생 여자 구경 못 할 거다.

"만약 안 하면 어쩔 건데요?"

"윤소진 씨 바로 이라크 가는 거지."

밉다, 밉다 하니깐 정말 미운 말만 골라서 한다. 거기다 그의 말을 듣고 있으면 꼭 해야겠다는 마음이 저절로 생겨나게 만든다. 저 능력은 어디서 얻은 걸까.

♥ ♡ ♥

소진은 집에 도착하자마자 씻지도 않고 바로 컴퓨터 전원을 켰다. 컴퓨터 전원이 켜지는 동안 소진은 렌즈를 빼고 안경을 끼곤 곧장 컴퓨터 책상 앞에 앉았다.

"아가씨, 저녁은 드셨어요?"

"그럴 시간 없어요. 열 시까지 해야 되는 일이 있어요."

소진은 안성댁의 얼굴을 쳐다보지도 않고 손을 내저었다. 한글 파일을 열자마자 소진은 빛의 속도로 회의 자료 제목부터 타이핑하기 시작했다. 눈으로 장수를 새어 보아도 족히 50페이지는 넘을 것 같았다.

"정말 야박한 인간. 침 좀 흘렸다고 타이핑해 오라는 게 말이 돼? 잉크가 번져서 글씨가 안 보이는 것도 아니고 말이야. 비위가 안 좋아?"

생각하면 생각할수록 억울한 기분을 좀처럼 가라앉힐 수가 없었다. 야박한데 좀스럽기까지 하고, 하루는 흐렸다, 하루는 개었다 하는 게 좀처럼 비위를 맞출 수가 없었다. 이렇게 예민해서야 피곤해서 한 공간에서 일할 수 있겠나 싶었다. 반나절을 회사에서 낮잠을 자서 그런지 소진은 눈이 말똥말똥했다. 어느 정도 타이핑을 하고 나니 소진은 출출해지기 시작했다. 열 시에 준에게 메일을 보낸 후 라면이라도 끓여 먹을 요량으로 소진은 기운 내서 더욱 열심히 타이핑을 하고 있었다.

똑똑.

"아가씨, 일하는 거예요? 이거 드시면서 하세요."

안성댁이 우유와 샌드위치를 담은 그릇을 책상 위에 올려놓았다.

"와, 샌드위치다!"

"그렇게 배고팠으면 한 수저 뜨고 하지 그러지 않고……."

샌드위치를 크게 한 입 베어 먹곤 우유를 벌컥벌컥 마시는 소진을 안성댁이 안쓰러운 표정으로 바라보며 말을 이었다. 소진은 양볼이 터지도록 샌드위치를 밀어 넣었다.

"열 시까지 해야 한다니까."

"무슨 일인데 그래요? 그렇게 바빠요? 집에 와서까지 일하고."

소진은 차마 사실대로 말할 수가 없어 어색한 웃음만 띠었다.

"그러게 말이에요. 일만 무지하게 시키는 무식한 회사라니까."

"빨리 하고 쉬어요."

"그럴게요. 참, 혹시 집에 사과 있어요?"

"네. 있죠."

"그럼 내일 출근할 때 하나만 챙겨줘요."

안성댁은 고개를 끄덕이며 방에서 나갔다. 소진은 남은 우유를 다 마시고 나서 이제 반쯤 남은 서류를 훑어보다 부리나케 손가락을 움직였다.

그리고 정확히 9시 59분에 준에게 메일을 보내고 나서야 소진은 기지개를 힘껏 폈다.

다음 날 소진은 안성댁에게 받은 잘 익은 사과를 챙겨 출근했다. 준이 출근하자마자 소진은 뒤로 사과를 추가 숨기곤 준의 방으로 들어갔다. 뭐야, 하는 눈빛으로 소진을 바라보던 준은 소진이 뒤에서 내민 사과를 보며 소진의 얼굴을 다시 응시했다.

"내 사과 받으세요."

"아침부터 웬 사과야?"

"어제 고마웠어요. 그리고 심한 말해서 사과드릴게요."

소진은 준과 눈도 제대로 마주치지 못하고 작은 목소리로 말을 이었다.

"어제 무슨 일 있었지? 소매치기 잡아서 가방 돌려줬는데 막말 한 거 때문에 그래?"

"막말까진 아니었어요."

"그럼 윤소진 씨 평소 모습이었어?"

준의 놀림에 소진은 책상에 내려놓았던 사과를 다시 잡으려던 찰나 준이 사과를 슥슥 옷에 문지르곤 한 입 크게 베어 먹었다.

"뭐 사과는 받아 줄게. 이 사과는."

"내 사과는요?"

"하긴 윤소진 씨가 나한테 무례하긴 했지. 잊고 있었는데 다시 떠올리니까 열받네."

"그래서 지금 사과하잖아요."

"이게 사과하는 태도야?"

맛있게 사과를 먹으며 준은 소진의 사과가 만족스럽지 않은 얼굴로 고개를 내저었다.

"이사님은 사람의 인내심의 바닥이 어디인지 보여주게 하는 사람 같아요."

"썩 좋은 말은 아닌 것 같은데."

"뭐 그것도 능력이라면 능력이니까 좋게 받아들이세요."

"사과하는 태도가 영 꽝이야."

120

준은 고새 다 먹어 뼈만 남은 사과를 쓰레기통에 던져 버렸다.

"그럼 뭐요?"

"곧 월급날이 다가오는군."

"요지만 말하세요."

"첫 월급이니까 거하게 한턱내야 되지 않겠어?"

내가 왜? 소진은 질문하려다 참았다. 가방을 찾아준 거에 대한 고맙다는 인사를 했으면 됐지 치사하게 바라는 게 많았다.

"벼룩의 간을 빼먹으시겠다?"

"그럼 가방을 찾아줬는데 입 닦을 생각이었어? 사례를 해야지."

"치사해 정말."

소진의 투덜거림을 들은 준은 저도 모르게 작게 웃음을 터트리고 말았다.

"뭐, 별로 비싸 보이지도 않던데. 버리는 거였나 봐? 하긴 '이 딴' 가방 차고 넘칠 만큼 있다고 했었지?"

"알았어요. 이사님의 기준에서 '거하게'가 어느 정도인지 모르겠지만 내 기준으로 한턱낼게요. 나 이래 봬도 누구처럼 좀스러운 사람 아니니까 걱정 말아요."

"그 '누구처럼'이 누군데?"

소진은 실수한 얼굴로 양손으로 입을 가렸다.

"있어요. 옛날에 우리 집에서 종살이하던 애. 좀스럽고 야박하고 무식하고 뭐 그런 애. 이사님 아니니까 걱정 말아요."

"좀스럽고 무식하고 야박?"

"왜 찔려요?"

"아니, 전혀."

준은 느긋한 얼굴로 팔짱을 끼곤 대답했다. 소진이 나가고 나서야 준은 팔짱을 풀곤 표정이 굳어졌다.

"비유를 해도 종살이하던 애가 뭐야?"

6.
부전자전

"사과를 드렸다고?"

"네. 사과의 뜻으로 잘 익은 사과 하나 드렸죠."

소진은 커피를 마시며 뾰루퉁하게 대답했다. 사과를 주며 고맙
다는 인사를 했는데도 별 시답잖은 반응을 보이던 준의 모습이 떠
올랐다.

"그런데 뭐가 그렇게 불만인지 사례를 하라고 하더라구요."

"사례?"

"월급날 거하게 한턱내라구요. 왕창 뜯어 먹을 작정인가 봐요."

"풉, 정말?"

강 대리는 뭐가 웃긴지 커피를 마시다 작게 웃음을 터트렸다.

"내 월급날만 손꼽아 기다리는 사람 있다고 생각하니까 마음 같
아선 월급 반납하고 싶다니까요."

"점점 재미있어지는데."

강 대리는 꽤 흥미로운 얼굴로 말을 이었다. 90년대 진부한 드라마에서나 볼 법한 상황이 연출되고 있으니 강 대리의 흥미를 끄는 것은 당연했다. 지금까지 준에게 맞서는 사람이 없었던 것은 사실이니, 새삼 소진의 등장이 호기심을 끄는 요소이긴 하겠다. 거기다 소매치기까지 잡아주고선 소진이 회사 앞에서 큰소리를 냈는데도 자르지도 않고 오히려 사과까지 넙죽 받아먹으며 사례를 하라고 하질 않나.

전형적인 여자 꼬시는 수법일세.

본인도 수컷이라고 어리고 예쁜 여자한테 끌리긴 끌리는 게 어찌 보면 당연하기도 했다. 강 대리는 지금까지 사직서도 제대로 내지 않고 그만둔 전 비서들을 떠올렸다. 온갖 악행과 언어폭력을 휘둘렀던 준에게 한 가지 더 가미된 것은 바로 '어울리지 않은 챙겨주기'였다. 심심해졌나, 나쁜 남자 놀이하는 건 아닐 테고.

"내 월급 다 털리면 어쩌죠?"

"설마 그러기야 하겠어?"

별 걱정을 다 한다는 표정으로 강 대리는 우는 소리를 내는 소진을 바라보았다.

"내가 제일 아끼는 사과도 다 먹어 치워놓고선 원하는 게 왜 그렇게 많은 거래요? 원래 여자 뜯어 먹는 80년대나 나올 법한 사기꾼 같아요."

"촌스럽다고?"

"뻔한 수법이잖아요. 뭐, 전형적인."

소진은 강 대리의 말에 동의하며 말을 이었다.

"그런데 사람이 참 이상해요."

"어떻게?"

"어떤 날을 흐렸다, 어떤 날은 개었다, 좋았다, 나빴다. 사람이 일관성도 없고 주관도 없고. 어느 장단에 맞춰야 할지 감이 안 온단 말이에요."

"음."

"이렇게 어려운 사람은 처음 봤어."

어떻게든 잘 구슬려 편한 직장 생활 좀 누려보겠다는데 지금까지 겪어보지 못한 인격체 때문에 골머리를 썩고 있었다.

"내가 팁을 주자면 절대 서 이사를 대할 때 생각을 하지 마. 그때 그때 서 이사 컨디션에 따라 행동해."

"너무 어려운데요?"

소진은 강 대리의 말을 이해하지 못한 얼굴로 울상을 지었다.

"서 이사를 소진 씨한테 적응시키는 건 아무래도 무리일 거 같지? 방법은 그럼 하나야."

"뭔데요?"

"소진 씨가 서 이사한테 적응하는 거. 사람은 적응의 동물이라잖아."

그건 진작부터 노력해 왔다. 비위도 맞추고 온갖 아양을 떨어도 준은 언제나 못마땅한 얼굴이고 소진이 포기할 때쯤에야 준은 원치 않은 친절로 사람을 들었다 놨다 하니 이렇게 상극인데 어떻게 잘 지낼 수 있겠는가. 아니 어떻게 적응하란 말인가. 지금까지 그만둔 비서들은 하나같이 준에게 적응하지 못해서였나?

"알 것 같기도 하고 모를 것 같기도 하고."

"단순하게 생각해."

짝 소리 나도록 소진의 등을 때리는 것으로 강 대리가 파이팅의 구호를 외쳤다. 눈물 나도록 매운 강 대리의 손에 소진은 고통을 신음하면서도 구호를 외쳤다.

정말 선배만 아니었어도.

"그나저나 소진 씨도 워크숍 가는 거지?"

"워크숍이라니요?"

"못 들었어?"

안쓰러운 눈으로 힐끔 소진을 바라보던 강 대리는 한숨을 내쉰 뒤에야 말을 이었다.

"회의 중에 지나가는 말로 김 대리가 워크숍 얘기 꺼냈다가 서 이사가 흔쾌히 그럼 계획 짜서 보고하라고 하던데. 뭐, 이번 신제품 관련해서 마케팅 회의하러 가는 거지."

"어디로 가요?"

"가까운 데로 가지 않겠어? 소진 씨는 어디 가고 싶은데?"

"가고 싶은 데야 많죠. 의견 내면 들어줄라나?"

기대에 찬 얼굴로 소진은 벌써부터 들떠 있었다.

"소진 씨가 이사님한테 말해봐. 혹시 알아, 들어줄지?"

강 대리의 말에 자신감을 얻은 소진은 사무실에 들어가자마자 커피를 들고 준의 방으로 들어갔다. 한참 서류를 보던 준은 의미 심장한 미소와 함께 방으로 들어오는 소진에게서 수상한 낌새를 눈치 챘다.

"이사님, 커피 한 잔 드시고 하세요."

"어디 아파?"

"아뇨, 왜요? 아파 보여요?"

"정확히 말해서 아파 보인다기 보다 맛이 간 것 같은데."

준은 커피를 한 모금 마신 뒤 소진의 얼굴을 살폈다. 사실 웃는 얼굴이 더 예쁘긴 하지만 평소엔 좀처럼 볼 수 없는 미소와 과한 친절이 준을 불안하게 만들었다. 그리고 역시 아니나 다를까 한참 뒤에야 소진이 입을 열었다.

"워크숍 간다면서요?"

"아직 확정된 건 아닌데 어디서 들었어? 입 가벼운 강 대리한테 들었을 테지."

"어디로 가요?"

소진의 귀엔 준의 비아냥거림 따위는 안중에도 없었다. 오직 그녀의 관심은 따로 있었기에 소진은 적극적으로 물었다.

"아직 정해진 데는 없는데 표정 보니까 가고 싶은데 있나 봐?"

끄덕끄덕. 그 말을 기다렸다는 듯 소진은 고개를 끄덕이곤 준을 뚫어지게 바라보고 있었다. 사뭇 진지한 소진의 표정에서 또다시 질문을 던져 달라는 소진의 의도를 읽은 준은 웃음을 터트릴 뻔했다.

"그래, 어디 가고 싶은데?"

"영국의 스톤헨지, 그리스의 크노소스 궁전, 이탈리아의 폼페이, 페루의 맞추픽추 이 정도? 여기서 한 군데 갔으면 좋겠는데. 어때요?"

"들어보니 유적지에 관심이 많은 모양이야."

준은 메모지에 소진이 말한 곳을 적어 나갔다. 회사 전체가 간다고 해도 해외는 꿈도 못 꾸는 마당에 홍보팀 일원만 가는 워크숍에 회사에서 해외 워크숍을 지원해 줄 리 만무했다. 너무 터무니없는 생각을 갖고 있는 소진에게 준은 어처구니가 없을 뿐이었다.

"어떻게 내 마음을 그렇게 잘 알아요?"

"좋아, 정했어."

"어디로요?"

반짝반짝 빛나는 소진의 눈동자를 싸그리 무시한 채 준은 무미건조한 말투로 답했다.

"경주."

"경주?"

"해외 유적지도 좋지만 일단 우리나라 유적지부터 알 필요가 있지 않을까? 유적지에 관심 있는 사람이라면 말이야."

"워크숍까지 가서 유적지 공부라도 시키시게요? 아예 보고서를 올리라고 하죠?"

과장된 친절과 마음에도 없는 미소를 지운 소진은 불만스러운 표정으로 비아냥거렸다. 워크숍 핑계로 해외 구경이나 할까 했던 그녀의 비상한 머리는 준에게 전혀 통하지 않았다.

"보고서 올리고 싶어?"

"이사님!"

"내가 윤소진 씨 검은 속을 모를 줄 알았어?"

소진은 속으로 뜨끔했다. 그런데 검은 속이라고 표현할 것까지 없지 않은가.

"검은 속이라뇨? 무슨 표현을 해도 검은 속이 뭐예요?"

"그래도 윤소진 씨 집에서 종살이하던 야박하고 무식하고 또 뭐랬더라. 아, 좀스럽다는 표현보다는 낫지 않아?"

"굉장히 찔리셨나 봐요. 굳이 아니라는데 마음에 깊이 담아 둔 걸 보면."

"윤소진 씨 말투에서 느낀 거야. 어쨌든 이참에 해외 놀러갈 궁리나 하고 있었던 거라면 실망하게 될 테니 접는 게 좋을 거야."

"그런 거 아니거든요. 누가 들으면 진짜 줄 알겠어요."

……무슨 사람이 저렇게 눈치가 빨라? 나이 먹으면 눈치만 빨라진다던 근거 없는 속설이 현실로 드러나는 순간이었다. 소진은 먹잇감을 잃어 아쉬워하는 한 마리의 하이에나처럼 입맛을 다시었다. 자신의 인생의 걸림돌은 김 실장 한 명인 줄 알았는데 지금 보니 이렇게 가까운 곳에 한 명 더 있었다.

"나가서 일 봐. 허튼 생각하지 말고."

더 이상 생각할 여지가 없어 보이는 준을 바라보다 소진은 본전도 못 찾고 방에서 나올 수밖에 없었다.

"저렇게 세상 물정을 몰라서야. 쯧쯧, 어떤 놈이 데려갈지 고생깨나 하게 생겼군."

도대체 해외 워크숍이란 발상은 어디서 나온 걸까. 그리고 시답지 않은 의견도 의견이라고 내놓고 뿌듯해하는 모습이란. 준은 고개를 내저으며 한숨을 내쉬었다.

누구야, 이 시간에!

자다 깬 준은 신경질적으로 스탠드 불을 켜고 핸드폰 액정을 확인했다. 이 시간에 전화할 사람은 한 명밖에 없었다. 여행 중에 도대체 무슨 이유로 이 시간에 아들에게 전화를 했는지 의문이 들어야 마땅한데 준은 액정 화면에 '서 교수'란 이름을 보며 한숨부터 내쉬었다.

"접니다."

―전화 받는 본새가 왜 그러냐? 오랜만에 듣는 애비 목소리가 반갑지 않더냐?

"꼭 이 새벽에 아버지 목소리를 들려주셔야겠어요? 자다 악몽 꾸는 것보다 더 끔찍하네요."

―자다 깨면 잠이 안 오냐?

이 노인네가 정말.

"아버지."

―너도 이제 나이 먹는구나.

"저 놀리려고 전화하신 거면 그만 끊겠습니다. 시간이 아깝네요."

―네가 나이를 먹어도 버릇없긴 여전하구나. 고얀 놈.

"용건만 하세요. 이 시간에 전화했으면 용건이 있으실 게 아닙니까."

더 이상 서 교수의 장난에 휘말렸다간 건강 상태가 악화될뿐더러 아까운 시간만 낭비하게 될 뿐이었다. 언제 녀석도 잠에서 깼는지 끙끙거리다 불안하게 꼬리를 살랑살랑 흔들기 시작했다.

―내일 귀국하니까 저녁이나 같이하자꾸나.

"용건이 그게 다입니까?"

―그럼 이 중요한 용건 말고 더 필요한 거냐?

"자는 사람 깨워서 저녁이나 하자고 전화한 게 중요한 용건이라구요?"

버럭 소리 지르려던 찰나 갑자기 조용한 적막이 흘렀다.

―너 애비 생일도 까먹은 거냐?

조용한 적막을 깨고 나직하게 들려오는 서 교수의 목소리에 준은 아차 싶었다. 잊고 있었던 건 아니었는데 순간 '내일'이 서 교수의 생일이라는 걸 잊고 있었을 뿐이다.

―역시 까먹은 게로구나.

"뭐 필요한 거 있으세요?"

한 번 삐치면 오래가는 성격이라는 걸 알기에 서 교수의 마음을 어떻게든 풀어줘야 했다.

―있으면?

"말만 하세요."

―그럼 뭐…… 며느리가 해준 따뜻한 밥 한 끼 먹고 싶은데.

"내일까지 며느리를 만드는 건 무리란 건 아버지가 잘 알고 계실 테고 케익 컷팅이나 하죠. 오붓하게 부자가."

―생각만 해도 징그럽다! 끊는다!

역시 전화를 빨리 끝내는 방법은 이 방법이 제격인 듯했다. 새벽의 단잠에서 깬 준은 다시 이불을 머리끝까지 뒤집어쓰고 누웠다.

째각째각. 시간 가는 소리와 밖에서 어렴풋이 들려오는 지나가는 차 소리, 그리고……이불을 끌어 내리는 녀석의 몸짓에 준은 벌떡 일어났다.

"나이 먹은 거 맞네."

준은 느릿하게 일어나 자신의 발등을 핥고 있는 녀석을 보다 주방으로 걸음을 옮겼다. 녀석의 밥그릇에 사료를 잔뜩 부어 주고 나서 준은 소파에 앉았다. 이제 서 교수가 돌아왔으니 녀석을 돌보는 일도 오늘부로 끝이다. 졸지에 떠맡게 된 녀석과 바이바이하면 홀가분할 줄 알았는데 그동안 녀석과 정이라도 든 모양인지 그렇지 않은 자신의 모습에 준은 의아했다. 그렇다고 녀석을 더맡고 싶은 건 아니었는데 말이다. 녀석은 금세 그 많은 사료를 해치우고 나더니 앞발을 길게 늘어뜨린 채 누워 있었다. 준은 소파에 누워 티브이 전원을 켜자 맨유와 선덜랜드의 후반전이 시작된지 얼마 안 된 후였다. 역시 맨유가 2:0으로 경기를 이끌어 나가고 있었다. 이미 승패는 결정난 상태나 마찬가지였다.

"그나저나 생신 선물로 뭐가 좋을까."

고민하는 사이 맨유 선수가 상대방 골대에 한 골 더 넣었다. 맨유는 이미 축제의 분위기였다.

"게임 오버군."

오랜만에 보는 축구 경기는 시시하기 짝이 없었다. 시간은 벌써 4시를 가리키고 있었다. 한 번 잠에서 깨면 잠이 오지 않는지라 준은 티브이 채널만 신나게 돌리다 결국 냉장고에서 맥주 한 캔을 따서 벌컥벌컥 마셨다. 오지 않은 잠보다 더 걱정인 것은 서 교수의 선물이었다. 생신 지나서 올 줄 알았건만 그날에 딱 맞춰 귀국할 건 또 뭐란 말인가. 일부러 나중에 적당히 용돈으로 때우려고 했었기에 준은 오늘 당장 서 교수의 선물을 사야 했다. 작년에 사준 등산복은 노티 난다며 한 번 입고 장롱 속에 처박아 놓았고 비싼 홍삼을 사줬을 때는 하필 뉴스에 가짜 홍삼이라며 시끄럽게 떠드는 바람에 녀석의 건강식으로 쓰였었다. 생각해 보니 선물해 주기 참 힘든 스타일이었다. 불만도 많고 고집도 세서 본인 스타일만 추구하니 말이다. 그러면서 선물을 바라는 건 또 무슨 논리인지.

"진짜 여자를 데려갈 수도 없고."

……데리고 갈 여자는 있고? 참담한 현실에 준은 맥주를 퍼부었다. 대학교 시절 첫 사랑에게 배신당한 후로 여자를 만나지 않았다. 물론 철없던 나이 때엔 첫사랑 실패의 이유 때문이었지만 점차 나이를 먹어감에 따라 여자를 만나야 할 필요성을 느끼지 않던 그였다. 그런데 자신이 여자를 만나지 않은 이유가 마치 첫사랑 그 여자를 못 잊었다는 등의 터무니없는 이유로 서 교수는 못난 놈이라고 치부했다. 시간이 이만큼 흘러서 이미 그 여자는 한 남자의 아내가 되어 있고도 남을 시간이었다. 잊지 못할 이유도 없었다. 누군가를 챙겨주고 돌봐주고 일일이 신경을 써줄 만큼 배려심도 인내심도 많은 남자가 아니었기에 만나지 않았다. 이런 이유를 대면 서 교수는 코웃음을 치며 말했다.

남자란 동물은 본능에 충실하기 때문에 일단 사랑을 하게 되면 또 다른 나를 발견하게 된다, 라고 말이다. 하지만 정작 자신은 사랑 때문이 아니라 매일 피곤하게 구는 여자 때문에 또 다른 나를 발견하게 된다. 자르고 싶어도 자르지 못하게 만드는 인내심과 개념 없는 말에 대꾸해 주는 배려라든가, 남의 책상에 서류를 걸레로 만들어 놓으며 자는 그 여자를 유심히 바라보며 오만 가지 상상에 접어들게 되는 또 다른 자신을 말이다.

"믿지 않단 말이야."

그게 문제였다. 개념도 없고 세상 물정 모르는 철부지지만 윤 회장 말대로 본성은 나쁘지 않아서 그런지 믿지 않았다. 차라리 싸가지까지 없었다면 눈앞에서 치워 버리기 더 쉬웠을 텐데. 이상하게 동정심까지 들게 만드니 자르려다가도 미안한 마음까지 들게 만든다. 그것도 능력이라면 대단한 능력이었다. 생각해 보니 자신을 못 알아보는 눈치였다. 유치원 시절에 그렇게 졸졸 따라다니던 그녀가 기억 속에서 지워 버렸을 줄은 꿈에도 생각 못했다. 어렴풋이나마 기억해 주길 바랐는데 말이다.

"어떻게 잊어버릴 수 있어?"

나와 결혼한다고 노래를 부를 땐 언제고. 물론 그녀 나이 여섯 살 때 일이지만 말이다. 그래놓고 이제 와서 별로라고 하질 않나. 생각하면 생각할수록 열 받아 맥주만 연이어 마셔대고 있었다. 금세 바닥나 맥주 한 캔을 가지고 한 시간 동안 마시는 동안 녀석은 미동도 없이 잘 자고 있었다.

"혼자 자면 난 어쩌라고."

빈 맥주 캔을 쓰레기통에 던진 후 준은 다시 침대에 누웠다. 녀석을 집에 보내 버리면 외로운 밤에 혼자 지내야 할 터였다.

잠도 못 자고 뒤척이다 준은 6시쯤 일어나 출근 준비를 했다. 이미 일찌감치 잠에서 깬 터라 피곤함이 몰려왔다. 회사에 출근해서 커피를 마시며 서류를 보던 준은 뒤늦게 소진이 출근하지 않은 게 생각이 났다. 벌써 30분이 지난 후였다. 그리고 마침 준의 핸드폰 진동이 울렸다.

—이사님! 지금 가고 있어요!

　지금까지 들었던 소진의 목소리 중 제일 절박한 목소리였다. 준이 먼저 말을 하기도 전에 소진은 다급한 목소리로 말했다.

　"그래, 어딘지 모르겠지만 영원히 가. 잘 가."

　—지금 회사에 가고 있어요! 오늘 늦잠 자는 바람에……. 금방 가요!

　"회사가 장난이야?"

　—죄송해요. 정말 죄송해요.

　거의 울듯 울먹이는 소진의 목소리에 준은 화를 내려다 억눌렀다.

　"십 분 내로 안 오면 회장님께 보고드릴 거야."

　—십 분 안엔 가요. 눈썹 휘날리게 갈게요!

　뚝. 무참히 전화가 끊겼다.

　"내가 상사라고. 내가 당신 위라고."

　신경질적으로 핸드폰을 책상에 내려놓은 준은 순간 좋은 생각이 떠올랐다.

　백화점?

　소진은 어리둥절한 얼굴로 준을 바라보았다. 지각했다고 쓴소리 몇 마디 하더니 눈감아 줄 테니 어디 좀 같이 가자고 반강제로 데리고 온 곳이 백화점이라니 소진은 의아할 수밖에 없었다.

　……이 사람 정말 날 좋아하나? 점점 노골적이네.

"뭘 그렇게 쳐다봐? 백화점 한두 번 온 사람처럼."

"여기까지 피곤한 사람 왜 끌고 왔어요?"

"지각한 거 눈감아 주려고 했더니 싫은가 보지?"

어쩜 이렇게 사람이 치졸할 수가. 상사라는 사람이 부하 직원을 감싸주지는 못할망정 약점을 물고 늘어지다니. 준을 향한 백 가지 욕들이 입에서 맴돌 뿐 소진은 입 밖으로 던질 수 없었다.

"사람이 그러는 거 아니에요."

"지각한 사람이 잘못이지."

"내가 한 번만 더 지각하면 이사님 애인이다."

"그렇게 내 애인 하고 싶었어?"

미쳤구나, 그걸 지금 질문이라고? 소진은 기겁한 얼굴로 변했다.

"자, 그럼 윤소진 씨가 여기서 해야 할 일은 아버지 생신 선물을 고르는 거야."

"생신 선물?"

"워낙 예민하고 까다로운 분이니까 신경 좀 써야 할 거야."

예민하고 까다로운 유전자는 아버지한테 물려받은 거였구나.

소진은 왜 자신이 준의 부친 생신 선물까지 골라야 하는지 갑자기 불만스러워졌다. 이런 일은 본인 애인한테 주어진 특별한 임무가 아니던가.

"누구 말에 빗대면 센스 없는 놈이라서 윤소진 씨한테 이렇게 부탁하는 거니까 딴생각은 하지 말고."

"누가 딴생각을 한다고 그래요? 어쨌든 썩 내키지는 않지만 이왕 왔으니 실력 발휘 좀 해볼까요."

소진은 익숙한 듯 엘리베이터를 타고 올라가 남성복 매장 안으로 들어갔다. 마네킹에 디피되어 있는 셔츠와 바지를 보며 준을 바라보았다.

"이거 어때요? 요즘 나이 드신 분들도 젊게 입으시니까 이 옷 괜찮은 것 같은데."

"요즘 인기 상품입니다. 보는 안목이 탁월하세요."

가식적인 점원 웃음에 소진은 어깨가 절로 으쓱해하며 준의 대답을 기다렸다. 밝은 색 계열의 셔츠와 세미 정장 바지를 보며 준은 고개를 저었다.

"별로."

준의 말에 점원은 다른 옷들을 꺼내 보여주며 설명했다. 점원의 열정적인 판매 의식에도 준은 아랑곳하지 않았다.

"다른 데 둘러보죠."

소진이 먼저 매장을 나와 다른 매장을 둘러보았다. 옷들은 대부분 젊게 나와 화려한 프린팅이 되어 있었고 바지 또한 세련되어 있었다.

"아버님 체격이 이사님과 비슷하세요?"

"아마 그럴걸."

"외모는 이사님과 붕어빵이세요?"

"난 인정하고 싶지 않지만 주변에선 그렇다고 하더군."

"거기다 성격까지 판박이라면……."

소진은 고개를 흔들며 조용히 읊조렸다. 준을 보면서 그의 부친이 어떤 사람일지 대략 떠올렸기 때문이었다.

"뭐야, 그 표정은??"

"아니에요. 이사님과 붕어빵이면 훤칠하고 미남일 것 같아서."

"미남이어봤자 노인네인데."

"아버님 등산 좋아하시면 등산복 어때요?"

"그건 작년 선물이었어. 탐탁지 않아 하셨지만."

그건 아니라는 듯 준이 고개를 저으며 대답했다.

"그럼 골프는요?"

"한동안 어머니랑 많이 하더니 실력이 늘지 않는다고 때려치운 지 얼마 안 됐어."

이렇게 선물 고르기 까탈스러운 사람은 처음이었다. 소진은 남성 매장을 한 바퀴 돌다 피곤한 얼굴로 카페에 자리 잡고 앉았다. 점원이 골라주는 옷마다 별로라고 퇴짜를 놓으니 어떻게 선물을 고르란 말인가. 백화점을 통째로 선물해도 탐탁지 않아 할 사람이 바로 준이었다.

"이사님. 생각해 보니까 제가 이사님 선물을 고르고 있는 건지 이사님 아버님 선물을 고르는 건지 구분이 잘 안 돼서 그러는데요?"

"그래서?"

"이사님은 그냥 여기 앉아 계세요. 제가 후딱 가서 사올 테니까."

의자에서 일어난 소진은 준에게 손을 내밀었다.

"카드 주세요."

"윤소진 씨의 안목을 어떻게 믿어?"

팔짱을 낀 채 소진을 바라보는 준은 미덥지 못한 눈빛으로 바라보고 있었다. 한 시간가량을 매장을 둘러본 소진은 이미 지칠 대로 지쳐 있었고 그의 비유를 맞춰줄 인내심은 소멸해 버렸다.

"그럼 전 이만 퇴근해야겠네요. 이사님 혼자 쇼핑 잘하세요."

백을 챙겨 음료수를 들고 소진은 미련 없다는 듯 카페를 나왔다. 시원한 음료수로 목을 축이며 걸어가는데 준이 소진의 팔을 붙잡았다. 여전히 미덥지 못한 시선이었지만 그는 지체하지 않고 지갑에서 카드 한 장을 꺼내 소진에게 내밀었다.

"이상한 거 사오기만 해."

"걱정 마세요."

소진은 카드를 넘기지 않으려고 손끝에 힘주며 안간힘을 쓰는 준의 손에서 카드를 억지로 빼앗았다.

"여기 앉아 계세요. 삼십 분도 안 걸리니까. 저녁 메뉴나 고민이나 하고 있어요."

소진은 의기양양하게 준에게 손을 흔들며 3층 매장으로 올라갔다. 2층 남성복 매장을 다 돌았으니 그곳을 더 도는 건 시간낭비였다. 3층 매장은 여성복 매장이고 4층은 속옷 매장이었다. 소진은 그 순간 강 대리의 말을 떠올렸다. 두 분이 그렇게 금실이 좋다는 말이 떠오름과 동시에 소진은 속옷 매장으로 들어갔다.

"커플 잠옷 좀 보여주세요."

"손님이 입으실 건가요?"

"아뇨. 선물할 건데요. 연령은 60대 정도로 요즘 잘나가는 걸로요."

소진의 주문에 점원은 잠옷 두어 벌을 꺼내 소진에게 보여주었다.

"혹시 부모님 선물인가요? 이건 무난해서 어르신들 선물용으로 많이 사가는 상품입니다. 그리고 이건 신상품인데 젊은 신혼부부들에게 아주 인기가 많은 상품입니다."

하나는 줄무늬 프린팅이 들어간 무난한 잠옷이었고 또 다른 하나는 핑크색 계열에 남자 잠옷은 디자인이 다른 것과 별반 차이는 없었으나 여자 잠옷은 민소매 원피스형으로 스커트 부분은 쉬폰 재질로 속이 훤히 보이는 것도 모자라 옆선이 시원하게 트임까지 있는 젊은 신혼부부들에게 인기가 많은 이유를 정확히 알려주는 다소 파격적인 디자인이었다.

"이거 괜찮네요. 이걸로 포장해 주세요."

소진은 망설임 없이 결제를 하곤 점원이 포장해 준 잠옷을 쇼핑백에 들고 매장에서 나왔다. 혼자 고르니 15분도 채 걸리지 않은 짧은 시간 안에 선물을 고를 수 있었다. 역시 혼자 쇼핑하니 시간 절약에 정신 건강 또한 좋은 것은 물론이요, 몸도 마음도 피곤하지 않아 좋았다. 소진은 카페에 들어가 카드와 쇼핑백을 준에게 건넸다.

"임무 완료."

"이렇게 빨리? 이상한 거 산 거 아냐?"

"옆에서 잔소리하는 사람 없으니까 그렇죠. 점원이 골라주는 선에서 아주 적절한 걸로 골랐어요."

준은 불안한 눈빛으로 쇼핑백을 살펴보았다.

"속옷 샀어?"

"내가 이사님 아버님 사이즈를 어떻게 알고요?"

"그럼 윤소진 씨 속옷?"

"아버님 취향이 참 독특하시네요. 이럴 줄 알았으면 커플 잠옷 말고 야시시한 여자 속옷이나 사올 걸 그랬네."

그제야 준은 조금은 안심한 얼굴이었지만 여전히 불안한 표정으로 쇼핑백 안에 포장된 박스를 바라보았다.

"포장까지 다 마쳤군."

"인기 상품으로 골랐으니까 걱정 마세요. 얼른 저녁이나 먹어요. 배고파 죽겠어요."

"어련하시겠어."

"누구 때문에 귀도 아프고 다리도 아파요."

"다리는 그렇다 쳐도 귀는 왜?"

"잔소리가 따닥따닥 박혀서요!"

준은 피곤한 얼굴로 소파에 앉아 넥타이를 풀었다. 시간은 벌써 열한 시가 다 되어 가고 있었다. 쇼핑백에 담긴 포장된 박스를 꺼낸 준은 포장지를 뜯어 내용물을 확인할까 했다. 도대체 어떤 걸 골랐는지 궁금했다.

"역시 혼자 가게 두는 게 아니었어."

인기척을 느낀 모양인지 방에서 녀석이 나와 꼬리를 흔들고 있었다. 준은 한 손으로 녀석의 머리를 쓰다듬으며 인사를 했다.

"너도 이제 내일이면 안녕이구나. 그동안 즐거웠다."

준의 손에 들려 있는 박스의 내용물이 궁금한 건 녀석도 마찬가지인 모양인지 앞발로 툭툭 건드리다 이내 빼앗을 기세로 달려들었다.

"어허, 이건 네게 아니라구."

준은 손을 높이 치켜들며 박스를 쇼핑백에 넣곤 식탁 위에 올려두었다. 간단하게 샤워를 한 준은 녀석의 목에 목줄을 매곤 밖으로 나왔다. 마지막으로 산책이라도 시켜줄 요량이었다. 늦은 시간이라 공원은 쥐 죽은 듯 조용했다. 시원한 바람까지 부니 녀석은 신이 난 듯 뛰어놀고 싶어 준을 재촉해 댔다. 준이 허리를 숙여 목줄을 풀어주기 무섭게 스프링 튕기듯 녀석은 공원 안을 헤집고 다니기 시작했다. 준은 벤치에 앉아 가만히 녀석이 고삐 풀린 망아지마냥 뛰는 모습을 지켜보았다. 그러다 문득,

"그냥 대충 고를 걸 그랬나."

심혈을 기울여 고른답시고 소진에게 부탁했건만 전혀 미덥지가 못한 건 왜일까. 그건 아마 어떤 선물을 골랐는지 두 눈으로 확인하지 못했기에 그럴 것이다. 혹시 자신에게 복수한답시고 차마 눈 뜨고 보지 못할 야시시한 잠옷을 고르진 않았을까 심히 걱정되는 바이기도 했다. 그러다 준은 피식 웃음이 났다.

"어떤 걸 샀는지 두고 보자고."

왠지 모르게 이 상황이 웃음이 나는 건 왜일까. 이런 고민을 하는 자신의 모습이 우습기도 하고 바보 같기도 했다. 지금까지 준이 파악한 소진은 자신에게 한 방 먹일 각오로 서 교수 앞에서 망신을 줄 만큼 배짱이 있지도, 개념이 없지도 않았다. 그런데 그녀가 어떤 걸 골랐는지 궁금했다. 또한 하고많은 선물 중 왜 하필 커플 잠옷을 샀는지도 궁금했다. 여자와 남자의 차이인 걸까. 아님

커플 속옷이 아닌 걸 고마워해야 할까.

부드럽게 부는 바람을 맞으며 이런저런 생각을 하고 있을 때 준의 핸드폰이 울렸다.

"이 시간에 왜 전화야? 낮에 하면 안 되냐고, 부엉이도 아니고 정말!"

준은 투덜거리며 전화를 받았다.

"서 교수님, 올빼미 형 인간도 아니고 왜 저녁에, 새벽에 전화하시는 겁니까?"

─낮엔 서 이사 일하잖아. 그리고 나도 내 할 일 다 마치고 시간 날 때 하는 게 편하다고.

"장난하세요, 아버지?"

─뭐하고 있었냐?

준의 말을 무시한 채 서 교수는 화제를 돌렸다.

"산책 나왔어요."

─이 시간에 무슨 산책? 너야말로 올빼미 아니냐?

"이 녀석과 오늘이 마지막 밤이잖아요. 마지막으로 산책이나 시켜주려고요."

─거 참 눈물 나는구나.

준은 살짝 인상을 찌푸렸다.

"놀리지 말고 용건이나 말하세요."

─애비가 아들한테 용건이 있어야만 전화하는 거냐?

"뭐 적어도 우린 그런 사이잖아요. 서로가 필요할 때만 SOS를 하는. 피곤하니까 빨리 말하세요."

─내일 7시까지 오너라.

언제나처럼 준은 허탈한 기분을 감출 수 없었다.

"그런 말은 문자로 해도 되잖아요."

—네가 답장을 안 하니 그렇지 않느냐?

"알았어요. 내일 7시까지 갈게요."

—그게 끝이냐?

다른 대답을 기다린 것 같은 서 교수의 나지막한 목소리에 준은 머리를 긁적였다. 뭐가 더 남았었나?

"좋은 꿈꾸세요."

—징그럽다.

"그럼요?"

준은 갑자기 눈치 없는 사람이 된 것 같은 기분이 들었다.

—넌 애비 생일인데 필요한 거 없냐고 묻지도 않냐?

"별로 마음에 들어 하지도 않으시면서."

—그래서 내일 빈손으로 오겠다고?

"이미 준비했으니까 걱정 말아요. 마음의 준비는 단단히 하시고요."

—왜? 죽을병이라도 걸렸냐?

꼭 말을 해도.

"부모보다 먼저 죽는 불효를 저지르진 않을 테니 걱정 마시고 주무세요."

—알았다.

뚝. 시크하게 대답을 한 서 교수의 전화가 끊겼다. 전화를 끊으면 끊는다고 말은 하고 끊어야 할 거 아냐.

"이러니 내가 전화를 안 하지."

본인은 요즘 시대에 걸 맞는 매력이라고 아주 당당하지만 아들인 자신이 보기엔 그저 전화 예절 없는 노인네로밖에 보이지 않았다. 설마 이런 면에 반해서 어머니가 결혼을 하게 된 건 아닐 거라 믿고 싶었다.

7.
나 왜 이래?

"벌써 내일이 월급날이군."

준은 서류에 결재를 하곤 소진의 얼굴을 바라보았다. 설마하니 일주일 전 한 월급날의 '약속'을 잊은 건 아닐 테지.

천진난만하게 해맑은 미소로

"와, 벌써 월급날이라니. 시간 정말 빨리 가네요."

라는 쓸데없는 말을 늘어놓는다거나,

"내가 이날만 손꼽아 기다렸다구요. 빈털터리 신세도 이제 끝이 구나!"

이런 태평한 말을 하는 건 사양이었다. 설마 정말 잊어버린 건 아니겠지? 상사, 아니, 가방을 찾아준 은인과의 약속을 말이다.

"그래, 앞으로의 계획은?"

"일단 클럽에 가서 스트레스 풀고 못 다한 쇼핑을 즐길까나?"

역시나 준의 예상대로 소진의 계획에선 준과의 약속은 완전히 배제되어 있었다. 이런 건 계획 축에도 못 끼는 건가?

"그리고 또?"

"뭐 예의상 아빠 선물이랑 김 실장, 안성댁 선물도 사고."

요것 봐라?

턱을 괴고 지루한 표정으로 그녀의 계획을 들어주던 준은 실망감을 감추지 못했다. 바보거나 전혀 안중에도 없거나 둘 중 하나였다. 준은 차라리 전자였으면 좋겠다는 생각을 했다.

"계획에 차질이 생기겠는 걸. 이를 어쩌나?"

"왜요?"

"그 모든 계획을 실행하기에 앞서 상사이자 은인에게 저녁을 사야 하니까."

대꾸보다 소진의 얼굴이 처참이 일그러지는 게 먼저였다. 결국 생각날 거 먼저 내 입으로 말하기 전에 딱 삼 분만 먼저 생각났으면 좋았잖아. 그래도 고의성이 아니란 것이 입증되자 다행이란 생각이 들었다.

"이사님보다 열 살 어린 내가 월급 받아 봤자 얼마겠어요?"

"이제 보니 윤소진 씨 집에서 종살이하던 녀석보다 더 좀스럽고 야박한데?"

할 말을 잃은 건지, 대답할 가치가 없는 건지, 이도 저도 아니면 대답하기 싫은 건지 소진은 말없이 분노에 찬 얼굴로 준을 바라보고 있었다.

"거기다 은혜까지 모르고 말이야."

"정 드셔야겠다면 제가 아는 곳으로 안내하죠."

"윤소진 씨가 원래 이렇게 말 잘 듣는 아가씨였나?"

"지금은 그래야겠네요. 내일 내가 아는 곳으로 안내할 테니 그 곳에서 배 터지게 드세요."

뭔가 꿍꿍이가 있는 회심의 미소를 품고 있는 소진을 바라보는 준은 불안한 예감이 들었다. 돼지 껍데기라던가, 닭발 내지는 비위 상하는 곱창 같은 걸 먹으러 가는 건 아니겠지. 그런 건 정말 딱 질색인데 말이다.

"은혜도 모르는 몰상식한 사람이란 말까지 듣고 싶지 않으니 까."

"알면 다행이고."

"참, 제가 골라준 선물은 언제 드릴 거예요?"

"그건 왜?"

"제 선물이 마음에 드셔야 할 텐데 말이죠."

'제 선물'이라니? 누가 들으면 오해하겠어.

"똑바로 말해야지. 윤소진 씨가 고른 선물이라고."

"그거나 저거나 뭐 비슷한데 따지긴요."

"그런데 왜 그렇게 관심이 많아?"

"이왕이면 마음에 드셨으면 좋겠어서 그러죠. 후기 꼭 알려주세 요."

"실망하면 어쩌려고?"

원래 이렇게 매사에 적극적인 사람이었나 할 정도로 소진은 의 욕 넘치고 굉장히 적극적이었다. 다른 사람도 아닌 내가 오해하겠 다.

"분명 마음에 드실 거예요. 두고 봐요."

준은 결재 서류를 가지고 자신감 넘치는 말을 남기곤 방에서 나가는 소진의 뒷모습을 보다 가만히 한쪽 가슴에 손을 가져다댔다.

……나 정말 이러다 일내겠는데.

♥ ♡ ♥

'후기 기대할게요!' 란 말을 남기고 먼저 퇴근한 소진의 뒤를 따라 준도 사무실을 나섰다. 우선 집에서 녀석을 데리고 나와 차에 태우곤 운전석에 앉은 준은 아차 싶었다.

"벌써 치매냐."

제일 중요한 서 교수의 선물을 놓고 온 것이다. 다시 집으로 들어가 식탁 위에 있는 쇼핑백을 들고 내려왔다. 녀석도 집에 가는 게 좋은지 꼬리를 흔들어댔다. 그런 녀석의 머리를 쓰다듬어 주고 나서 준은 차를 출발시켰다. 한 시간 남짓 운전해 본가에 도착한 준은 얌전히 뒷좌석에 앉아 있는 녀석을 데리고 대문 앞에 섰다. 부모님과 저녁을 먹기도 전에 준은 한 시간가량의 운전이 무척 피곤하게 느껴졌다. 이 정도 운전 가지고 피곤함을 느끼다니 정말 서 교수 말대로 늙긴 늙은 모양이었다.

초인종을 누르자 다짜고짜 서 교수의 목소리가 들렸다.

—왔냐?

"네."

—암호를 대거라.

이건 또 뭐하자는 시츄에이션이야. 이런 건 애당초 있지도 않았잖아.

"애들 장난치는 거예요?"

—빨리 암호를 대거라.

옆에서 쿡쿡대며 웃는 모친의 웃음소리가 준의 귀에 거슬렸다.

"그만해요. 재미없어요."

—넌 내 아들이 아니다.

"아오, 진짜!"

준은 혼자 구시렁대며 욕지기를 내뱉었다. 말끔히 슈트를 차려 입은 남자가 덩치 큰 시베리안허스키의 목줄을 들고,

"서 교수 미남."

이라고 말하는 꼴은 정말이지 자신이 보지 않아도 얼마나 우스울지 알 만했다. 이 말을 듣고자 대문 앞에서 십오 분을 서 있게 했단 말인가. 문 열리는 소리에도 전혀 달갑지 않은 표정으로 준은 안으로 들어섰다. 우선 녀석을 마당에 풀어주고 나서야 집 안으로 들어갈 수 있었다. 암호를 맞췄다는 흡족한 표정을 얼굴에서 지우지 못한 채 어느 때보다 반갑게 아들을 맞아주는 서 교수의 친절에 준은 기분이 좋지만은 않았다.

"네 아버지 봐라. 아주 신났다."

"원래 나이 들면 애라고 하잖아요. 왜 그런지 이제 알겠네요."

모친이 주방에 들어가 주스 한 잔을 가져와 준에게 건넸다.

"그러게 말이다."

"난 그래도 같이 늙는 예쁜 마누라라도 있지. 그러는 넌?"

"일부러 안 만드는 거지. 못 만드는 건 아닙니다."

시원한 주스를 깨끗이 비우곤 준이 맞받아쳤다. 하지만 씨알도 먹힐 노인네가 아니었다.

"공부 못하는 것들이 하나같이 안 한다고 하지 못한다고는 죽어도 안 한다. 자존심은 있어서."

"전 공부 잘했어요. 아버지도 아시잖아요. 미국 S대에 들어갈 정도면 아실 텐데."

"이젠 눈치 없는 척하는 거냐? 아니면 말길 못 알아듣는 척하는 걸로 전략 바꿨어?"

"눈치만 빨라지셨다니까."

귀찮다는 듯 준이 서 교수에게서 시선을 뗐다.

"외롭게 독거노인으로 늙기 싫으면 올해 안에 해결하라."

"경로당이나 다니며 어머니 같은 할머니나 꼬셔 보죠, 뭐."

"애비 생일날 말하는 꼬락서니 봐라."

결국 서 교수의 입에서 '꼬락서니'란 단어가 튀어나오고야 말았다. 그쯤이면 됐다는 뜻이었다.

"그냥 미국이나 확 다시 가 버릴까 봐요. 지금도 귀찮게 다시 와달라고 전화 오는데. 내가 왜 여기 농인식품에 왔는지 잊으셨나 봐요. 그 잘난 아버지의 우정에 보태고 싶어서 그런 건 아니라는 것도 잘 아실 텐데."

주스 잔을 만지작거리며 준은 그때의 거래에 대해 서류로 남기지 않은 걸 후회했다. 결혼에 대해 간섭하지 않기로 약속을 하곤 한국에 들어왔건만 준은 약속을 지키는 건 3개월 뿐, 그 후에 멋대로 선 자리 주선 덕분에 다시 미국으로 돌아가고 싶었다.

"협박하는 거냐?"

"아니라고는 말 못하겠네요."

"못된 놈."

서 교수가 원망스러운 시선으로 준을 바라보았다.

"천하의 불효자."

"생신 날 기분 망쳐서 되겠어요?"

준은 서 교수를 위하는 척 부자지간의 언쟁을 종료시켰다. 오늘 기분을 망치게 된다면 두고두고 이 일로 서 교수에게 발목을 잡힐 것이다. 나이만 먹었지, 순 애다.

"네가 우리 집 대를 끊어 놓으려고 작정을 했구나."

"뭘 그렇게까지 비하하세요?"

"그렇게 않고서야 서른여섯이나 먹고 독신 선언하지 않겠지. 내가 아들이 둘이야, 셋이야?"

"그러니까 하나 말고 둘이나 셋을 낳지 그러셨어요?"

"죽어도 알았다는 말은 안 하지? 애비 이겨먹어서 좋냐?"

"약속도 안 지키는 아버지한테 내가 무슨 대답을 하길 원하세요? 계약 파기는 아버지와 어머니가 먼저 한 거잖아요."

준은 지지 않고 시원하게 불만을 토했다. 계약 파기는 먼저 해 놓고는 오히려 당당하다 못해 뻔뻔하게 큰소리 치는 서 교수에게 준은 져줄 생각 따윈 애당초 없었다. 그래 너 잘났다, 는 아니꼬운 서 교수의 눈초리에도 준은 아랑곳하지 않았다. 그저 이제라고 아시니 다행이네요, 라는 시선을 서 교수에게 보낼 뿐이었다.

"그 아버지의 그 아들 아니랄까 봐, 당신은 오랜만에 아들 불러다 놓고 뭐하는 거예요?"

부자지간의 유치한 싸움을 컷트한 사람은 서 교수의 아내이자 준의 모친이었다. 팔짱을 낀 채로 서 교수를 보더니 이내 시선을 준에게 던졌다.

"아버지 생신날 기분 좀 맞춰 드리면 좋잖아. 꼭 내가 이렇게 큰소리 내게 만들지?"

준은 바짝 세웠던 꼬리를 살며시 내리곤 후퇴를 결정했다. 레이져 빔이 나올 정도로 노려보는 모친의 시선을 떼곤 머리를 긁적였다.

"한 번만 더 큰소리 내면 밥 없는 줄 알아. 서준, 그리고 당신 알았어요?"

"큰소리는 당신이 내놓고…… 알았다구."

"네. 어머니."

모친 앞에선 순한 양이 되선 깨갱하는 서 교수의 모습이 아주 가관이었다. 평소엔 온화한 미소로 남편과 아들을 돌보는 현모양처이지만 일단 화가 나면 감당할 수 없는 걸 알기에 준과 서 교수는 아쉽게 1차전을 끝낼 수밖에 없었다. 한풀 꺾인 서 교수와 준의 말을 듣고 나서야 모친은 주방으로 사라졌다. 서 교수는 주방에 있는 아내의 눈치를 보느라 차마 큰소리는 못 내고 소리를 죽여 입술만 달싹 움직일 뿐이었다. 유추해 보건데 서 교수는 분명,

"너 이따 봐. 죽. 었. 어. 인마."

"아버지야말로 이따 보자구요."

예순이 넘은 노인네가 하는 짓이 우습고 유치한데 그 짓을 따라 하며 준은 또다시 부전자전이라는 말을 실감하게 되었다.

조금 후, 저녁 식사가 다 되었다는 모친의 말에 주방 식탁에 모여 앉았다. 그냥 간단히 저녁상 차린 줄 알았건만 고새 푸짐한 부친의 생신상이 갖춰 있었다.

"뭘 이렇게 많이 했어."

"내가 신력 발휘 좀 했죠. 시장할 텐데 어서 드세요, 준아, 너도 많이 먹으렴."

"아 참."

준은 수저를 들다 멈칫했다. 서 교수와 모친은 무슨 일이냐는 표정으로 바라보고 있었다.

"케익을 깜박했네요."

"걱정은. 이 엄마가 준비했지."

"나한테는 당신밖에 없구려."

눈물겨운 모친과 서 교수의 닭살 애정 행각이 시작되었다. 준은 못 봐주겠다는 얼굴로 고개를 저었다.

"진작 동생 하나 더 낳았으면 좋았잖아요."

"외롭냐?"

"퍽이나요. 불효자라느니, 못된 놈은 안 될 테니까 그러죠. 혼자 들으려니까 너무 부당한 것 같아요."

"다 하는 만큼 거두는 거다."

모친의 반찬을 서 교수의 입에 넣어주는 등의 차마 아들도 쳐다보기 힘든 닭살스러운 행동에 체할 것 같았다. 저녁 식사가 끝난 후 모친이 내온 케익 컷팅을 마친 후 준은 준비한 선물을 꺼냈다.

"이게 뭐냐?"

"이따 보시면 아실 거예요."

"속옷 브랜드 아니니?"

모친이 상자에 적힌 브랜드 이름을 알아보곤 말했다.

"기껏 아버지 생일날 빤스 몇 장 사온 거냐?"

"빤스 몇 장인지, 몇 십 장인지 뜯어보지 않고 어떻게 그렇게 잘 아세요?"

"사이즈가 나오잖아."

"아버지 감 많이 죽으셨네. 이따 확인하시고 기절이나 하지 마세요."

"애비 놀리냐?"

무척이나 상자 속의 내용물이 궁금했는지 포장지를 뜯으려는 서교수를 준이 말렸다. 동물적인 직감으로 예상한 컨데 분명 정상적인 잠옷은 아닐 터였다. 하지만 준이 방심한 틈을 타 모친이 포장지를 시원하게 뜯어 버렸다. 그리곤 상자를 열어 내용물을 꺼내는데.

"죽인다."

속이 훤히 다 보이는 시스룩에 가까운 여성 슬립은 차마 눈을 뜨고 보지 못할 정도로 민망하기 그지없었다. 남성 잠옷은 그럭저럭 무난했다. 진한 핫핑크 색만 아니라면 말이다. 슬립을 꺼내 보며 모친이 신기한 듯 바라보고 있었다. 서 교수는 그저 황당한 표정으로 일관할 뿐이었다.

"네 작품이냐?"

"그렇죠, 뭐."

"단단히 각오하라는 게?"

준은 뒷덜미를 긁적이며 떨떠름하게 웃었다. 생각했던 것보다 더 파격적이었다.

"이런 걸 사온 저의가 뭐냐?"

"저의라뇨?"

"동생 타령하더니 정말 이 나이 먹고 동생 하나 더 낳으란 거냐? 거기다 낳을 수는 있고?"

"아버지도 참."

정말 그런 의도는 아니었는데도 불구하고 서 교수는 준을 불순한 사상을 가진 놈으로 몰았다.

"의학적으로 나와 네 엄마는 끝났으니 기대 말아라."

"의학적뿐만 아니라 안타까운 현실을 모를까 봐요? 그냥 두 분이 오순도순 잘 사시라고 준비한 선물이니 오해 마세요."

식은땀이 줄줄 등에서 흘러내렸다. 차라리 먼저 뜯어 볼 걸 후회가 밀려왔다. 도대체 어떤 생각으로 이런 커플 잠옷을 고른 것인지 소진의 머릿속이 이해하려 해도 이해할 수 없었다.

"어머, 여보 난 너무 마음에 들어요. 신혼으로 돌아간 기분인걸요."

"그러면 다행이구. 당신만 좋다면야."

모친이라도 마음에 들었다니 천만다행이었다. 이래서 부부는 일심동체라 했던가.

"그런데 정말 네가 고른 거냐?"

"그럼 누가 골라요?"

"아무리 봐도 네 작품은 아닌 것 같은데."

미심쩍은 눈초리로 잠옷을 훑어보며 서 교수가 혼잣말을 했다. 골프채나 홍삼, 낚싯대 등 지금까지 준이 준비한 선물들과 비교해 볼 때 전혀 예상치 못한 물건이었기 때문이다.

"뭐 점원이 골라줬으니 엄연히 제 작품이라고 할 수 없겠네요."

"그런데 무슨 바람이 불어서 이런 걸 준비한 거냐?"

준의 능숙한 대응에도 여전히 서 교수는 믿지 못하겠다는 얼굴이었다. 이거 참 골치 아프게 되었다.

"의학적이나 안타까운 현실로 동생을 가질 수 없다는 건 알지만 제 안타까운 마음을 선물로 표현해 봤는데 전달이 안 되었나 보네요."

"이 애비를 가지고 노는 거냐?"

"제가 그렇게 고얀 불효자는 아닙니다."

서 교수는 몸을 내밀어 준의 귀에 작게 속삭였다.

"노망난 늙은이 만들려는 건 아닐 테지?"

준은 웃음 머금은 얼굴로 변했다. 서 교수의 반응 때문이 아니라 이런 귀여운 짓을 벌인 소진 때문이었다. 어떤 상상을 하든 그 이상의 것을 보여줘 놀라게 만드니 말이다.

"여기서 좌회전?"

"네. 좌회전해서 골목 끝에서 우회전."

"무슨 미로도 아니고. 이러다 나오기나 할 수 있겠어?"

골목골목을 돌아 소진이 안내하는 곳에 겨우 도착한 준은 운전 경력 10년 만에 처음으로 길을 헤매었다. 그런 준을 보며 길도 못 찾냐며 무시와 타박이 이어졌다. 차를 주차시키곤 도착한 건물 1층은 편의점이었고 2층 건물 간판은 한눈에 봐도 여자들이 좋아할 만한 러브리한 인테리어를 자랑할 게 분명했다.

"여기 뭐하는 데야?"

"음식점이죠."

"종류는? 소주에 삼겹살은 아닌 것 같은데."

뜨거운 햇살에 준은 살짝 눈살을 찌푸렸다.

"삼겹살에 소주 드시고 싶었어요?"

"그렇다면 옮길 거야?"

준은 차라리 그쪽이 낫겠다 싶었다. 전혀 호의를 베풀어 줄 것 같지 않아 보이는 소진의 얼굴을 바라보았다. 귀엽다, 귀엽다 했더니 정말 귀여운 짓만 골라하고 있었다.

"그럴 것 같아요? 오늘 물주는 나니까 내가 가고 싶은 데 갈 거예요."

예상치 못한 반응은 아니었는데 준은 제멋대로 건물 안으로 들어가는 소진의 뒷모습에 헛웃음이 튀어나왔다.

"이런 데는 동성 친구랑 와야 하는 거 아닌가?"

뒤늦게 소진의 뒤를 따른 준은 인테리어를 보곤 경악을 금치 못했다. 자리에 자신의 반쯤 되는 곰인형 디피는 기본이고 테이블 사이에 있는 칸막이는 그렇다 쳐도 식탁보 같은 레이스에 여기저기 아기자기한 인테리어 소품에 준은 이곳에서 나가고 싶었다.

"남자는 들어오지 말라는 건가."

"이사님, 뭐해요?"

준의 팔을 끌고 소진이 자리에 준을 앉혔다. 준은 태어나 이런 곳에 처음이라 생소할 뿐만 아니라 낯설기까지 했다.

"왜요? 이상한 데 온 것 같은 표정이네요."

"신세계에 온 것 같은 기분이랄까."

"여기 파스타가 맛있어서 가끔 오는 데에요."

"여기 인테리어가 굉장히 유아틱한데."

"사장님이 약간 공주병이라서 그래요."

소진은 메뉴판을 보며 별 대수롭지 않은 듯 대답했다.

"오늘은 크림 스파게티로 결정. 이사님 골랐어요?"

"난 이런 데 처음이라 윤소진 씨가 추천해 주는 거 먹고 싶은데."

"후회하기 없기에요."

소진은 벨을 누르고 점원이 오자 주문을 했다.

"크림 스파게티랑 아라비아타 스파게티요."

점원이 가져온 물 한잔을 마시며 준이 물었다.

"아라비아타? 이름이 꽤 특이한데."

"이탈리어로 '화가 났다' 라는 뜻이래요."

"맛이 없어서 화가 났다, 뭐 그런 뜻인가?"

천진난만하게 묻는 준의 물음에 소진은 회심의 미소를 지었다. 그동안 자신에게 저지른 만행에 대한 복수를 할 기회를 놓칠 소진이 아니었다. 화가 났다는 뜻은 매운 맛을 마치 화가 난 상황에 비유한 이탈리아 사람의 재미있는 표현이었다. 이탈리아에 갔을 때 이 스파게티를 먹고 일주일은 설사에 시달린 소진이었다. 오늘 그 고통을 준에게 전해줄 때가 온 것이다.

"뭐 비슷해요. 맛없어서 화가 났다는 표현인지 다른 이유 때문에 화가 났다는 표현인지 잘 모르겠지만."

이탈리아의 매운 페페로치노라는 고추가 듬뿍 들어간 스파게티라는 말은 절대 할 수 없었다. 소진은 화장실에 다녀온다는 거짓말을 하고 직원에게 페페로치노를 최대한 많이 넣어달라고 부탁했다.

어디 한 번 오늘 피똥 싸봐라.

소진이 자리로 돌아오자 주문한 음식이 나왔다. 크림 스파게티
는 소진 앞에 아라비아타 스파게티는 준의 앞에 놓여졌다.

"그런데 이 코를 찌르는 매운 냄새는 정체가 뭐지?"

"그, 글쎄요. 어서 드세요."

인상을 쓰며 포크로 스파게티를 휘젓던 준은 스파게티를 한입
밀어 넣자마자 입안에 급속도로 퍼지는 매운 맛에 미각을 잃을 뻔
했다. 바로 물을 마시긴 했지만 이건 사람이 먹을 수 있는 정도를
지나친 듯했다.

"왜요?"

"켁켁! 이걸 사람 먹으라고 만든 거야?"

"매워요?"

"맵지 달겠어? 왜 화가 나는 줄 알겠네."

준은 벌컥벌컥 물을 마시곤 소진을 노려보았다.

"일부러 그랬지?"

"생사람 잡지 말아요."

"그럼 이렇게 매운 걸 나 보고 먹으라고 주문한 거야?"

"예전에 이탈리아에서 먹었을 땐 매콤한 정도였어요."

소진은 억울하다는 듯 항변했다. 하지만 씨알도 먹히지 않았다.

"설마 청양고추 팍팍 넣어 달라고 점원한테 귀뜸했어?"

"사람을 뭘로 보고."

"이때가 기회다, 서 이사 한 번 당해봐라, 뭐 이런 건 아니겠
지?"

"아니라니까요."

160

이마에 땀을 손수건을 닦아내며 준이 집요하게 물었다. 눈치가 수준급이라 소진은 자칫 잘못하면 소진의 의도를 준에게 간파당할 것 같았다.

"무슨 남자가 매운 것도 못 먹어요? 사람 성의를 봐서 조금이라도 더 드세요."

이 정도 가지고 피똥은 어림도 없었다. 소진은 준의 자존심을 건드려서 스파게티를 더 먹도록 유도했다. 준은 잠시 망설이는 듯했지만 포크를 집었다.

"그래, 윤소진 씨가 내는 거니까 성의를 봐서 조금만 더 먹지."

뭐야, 서 이사답지 않게 왜 순순히 먹는 건데. 오히려 자신이 먹는 것을 노릴 줄 알았건만 소진은 의아한 준의 태도에 잠시 당황했다. 준은 정말 굵은 땀을 흘리며 스파게티의 반을 해치웠다. 그리곤 점원에게 두세 번 물을 받아 물만 엄청 마셔댔다.

"얼마나 맵길래 그래요?"

소진은 스파게티 면 한 가닥을 입에 넣는 순간 바로 뱉어 버렸다. 그리곤 준과 마찬가지로 물을 원샷했다.

"미각을 잃을 것 같아요."

"난 벌써 잃었어."

내가 너무 심했나. 죽을 것 같은 얼굴을 하고 있는 준을 보며 소진은 미안한 마음이 들었다. 먹으란다고 반이나 먹어 치운 준이 미련해 보이기까지 했다.

"괜찮아요?"

"괜찮아 보……나 잠깐."

준은 사색이 되어 배를 움켜쥐곤 급히 화장실로 달려갔다. 신호가 참 기막히게도 빨리도 온다.

"조금만 넣어 달라고 할 걸."

20분 뒤쯤 얼굴이 하얗게 질려 준이 나타났다. 힘없이 자리에 털썩 앉더니 손으로 배를 쓸고 있었다.

"이사님."

"왜?"

"많이 안 좋아요?"

"이제 와서 걱정하는 척하는 거야?"

"이제 와서라니요."

하얗게 떠 있는 준의 얼굴은 정말 딱하기만 했다. 생각해 보면 그렇게 나쁜 사람은 아닌데 너무 심했나 싶었다.

"그만 갈까요?"

준이 힘없이 고개를 끄덕였다. 소진은 핸드폰으로 통장 잔액을 확인했다. 분명 오늘 월급날이니 잔액은 넉넉하리라.

"……팔백 원?"

핸드폰이 고새 고장 난 건가. 아님 내가 헛것을 보고 있는 건가 싶었다. 인터넷 뱅킹을 종료하고 다시 재접속을 해도 여전히 잔액은 바뀌지 않았다.

"이사님 오늘 월급날 맞아요?"

"왜?"

"통장 잔액이 여전히 팔백 원이에요."

"다시 확인해 봐."

소진이 화면을 자세히 보자 통장에 돈이 들어왔다가 이체된 내역이 눈에 띄었다. 그리고 이체된 명의는 다름 아닌 윤 회장 이름이었다.

"이젠 월급까지 가로채기야!"

씩씩대며 소진은 밖으로 나와 윤 회장에게 전화를 했다. 지루한 신호음 뒤로 김 실장이 전화를 받았다.

"아빠 어디 있어요?"

—지금 미팅 중이십니다.

"돈은 왜 다 빼갔는데요. 보이스 피싱 흉내 내요? 이거 엄연한 범죄라는 거 모르세요?"

소진은 흥분한 상태로 있는 대로 소리를 질렀다.

—아가씨, 진정하십시오.

"진정? 내가 진정하겠어요? 지금 통장 잔고가 800원밖에 없는 걸 눈으로 확인했는데 진정하라구요?"

—회사장님께서 다 생각이 있으실 겁니다.

"나 진짜 가만히 안 있으니까 집에 가서 봐요! 아빠한테 그렇게 전해드려요!"

소진은 전화를 끊고 씩씩대다 정신을 차리고 보니 계산해야 하는데 당장 돈이 없다는 걸 깨달았다. 그녀가 발을 동동 구르며 고민하는 사이 준이 소진의 백을 챙겨 밖으로 나왔다.

"화낼 만큼 냈으면 그만 가자고."

"계산은요?"

"오늘 물주는 윤소진 씨가 아니라 나인 것 같은데."

소진은 스파게티도 그렇고 계산도 그렇고 준에게 미안하기만 했다.

"갚을게요. 아니, 갚을 거예요."

"당연히 그래야지."

굉장히 놀릴 줄 알았는데 예상외의 반응에 소진은 고개를 갸웃거렸다. 오늘은 얌전한 고양이 한 마리 같은 느낌이랄까. 맑았다 흐렸다 하는 일이 예삿일은 아닌데 오늘은 뭔가 다른 느낌을 받았다. 매운 걸 먹더니 정신을 못 차린 걸까. 살짝 돌은 걸까.

집에 들어온 소진은 방금 전 미팅에서 돌아온 윤 회장에게 참았던 분노를 터뜨렸다.

"아빠, 나한테 한마디 말도 없이 통장 잔액을 모두 가져가는 게 어디 있어요!"

"말하면 순순히 네가 그러라고 했겠다."

"돈은 왜 **빼갔는데요.** 키워준 값은 값으라고 안 하신다면서요!"

처음으로 일해서 번 돈을 구경도 못하고 날려 먹은 기분이었다. 언제나 제멋대로인 아버지가 너무 야속했다. 한 번도 자신에게 의견 따위는 물어본 적 없이 결과만 통보하던 아버지였으니 말이다. 중학교 입학, 고등학교 입학. 대학 입시까지 어느 것 하나 아버지 마음대로 안 한 것이 없었다. 심지어 뭘 하고 싶은지 물어본 적도 없었다. 멋대로 회사에 취직시키더니 월급까지 가로채고 참을 수 없었다.

소진의 한이 섞인 외침에도 윤 회장은 말없이 봉투를 소진에게 내밀었다.

"용돈이다."

"필요 없어요!"

소진은 방에서 나와 자신의 방으로 들어와 그대로 침대에 얼굴을 묻었다. 이럴 때 엄마라도 있었다면 터놓고 얘기라도 할 텐데.

엄마 가슴에 얼굴을 묻고 어리광이라도 피워볼 텐데. 소진은 기억도 나지 않은 엄마가 무척 그리워 눈물이 났다.

♥ ♡ ♥

위가 쓰리고 배까지 아파 준은 제대로 한숨도 자지 못했다. 출근해서 회의 중에도 집중이 되지 않았다. 시도 때도 없이, 때와 장소를 가리지 않고 터져 나오는 신호 때문에 준은 회의 중에도 화장실로 뛰어가야 했다. 원래 매운 걸 잘못 먹는데 어제 말할 수 없을 정도로 매운 스파게티를 먹었으니 장이 남아날 리 없었다. 회의의 내용은 무엇이었는지 어떤 결정이었는지 하나도 생각나는 게 없었다. 식은땀을 흘리며 회의에 참석한 홍보 팀 직원이 준을 이상하게 바라볼 뿐이었다.

"다들 다시 정리해 와. 오늘은 여기까지."

회의를 시작했다 하면 두 시간은 기본인데 30분 만에 끝났으니 다들 어리둥절하다는 표정이었다. 준은 곧바로 화장실로 달려갔다. 배를 문지르며 사무실로 들어오는 준을 소진은 안쓰럽게 바라보고 있었다.

"많이 안 좋아요? 병원은 갔다 오셨어요?"

"지금 갈 참이야. 병원비도 청구할 거니까 그렇게 알아."

그래도 양심은 있었던 터라 소진은 반박할 수가 없었다.

"얼른 다녀오세요."

방에서 지갑을 챙겨 나온 준은 회사 근처 병원을 찾았다. 준의 증상을 들은 의사는 귀에 청진기를 대고 준의 배에 갖다댔다. 그리곤 손으로 아랫배를 눌러 보았다.

"윽!"

준의 신음 소리를 듣곤 의사는 곧 차트에 기록을 했다.

"장염입니다."

"장염이요?"

"오늘 하루는 속을 비우시고 내일부터는 가볍게 죽을 드시면 괜찮을 겁니다. 3일분 약 드시고 봅시다."

장염이란 진단에 준은 저절로 인상이 써졌다. 계속해서 설사에 시달리고 배가 아파 잠을 못 자도 설마 했는데 장염이라니. 약국에서 약을 받아 사무실로 들어오는 준은 발걸음이 가볍지만은 않았다. 사무실로 돌아와 방으로 들어온 준은 약봉지를 뜯었다.

"병원에서는 뭐래요?"

사무실로 들어온 소진이 물잔을 내밀었다. 준은 약을 한번에 입속에 넣곤 물을 벌컥 마셨다.

"장염."

"장염이요?"

의사에게 진단받았을 때 준과 똑같은 반응을 보이며 소진이 반문했다.

"그래."

"어머!"

말도 안 돼, 라는 표정으로 소진은 어쩔 줄 몰라 손으로 입을 가렸다.

"안 되겠다 싶으면 드시지 말지. 왜 드셨어요?"

"먹으란 사람이 누구였는데."

"평소답지 않게 왜 그랬냐구요, 그니까."

소진은 괜히 더 미안해 준에게 역정을 내 버렸다.

"내가 왜 그랬을까."

"네?"

"코 묻은 돈으로 사주는 건데 다 먹어야겠다는 생각이 들었나."

"이사님!"

이 사람이 점점.

봄에 더위를 먹었을 리는 없고 갑자기 왜 그러는 건데. 적응 안 되게.

소진은 준의 반응에 이상하게 쳐다보았다.

"하여튼 병원비나 준비해 두라고. 정신적, 물질적 피해 보상까지 청구할 테니까."

혹시 공갈?

"나이롱 환자도 아니고 무슨 정신적, 물질적 피해 보상이에요?"

"나이롱 환자가 아니니까 청구하지. 내가 회의도 못하고 밤새 잠도 못 잔 사람이라고."

"정말 미안하게 됐어요. 고의는 아니었지만."

핼쑥한 그의 얼굴을 보자 저절로 그에게 사과를 하고 말았다. 툭 내뱉는 말이었지만 그래도 소진의 마음은 진심이었다.

"고의가 아니었다고?"

"고의였음 좋겠어요?"

희번덕거리며 쳐다보며 묻는 준의 목소리에서 소진은 살기를 느꼈다. 고의였다는 걸 알면 두 배로 앙갚음을 할 것만 같은 위협적인 살기였다.

"아니란 말이지."

"아니라는데도 집요하게 계속 물어요?"

"뻔히 고의라는 걸 아는데 아니라고 우기는 꼴이 우스워서."

"아니라니까. 그렇게 믿어야 이사님 마음이 편해진다면 뭐 그 정도는 희생할게요."

소진은 목에 칼이 들어오는 한이 있어도 끝까지 우길 생각이었다. 여기서 소진의 고의성이 탄로 난다면 얼마나 우스꽝스럽겠는가.

"윤소진 씨 마음이 태평양이네. 언제 그렇게 넓어졌나."

"원래 넓었어요. 누구와는 차원이 다른 사람이니까."

"지금까지 살면서 장염엔 걸린 적 없는 나에게 장염 걸리게 해놓고 뻔뻔……."

또다시 배가 아파 준은 말을 하다 말고 배를 부여잡은 채 소진을 밀치곤 사무실에서 뛰쳐나갔다. 뻔뻔하게 아니라고 사기 치는 모습이 계획적이었다. 시원하게 쏟아내고 싶었지만 그럴 수 없었다.

공갈치는데 완전 선수네.

8.
새로운 발견

왜 이렇게 안 오는 거야. 준은 짜증난 얼굴로 손목시계로 시간을 다시 한 번 확인했다. 벌써 모이기로 한 시간이 30분이 지난 뒤였다. 준의 화가 난 마음은 화살이 되어 애꿎은 강 대리에게로 향했다.

"윤소진 씨한테 연락받은 거 있어?"

"아뇨. 계속 전화하고 있는데 연결이 안 됩니다."

바짝 얼음이 된 얼굴로 강 대리가 대답했다. 강 대리 외에 홍보팀 다른 직원들도 긴장하고 있었다. 신제품 개발과 관련하여 1박 2일 경주로 워크숍을 가기로 한 날 신입 사원이 배짱 좋게 연락도 없이 30분이나 지각하다니 다들 놀라는 눈치였다. 거기다 불똥이 지금처럼 자신들에게 튈까 꽤나 염려되는 모습이었다. 팔짱을 낀 채로 차에 기대서 서 있으면서도 준은 계속해서 소진에게 전화를 거는 강 대리의 모습을 바라보았다.

"혹시 사고라고 난 게 아닐까요?"

부장과 차장의 등쌀에 못 이겨 어렵게 꺼낸 김 대리의 말에도 준은 아랑곳하지 않았다.

"김 대리, 이런 날 사고 날 확률이 얼마나 된다고 생각해?"

"그렇지만."

"그랬으면 진작 누군가 전화를 받았겠지. 안 그런가?"

"그, 그렇겠군요."

결국 준의 논리적인 말에 김 대리는 꽁무니를 뺐다. 그사이 벌써 10분이 더 지나갔다.

"아무래도 안 되겠군. 먼저 출발해. 난 윤소진 씨한테 더 연락해 보고 뒤따라갈 테니까."

"그냥 저희와 같이 가시는 게……."

걱정스러운 이 부장의 말에 준은 고개를 저었다.

"내 걱정하는 척하지 말고 먼저 가. 아니면 이 부장이 남아서 기다리던가."

"그, 그럼 저희 먼저 출발하도록 하겠습니다."

그럼, 그렇지. 준은 이 부장의 가식적인 속내를 간파하곤 혀를 찼다. 다들 먼저 출발하고 회사 앞엔 준 혼자 남아 있었다. 시간을 계속해서 확인하며 계속해서 받지도 않은 전화를 걸다 준은 이 부장의 말대로 할 걸 그랬나 싶기도 했다.

"정말 사고라도 난 건가."

슬슬 걱정이 되기 시작했다. 이런 날 사고 날 확률이 얼마 되지 않아도 가능성이 없는 건 아니니 말이다. 아무리 막 나가는 여자라도 최소한 지각하면 연락은 해주는 기본은 된 여자였다. 이런저런 생각을 하며 윤 회장에게 연락을 취해야 하는 것 아닌가 깊은 고민에 빠져 있을 때였다.

"이사님!"

건너편 신호등 앞에서 손을 번쩍 들곤 준에게 반갑게 손을 흔들고 있었다. 사막에서 오아시스를 만난 반가운 기분이었지만 그렇다고 촐싹 맞게 같이 손을 흔들 수는 없었다. 대략 한 시간을 지각한 주제에 미소까지 띠며 캐리어를 끌고 뛰어오는 꼴이란. 도무지 용납할 수 없었다. 준이 한마디하려던 찰나 소진이 준 가까이로 왔다. 그런데 차림이 어째…… 휴양지에 가는 차림인 걸까. 탑 롱 드레스에 비치 모자에 선글라스까지? 혼자 어디 여행이라도 가는 사람 같은 차림이었다.

"윤소진 씨 옷차림이 그게 뭐야?"

"옷차림이 뭐 어때서요?"

"우리가 어디 가는 줄 알고 그런 차림이야?"

자신의 모습을 훑어본 뒤 소진은 준의 말을 이해 못하겠다는 얼굴로 물었다.

"경주요. 뭐 문제 있어요?"

문제까지 있을 건 없었다. 법이 어긋나는 행동을 한 것도 아니고 남에게 피해를 준 것도 아니니 말이다. 준은 소진의 모습을 바라보다 뒤늦게 한 시간이나 기다린 자신의 모습이 떠오르며 분노에 찬 얼굴로 변했다.

"윤소진 씨, 지금 몇 시야?"

"열시 반…… 죄송해요."

"죄송하면 다야? 사람을 한 시간이나 기다리게 해놓고."

"알람 시계가 고장 나는 바람에 늦게 일어났어요. 정말 죄송해요."

소진의 사과에도 불구하고 준은 연락도 없이 늦은 소진이 도저히 용서가 되지 않았다. 손가락이 부러진 것도 아니고 멀쩡하면 전화라도 해야 할 것 아닌가.

"전화는 왜 안 받았는데?"

"앗, 그러고 보니 급하게 나오느라 집에 두고 온 모양이에요."

그럼 그렇지. 그러니 그렇게 전화해도 감감무소식이지. 잠깐 걱정했던 자신의 모습이 우스워지는 순간이었다.

"걱정 끼칠래?"

"네?"

"신경 쓰이는 짓 좀 하지 말라고."

"걱정하셨어요?"

내가 지금 뭐라고 지껄인 거야. 걱정했다니. 그런 게 아닌데 말이야. 준은 순진한 얼굴로 물어오는 소진의 눈과 마주쳤지만 준은 저도 모르게 피해 버렸다.

"그럼 연락 두절인데 콧노래나 흥얼거리고 있었겠어?"

"아, 그러고 보니 다른 분들은요?"

"다들 먼저 갔는데 나 혼자 남아서 윤소진 씨 기다렸으니까 가는 동안 지루하지 않게 노래나 불러."

준은 소진의 손에서 캐리어를 빼앗아 트렁크에 싣곤 운전석에 탔다. 소진은 멀뚱히 서 있다 뒤늦게 보조석에 탔다. 준 혼자 남아 자신을 기다릴 거란 생각은 하지 못했었던 소진은 준에 대한 또 다른 면을 발견한 것만 같았다. 보면 볼수록 생각 외로 본성은 나쁜 사람이 아닌 듯했다.

"노래 부른다, 실시."

"발라드, 댄스, 동요, 어떤 걸로 할까요?"

"댄스하면 춤도 추나?"

"요구 사항도 참 많으시네요."

"발라드는 너무 칙칙하니까 댄스로, 노래만."

"오늘 이사님 운 좋은 날이네요. 내 노래 듣는 거 쉽지 않은데."

소진은 잔뜩 거드름을 피운 뒤 아아, 하고 목을 가다듬곤 요즘 최신 유행하는 노래를 한 곡 선택해 부르기 시작했다. 그리고 한 곡이 끝났을 때 준은 살짝 이맛살을 구겼다.

"윤소진 씨."

"왜요?"

"왜 윤소진 씨 노래를 듣기 쉽지 않은지 알겠군."

소진은 준의 말을 이해 못하겠다는 얼굴로 고개만 갸웃거렸다. 설마 본인이 음치라는 걸 본인이 모르는 걸 아니겠지?

"윤소진 씨 노래를 들은 주변 반응은 어때?"

"울 아빠 내가 최고라던데요?"

고슴도치도 제 새끼는 예쁜 법이니까.

"다른 사람은?"

"김 실장은 별말 없이 박수 세 번. 왜요?"

차마 듣기 싫다는 말은 할 수 없었겠지.

"아냐."

"설마 내 노래가 마음에 안 드세요?"

맘에 안 드는 게 아니라 더 듣다간 귀가 멀게 생겼는데. 음정 박자 무시하는 건 둘째 치고 멋대로 개사하는 덕에 준은 어떤 가수의 노래인지도 헷갈렸다.

"그럴 리가."

"그럼 보너스로 동요 불러 드릴게요."

가사나 제대로 알고 부르라고.

"깊은 산속 옹달샘 누가 와서 먹나요. 새벽에 여우가 눈 비비고 일어나 세수하러 왔다가 물만 먹고 가지요."

……여우?

"하하하!"

준의 웃음소리에 뚝, 하고 노래를 멈춘 소진이 싸한 표정으로 준을 노려보았다.

"실성했어요?"

"미안, 미안. 하하!"

소진의 말처럼 실성한 사람처럼 준의 웃음은 몇 분 동안 이어졌다.

"노래는 누구한테 배운 거야?"

"동요는 김 실장, 가요는 가사만 보고 따라 부르는데요, 왜요?"

장담하건데 소진은 분명 문제점을 모르고 있는 게 분명했다. 왜요, 라고 묻는 표정에선 불만이 가득 차 보였다. 내 생에 가장 이상한 여자를 만났군. 노래를 글로 배우는 여자라.

"아냐. 계속 불러."

들으면 들을수록 묘한 매력이 있는 소진의 노래는 새로운 노래를 듣고 있는 것 같은 착각을 선사해 주었다.

……너무 웃기단 말이지.

♥ ♡ ♥

조금 전부터 가방 끈을 꽉 쥔 채 식은땀을 흘리는 소진을 보며 준이 걱정스러운 표정으로 물었다.

"어디 안 좋아?"

"아, 아니. 그게……."

소진은 가방 끈만 더 세게 쥘 뿐 입술만 달싹거리다 창밖으로 시선을 던졌다. 망할 휴게실은 도대체 언제쯤 도착하는 거야? 이러다 차 안에서 싸겠다, 정말.

"말을 해."

"화, 화장실……."

얼굴이 화끈거려 고개를 들 수가 없었다. 참을 수 있겠거니 했는데 인내심의 한계가 온 듯 더 이상 참았다간 준에게 못 볼 꼴을 보이고 말 것이다.

"저기 휴게소에서 잠시 쉬었다 가지. 오랜만에 장시간 운전했더니 피곤하군."

휴게소 안으로 들어가 차를 주차함과 동시에 소진이 차에서 내려 뛰다시피 화장실로 달려갔다.

"저렇게 급했으면 진작 말하지."

오는 길에 휴게소를 하나 지나쳐 온 게 생각나 준이 혼잣말을 했다. 준도 화장실에 갔다가 차로 돌아오는 길에 통감자 냄새에 슬슬 출출해졌다.

"맛있겠다."

꼴깍, 침을 삼키며 소진이 준 옆에 찰싹 붙어서 친한 척했다.

"난 생수 하나면 돼, 윤소진 씨."

준의 말을 이해 못한 소진은 뒤늦게 준이 차로 가 버린 뒤에야 간식거리를 떠넘겼다는 사실을 깨달았다. 소진은 통감자와 생수를 사들고 차로 갔다. 준은 팔짱을 끼고 눈을 감고 있었다.

"이사님 자면 내가 감자 다 먹을게요."

이쑤시개로 감자를 찍어 소진이 제 입에 갖다대는 순간 준이 잽싸게 감자를 낚아채 갔다.

"역시 휴게소에서 먹는 통감자가 최고야. 생수는?"

통감자를 한입 베어 먹으며 묻는 준의 물음에 소진은 얄미운 표정으로 준을 노려보다 생수를 던졌다. 준은 무방비 상태에서 소진이 던진 생수를 받아 뚜껑을 따고 벌컥 마셨다.

"출출하다 했더니 벌써 열한 시가 넘었군."

시간을 확인하며 준이 피곤한 얼굴로 말했다. 아직 두 시간은 더 운전해야 할 생각을 하니 까마득했다. 그녀가 늦지만 않았어도 이렇게 자신이 손수 경주까지 운전하는 일은 없었을 것이다.

"이게 다 윤소진 씨 때문이야."

"뭐가요?"

"벌써 잊은 거야?"

"그러니까 뭘요?"

제 입으로 두 번이나 말해 옹졸한 인간이 되고 싶진 않아 준은 괜히 다른 말을 했다.

"꾀꼬리 같은 목소리로 노래나 계속 불러."

"이러다 목 쉬겠어요."

"날계란이나 하나 구해다 줘?"

날계란이란 말에 소진의 표정이 혐오스러운 표정을 지었다.

"비린 걸 어떻게 먹으라구요?"

"그럼 그냥 불러. 지루할 틈 없게. 피곤해 죽겠으니까 말이야."

"네?"

"사고 나고 싶지 않으면."

무시무시한 마지막 말에 소진은 생각나는 대로 노래를 부르기 시작했다. 그리고 두 시간가량 후 경주 H호텔에 도착했다. 준은 제 가방을 한쪽 어깨에 메곤 차에서 내려 트렁크에서 캐리어를 꺼내고 있을 때 전화가 걸려왔다. 먼저 간 이 부장이었다.

"이 부장."

─이사님. 도착하셨습니까?

"지금 막 호텔에 도착했어. 몇 호실이지?"

─705호로 오시면 됩니다. 윤소진 씨는 같이 왔습니까?

"같이 왔어. 금방 올라가니까 다들 모이라고 해."

준은 엘리베이터를 타고 7층에서 내리자 캐리어를 소진의 손에 넘겨주며 704호를 가리켰다. 짐 풀고 방으로 오라는 말을 남긴 준은 705호 방 앞에서 벨을 눌렀다.

준은 가방에서 김 대리가 작성한 1박 2일 일정 스케줄을 훑어보았다. 열두 시부터 한 시까지 점심식사 후, 근처 유적지를 돌아보며 개인 시간을 갖은 후 4시부터는 약 두 시간 회의 후 7시엔 저녁 식사, 8시엔 보물찾기가 일정의 끝이었다. 그런데 지금 현재 시간은 2시가 다 되어 가고 있었다. 차가 막힌 탓도 있지만 근본적인 이유는 소진이 늦은 데 있었다.

"시간이 벌써 이렇게 되었군. 다들 점심 식사는?"

"휴게소에서 간단히 했습니다. 국립 경주 박물관을 돌아본 후 4시부터 회의 시작하도록 하는 게 어떨까 싶은데요."

"그런데 8시부터 보물찾기는 왜 하는 거지?"

"네? 별로 마음에 안 드십니까?"

"원래 다들 하는 건가?"

"새로 들어온 직원도 있고 친목 도모를 위해서 계획을 세워보았습니다."

"수고했어."

준이 김 대리의 어깨를 툭툭 치곤 밖으로 나왔다. 옆방에선 소진과 강 대리가 나오고 있었다. 강 대리가 준에게 고개를 까닥했다.

"이사님 오셨어요?"

"강 대리가 윤소진 씨 잘 챙겨줘."

준은 차에 올라 국립 경주 박물관으로 이동했다. 준이 출발함과 동시에 다른 차 두 대가 따라 출발했다. 10분 정도를 달려 국립 경주 박물관에 도착했다. 다른 팀원들도 도착했는지 차를 주차하곤 박물관 안으로 들어가자 좌로는 고고관이 우측엔 미술관이 보였다. 불국사와 다보탑 등 모형이 눈에 띄었다.

"와, 이게 뭐예요?"

"불국사. 초등학교 수학여행 때 안 와봤어?"

"네. 처음이에요. 신기하다."

준은 강 대리와 소진의 대화를 듣다 먼저 고고관으로 들어갔다.

입구엔 경주와 그 일대에서 출도된 선사시대부터 신라 건국까지의 문화재가 전시되어 있다는 안내문이 있었다. 1전시실부터 3전시실까지 한 바퀴 도는데 그리 오래 걸리지 않았다. 소진은 문화재를 보는 내내 신기한 듯 감탄사를 연발했다. 그 모습이 살짝 우스워 준은 피식 웃음이 나왔다. 고고관에서 나와 미술관을 한 바퀴 돌자 벌써 시간이 훌쩍 지나 있었다. 다시 숙소로 돌아온 팀원들은 회의 준비로 분주해졌다. 작게 마련된 회의실에서 김 대리는 회의 준비 자료를 책상 위에 올려놓고 소진은 시원한 음료수 한 잔씩 책상 위에 마련해 두었다.

"날씨 참 죽인다."

숙소로 돌아와 창문을 열고 시원한 바람을 맞으며 소진은 행복한 미소를 지었다. 난생처음이었다. 수학여행, 봄 소풍, 가을 소풍, 그리고 졸업여행까지 단 한 번도 가보지 못한 학창 시절의 추억이라곤 한 가지도 없었던 소진에겐 비록 회사에서 가는 워크숍일지라도 마냥 들떠 있었다. 수학여행 전날 설레어 잠을 못 잤다는 친구들의 얘기를 들으며 마냥 부러워했었던 그 시절, 딱 그 시설로 돌아간 것만 같았다.

워크숍 계획을 세운 김 대리의 안내에 따라 호텔 근처에 있는 고기 집으로 이동했다. 김 대리는 오늘만큼은 자신이 서열 1위라도 되는 줄 착각에 빠져 늑장 부린다며 차장을 나무라는 행동도 서슴없이 했다.

"여기서 저녁 식사한 다음 이 분위기를 몰아서 보물찾기를 하도록 하겠습니다. 짝짝짝."

워크숍 진행이 처음인 사람답게 박수를 유도하는 방식도 유치하기 짝이 없었다. 다들 자리에 앉고 주문한 고기가 불판 위에 자태를 뽐내며 익어가고 있었다.

"윤소진 씨, 많이 먹어."

맞은편에 앉은 준이 젓가락으로 고기를 소진 쪽으로 밀었다.

"지금까지 고기라곤 1등급 한우밖에 먹어보지 못했다구요. 그런데 이런 데까지 와서 먹는 게 고작⋯⋯."

소진이 말을 다 끝마치기도 전에 소진 앞에 있는 고기를 강탈하듯 제 앞으로 가져왔다.

"삼겹살은 이런 데 와서 시끄럽게 떠들면서 먹는 게 제격인 것 같아요."

사람은 적응의 동물이라 했던가. 소진은 점점 홍보팀의 일원으로서 적응하고 있었고 어느새 적응하지 못할 것 같았던 준에게도 나름 적응하고 있었던 모양이다. 점심이라곤 휴게소에서 통감자로 대충 때웠으니 소진은 뱃가죽이 들러붙은 것처럼 훌쭉해져 있었다.

윤소진, 성깔 많이 죽었다.

소진은 스스로 비참함을 느끼면서도 젓가락의 움직임을 멈출 수 없는 이유는 단순히 '생존'의 이유였다. 살기 위한 몸부림이랄까.

"저녁 먹고 보물찾기 한다고 했죠?"

"그런 유치한 걸 왜 하나 몰라."

옆에 앉은 강 대리가 시시하다는 얼굴로 대꾸했다. 반면 소진은 어린아이처럼 마냥 들떠 있었다.

"그럼 안 보이는 데에 보물 숨겨 놓은 거예요?"

"그렇게 거창한 건 아니야. 아까 살짝 들어 보니까 도착하자마자 상품 적힌 종이를 뒷산 여기저기 뿌려 놓은 모양이더라구."

"어떤 상품이 있을까요?"

"냄비 세트나 핸드폰 줄 같은 필요 없는 것들도 섞여 있겠지, 뭐."

"꼭 찾아내야지."

소진은 작은 목소리로 열의를 다졌다. 이런 데까지 와서 빈손으로 돌아가는 것은 너무 무의미한 행동에 불과했다.

"뭐?"

"아, 아니에요."

"2인 1조로 팀 나눠서 한다는 것 같던데."

"팀이요?"

이왕이면 보물찾기를 몇 번 해서 보물을 찾아낸 사람과 짝을 이루고 싶었다. 그래야 보물 찾는 게 더 수월해질 테니 말이다.

"그럼 2인 1조로 같이 보물을 찾게 될 짝꿍을 뽑아 볼까요?"

의외로 긴장되는 순간이었다. 소진은 침을 꼴깍 삼키곤 앞에 있는 사람부터 상자 속에 이름이 적힌 종이를 뽑는 걸 숨죽여 지켜 보고 있었다. 탄성도 들리고 기쁜 웃음소리도 들려왔다. 김 대리가 이윽고 소진 앞에 다가와 상자를 내밀었다. 현재 남아 있는 사람은 자신을 포함하여 강 대리와 준, 그리고 이 부장 이렇게 넷이었다. 그나마 친분이 있는 강 대리와 같은 짝이 되길 바라는 마음으로 소진은 상자에 손을 넣었다. 그리고 제일 먼저 손에 닿은 종이를 집어 꺼냈다. 김 대리가 소진의 손에 있는 종이를 대신 펼치며 큰소리로 외쳤다.

"윤소진 씨의 짝꿍은 서준 이사님입니다! 당첨!"

여기저기 안도의 한숨과 그나마 다행이라는 말들이 조용히 오가고 있었다. 김 대리의 외침을 들은 준은 방심하고 있다 뒤통수를 한 대 맞은 얼굴로 변했다.

"김 대리, 난 한다는 말 안 했던 것 같은데."

"그럴 수는 없죠. 이런 데 와서는 같이 즐기셔야죠."

이런 제기랄. 저녁 먹고 바로 숙소에 들어가서 쉬려고 했던 준은 계획에 차질이 생기자 저절로 인상이 써졌다.

"이사님, 보물찾기 해보셨어요?"

"어릴 적에. 왜?"

"잘해요?"

"글쎄, 몇 번 찾아본 적은 있긴 한데."

반짝반짝 빛나는 소진의 눈동자에서 준은 소진의 의도를 짐작할 수 있었다. 설마 이런 거에 목숨 걸고 하는 건 아니겠지 싶었는데.

"잘됐다!"

준의 경력에 노골적으로 기뻐하는 소진의 모습에서 준은 설마가 아니라 진심이라는 걸 느꼈다.

"이런 거에 흥미 있는 줄 몰랐는데."

"왜요?"

"의외야."

"적어도 하나는 찾아야 할 거 아니에요."

"욕심도 많으셔라. 하나면 됐지. 적어도 하나는, 이라니."

역시, 라는 표정으로 준은 소진을 잔뜩 골려 주었다. 준의 말에 골똘히 생각에 잠기 소진이 다시 입을 열었다.

"그래요. 하나만 찾아요."

"명령이야?"

어이가 없어서 준은 저도 모르게 웃음이 터져 나왔다. 우리 하나만 찾도록 노력해요. 도 아니고 찾으라니.

"명령이면 할 거예요?"

"내가 왜?"

"우린 짝꿍이잖아요."

"난 원한 적 없어. 시시한 보물찾기 놀이에 관심도 없고."

준은 뜬금없이 보물찾기에 의욕이 넘쳐 나는 소진이 의아하기만 했다. 평소에도 이렇게 의욕이 넘쳐 났으면 윤 회장이 이라크에 보내 버린다는 말까진 안 했을 거란 생각이 들었다.

"시시하다니요. 이런 데 와서 보물 찾는 게 얼마나 재미있고 보람찬 일인데요."

재미있는 것까진 이해한다. 그런데 보람까지 느낄 정도로 의미 있는 일인가 싶었다.

"설득력이 떨어지는걸. 전혀 공감이 안 가."

"설득까지 해야 돼요?"

고개를 끄덕이는 준의 모습에 소진은 금세 시무룩해졌다. 같이 하자며 떼를 쓸 것 같진 않은데 오히려 시무룩해진 소진의 표정이 준의 마음이 불편해졌다.

"호텔에 가도 할 일도 없고 심심했는데 같이 찾아보지, 뭐."

"정말요?"

"찾는다는 보장은 없어. 덜떨어진 김 대리가 어디에 숨겨 두었는 줄 알고 내가 찾겠어. 찾아보자는 거지."

"알았다니까요. 지도 챙겼죠?"

준은 고개를 끄덕이며 김 대리가 나눠준 뒷산 지도를 펼쳐 보았다. 보물은 총 3개, 확률은 1/2, 이 정도면 찾을 만했다. 소진은 김 대리가 나눠 준 손전등을 챙겨 테스트로 켜 보곤 이상 없는 걸 확인했다.

"준비 완료."

소진은 다시 밝게 외쳤다. 이런 거 하나에 기분이 좌우된다는 게 우스웠다.

"하나라도 건져 보자고."

뒷산으로 이동하는 준은 왠지 덩달아 미소가 지어졌다. 서른여섯에 보물찾기 놀이라니. 서 교수가 이런 자신의 모습을 봤다면 분명 한마디했을 것이다.

'애비보다 먼저 노망났냐?'

표정과 말투가 너무 생생하게 들려오는 듯해서 실성한 사람처럼 피식, 웃었다.

"뭐예요?"

"뭐가?"

"기분 나쁘게 웃어요?"

기분 나쁜 웃음이라니.

"내 웃음이 기분 나쁘다고?"

"썩 유쾌하진 않아요. 기분 나쁜 건 취소."

상대방 기분 망쳐 놓고 이제 와서 취소하면 고맙다고 인사라도 할 줄 알아? 여전히 상대방 기분은 안중에도 없는 듯 소진은 그렇게 취소라고 말해놓고 뒷산을 오르고 있었다. 살짝 어둠이 내려앉자, 손전등 전원을 켰다.

"지도 잘 보고 있어요?"

"보고 있어."

"보고만 있는 거예요?"

오늘 따라 질문 참 많네.

"이제부터 질문은 삼간다, 실시."

"왜요?"

"삼가라고 했을 텐데. 윤소진 씨 때문에 집중이 안 된다고."

"알았어요."

소진은 불퉁하게 대답하곤 준의 말을 지킨 건 약 3초가량이었다.

"얼마나 더 가야 해요?"

"윤소진 씨 인내심은 딱 3초뿐이군."

"네. 3초에요. 그러니까 대답해 줘요."

준은 산을 올라가다 멈추곤 지도를 다시 확인했다. 그냥 동네 뒷산 정도라고 생각하고 무시했는데 올라오다 보니 뒷산치고 꽤 큰 것 같다는 생각이 들었다. 입구에서 100m 좀 넘게 올라왔으니 조금만 더 올라가다가 그 주변을 살펴보면 김 대리가 숨겨둔 보물이 있을 것 같았다.

"좀만 더 올라가면 돼."

"와, 이사님 다시 봤어요. 좀 하는데요?"

초등학생이나 할 법한 보물찾기에 어깨가 으쓱해도 되는가 싶었지만 준은 괜히 우쭐대고 싶었다.

"당연하지. 어릴 적엔 보물찾기하면 내가 다 쓸어 갔는데."

"아직도 안 죽었네요."

"윤소진 씨는 보물찾기 할 때 따라다니기만 했겠지?"

"처음 하는 건데요."

학창 시절 소풍 가기만 하면 보물찾기는 기본 메뉴로 들어 있던 거라 늘 시시하다고 생각했었다. 그런데 처음이라니?

"어째서?"

"지금까지 한 번도 학교에서 가는 소풍은 가본 적이 없어요."

그 이유가 무엇인지 대충 짐작이 가는지라 준은 그 이유까지 물어보지 못했다.

"봄 소풍, 가을 소풍, 수학여행, 졸업여행. 더 있나요? 난 그때 집에서 개인 교사 붙들고 머리에 쥐가 나도록 공부만 했거든요. 뭐, 알아주는 개인 교사 명성에 결국 통칠 했지만."

소진은 별일 아니라는 듯 말했다. 처음엔 실망하게 되지만 나중엔 곧 익숙해졌으니 말이다.

"가고 싶었겠네, 많이."

"소풍 가기 전이나 다녀온 후에 아이들은 삼삼오오 소풍 다녀온 얘기에 푹 빠져 있는데 난 같이 어울려 할 얘기가 없었어요. 난 친구들이 뭐하고 노는지도 몰랐어요. 수업이 끝나면 학교 앞에 있는 검은색 승용차를 보곤 친구들이 먼저 피해 버렸으니까."

이럴 땐 어떤 말을 해줘야 하나 싶었다. 갑자기 무겁게 내려앉은 공기, 어색한 적막 속에서 준은 소진의 슬픈 표정을 읽었다.

부잣집 철부지 아가씨 정도만 생각했었는데 유년 시절이 어땠을지 짐작이 갔다. 보물찾기 따위에 의욕이 넘치는 이유가 이거였나 싶었다.

친구 없는 학교라, 많이 외로웠겠다. 어떤 거라도 좋으니 하나라도 찾아서 주고 싶어졌다.

"이쯤에 있을 것 같은데."

보통 숨겨 놓을 만한 장소는 다 그럴 듯해서 준은 나무들이 우거져 있는 산속으로 깊이 들어갔다. 큰 바위라도 있었다면 그 근처에 숨겨 놓았겠지만 이런 산에 바위가 있을 리가 없었기에 적당한 곳은 풀숲이라 예감했다.

"찾았어요?"

"아니, 아직."

멀뚱히 서서 준의 꽁무니가 쫓는 소진을 향해 준이 버럭 했다.

"윤소진 씨도 좀 찾아봐! 그런 식으로 해서 언제 찾겠어?"

"알았어요. 나도 찾고 있었거든요."

그제야 조금은 윤소진다워진 것 같았다. 툴툴대며 준을 등지며 찾는 모습이 꽤나 열심히였다. 그리고 조금 후,

"찾았다!"

양팔을 번쩍 하늘을 향해 치켜들던 소진의 손엔 종이 쪽지가 쥐어져 있었다. 정말 어린애가 따로 없었다.

"한 번도 안 해봤다면서 나보단 윤소진 씨가 더 낫군."

"헤헤. 보물찾기에 소질 있나 봐요."

"종이 펼쳐봐. 상품 이름이 적혀 있을 테니."

"그 정도는 안 해봤어도 안다구요."

소진은 의기양양한 얼굴로 기대에 찬 얼굴로 종이를 펼쳤다. 어떤 상품이 적혀 있는지 준도 내심 궁금해 소진이 하는 양을 가만히 지켜보았다.

"커플 휴대폰 줄?"

종이에 정확히 써 있는 상품을 확인한 소진은 고개를 갸웃거렸다. 이런 걸 도대체 어디에 쓰라고. 골라도 필요 없는 걸 골라 버렸다.

"나중에 애인 생기면 필요할 거야."

"애인 생기기 전에 얼굴 모르는 남자랑 결혼부터 할 걸요."

친구도 제대로 못 사겨본 소진이 남자 친구를 만들 수 있는 확률은 매누 낮았다. 가만히 지켜보고 있을 윤 회장이 아니었다.

"그래도 보람은 있네요."

"그럼 다행이고."

"그럼 이만 내려갈까?"

아무래도 산이라 그런지 날이 벌써 어두워졌다. 준은 갑자기 장난치고 싶은 충동에 휩싸였다.

"손전등을 제대로 들어야지. 이리 줘."

소진에게 손전등을 건네받은 준은 전원 스위치를 임의적으로 껐다, 다시 켜기를 반복했다.

"벌써 베터리가 다 됐나……."

"벌써요?"

걱정스러운 얼굴로 소진이 물었다.

"잠깐만."

준은 손전등을 얼굴 가까이 가져가 기다렸다는 듯 전원을 켰다.

"꺅!"

소진이 놀라 소리를 지르며 한 발짝 뒤로 물러났다.

"풉. 하하하!"

소진의 반응에 준은 배를 잡고 한참 동안 시원하게 웃음을 쏟아냈다. 뒤늦게 준의 짓궂은 장난이라는 것을 눈치챘지만 놀란 가슴은 진정되지 않고 있었다. 갑자기 눈물이 핑 돌았다.

"윤소진 씨, 울어?"

손으로 눈물을 훔치는 소진을 보며 준은 놀란 얼굴로 소진에게 가까이 다가갔다.

"내가 얼마나 놀랐는 줄 알아요?"

"미안, 미안. 그냥 한 번 해보고 싶었는데 이렇게 쉽게 걸릴 줄이야."

"됐어요!"

소진은 완전히 토라져서는 뒤도 돌아보지 않고 앞만 보고 씩씩대며 걸었다. 준은 그저 소진의 뒤를 따르며 계속해서 미안하다고 사과했다.

"어라?"

깜박거리던 손전등 불빛이 갑자기 꺼져 버렸다. 당황한 얼굴로 준은 스위치를 다시 켜 보았으나 정말 건전지가 다 된 모양이었다.

"장난치지 말아요."

"내가 두 번이나 똑같은 장난을 할 정도로 머리가 나빠 보여? 이거 맛 갔어."

"정말요?"

"어디서 고물을 사와 가지고. 젠장!"

준은 신경질적으로 손전등을 풀숲에 던져 버렸다.

"앞이 잘 안 보이니까 조심해서 걸어. 그러다 잘못해서 입구까지 굴러가는 수가 있으니까."

"무슨 말을 그렇게 무섭게 해요? 겁주지 말아요."

"똑바로 걷기나 해."

캄캄한 산속을 걷고 있자니 소진은 겁에 질려 있었다. 그러다 돌부리에 걸려 몸이 앞으로 넘어지려는 걸 준이 잡아 주었다.

"정신을 어디다 놓고 다녀!"

너무 겁먹은 탓인지 소진은 대답할 타이밍을 놓쳐 버리고 말았다. 그런 사이 갑작스럽게 자신의 손 위로 겹쳐지는 준의 손길에 소진은 화들짝 놀라 뿌리쳤지만 소용없었다. 이미 그의 손이 소진의 손을 단단히 잡고 있었다.

"잘 따라와. 같이 구르고 싶지 않다면 말이야."

준은 천천히 소진의 보폭에 맞춰 산 입구까지 걸어 내려왔다. 그리곤 김 대리를 보자마자 정강이를 걷어차는 것으로 응징했다.

"김 대리 때문에 산속에서 조난당할 뻔했어. 어디서 고장 난 손전등을 갖고 왔어?"

"죄송합니다."

김 대리의 사죄에도 불구하고 준은 조금 전 위험한 상황에 화가 나 있었다. 정말 잘못해서 소진이 발을 삐끗했다면 그대로 굴러떨어질 수 있는 상황이기도 했다. 준에게 얻어맞은 정강이를 잡고 고통스러워하다 이내 소진이 종이 쪽지를 내밀자 준비해 둔 선물

을 건넸다. 소진 말고 다른 팀이 냄비 세트와 영화 예매권을 받아
갔다.

"와, 예쁘다."

귀여운 강아지 캐릭터가 있는 핸드폰 줄이었다. 소진은 핸드폰
줄 하나를 준에게 건넸다.

"이사님도 같이했으니까 하나 줄게요. 반땅해요."

"필요 없어."

"나중에 딴말하지 말고 받아요."

거참 필요 없대도. 마지막 말은 속으로 삼키며 준은 마지못한
척 핸드폰 줄을 받았다.

"짝꿍이라서 주는 거예요. 짝꿍 아니었으면 절대 안 줬어요."

온갖 생색을 내는 소진의 모습이 싫지 않았다. 그런데,

"윤소진 씨, 선수야?"

"선수 같아요? 보물찾기 선수?"

……아닌가.

"아님 정말 순진한 거야?"

냄비 두 개 중 하나도 아니고 영화 애매권 두 장 중 하나도 아
니고 커플 핸드폰 줄 중 하나를 반땅하자는 게 남자한테 어떤 의
미를 부여하고 있는지 정말 모르나 싶었다.

"마음에 안 드세요?"

갑작스레 진지한 태도를 보이는 준의 모습을 오해한 소진이 당
황한 기색으로 물었다. 정말 아무런 의미 없는 건가.

"다른 남자한테 이런 거 반땅이니 짝꿍이니 하며 주지 말라고."

"네?"

"나를 제외한 모든 남자들에겐 충분한 오해의 소지가 있으니까 말이야."

어쩐지 그 남자들 중 한 명이 된 것만 같은 기분이 들었다. 구차한 변명을 늘어놓고 나서 준의 얼굴이 일그러졌다.

생각하니까 열받네.

9.
시작은 질투

이래선 도통 잠이 들래야 들 수 없다. 왼쪽으로 돌아누웠다, 다시 몸을 돌려 오른쪽으로 눕기를 반복하는 동안 어느새 자정이 훌쩍 지나 있었다. 푹신한 침대와 편안한 베게, 그리고 창문을 살짝 열어 놓은 덕분에 살랑이는 바람이 시원하게 준의 몸을 감고 있었다. 쾌적한 잠자리에 필요한 요소들은 충분한 가운데 한 가지 오점은 바로 김 대리였다. 침대는 당연히 싱글 침대 두 개가 있어 몸을 부딪히며 준의 심기를 건드릴 만한 일은 발생하지 않은 게 이 상황에선 다행이다 싶을 정도로 절망스러웠다. 침대에 곯아떨어지자마자 귀 옆에서 천둥번개가 치는 듯한 소음 덕분에 준은 잠자리에 든 지 한 시간째 뒤척이고 있었다.

"왜 저 꼴통이 여기 있는 건데."

이유는 간단했다. 모두 김 대리의 잠버릇을 알고 자신의 방으로 밀어 넣은 것일 테지. 코 고는 사람과 같은 방 쓰기 싫은 사람을 한 방에 밀어 넣은 것이 분명했다. 다른 팀원들의 잔머리라는 것을 알아차렸을 땐 이미 사태가 벌어진 후였다.

"후우."

몸은 피곤에 절어 당장이라도 잠에 들 것 같은데 김 대리의 코 고는 소리 때문에 준은 도통 잠을 청할 수가 없었다. 세상을 다 가진 것마냥 대자로 뻗어 코 골며 자는 김 대리의 모습이 얄밉기 그지없었다. 안 되겠다 싶어 준은 잠깐 바람이나 쐬러 갈 작정으로 겉옷을 챙겼다. 더 이상 김 대리의 코 고는 소리를 들었다간 며칠 동안 악몽에 시달릴 것 같았다.

숙소 밖으로 나오자 시원한 바람에 준의 얼굴에 저절로 미소가 그려졌다. 그런데 혼자만의 조용한 시간을 보내려던 준의 계획은 먼저 벤치를 차지하고 앉은 이방인으로 인해 차질이 생겨 버렸다. 그냥 다시 방에 들어가자니 귀청이 떨어져 나갈 것만 같은 김 대리의 코 고는 소리는 생각만 해도 끔찍했다. 준은 그냥 이방인 옆에 떨어져 벤치에 앉기로 했다.

"윤소진?"

이방인을 알아본 준이 혼잣말을 했다. 소진은 귀에 이어폰을 꽂곤 노래를 듣고 있었다. 준은 가까이 다가가 소진의 이어폰 한쪽을 빼냈다.

"여기서 뭐해?"

"혼자만의 시간은 방해 말아 줄래요?"

"방해할 생각은 없는데 나도 혼자만의 시간이 필요하거든. 이를 테면 휴식이지."

누가 이방인인지 알 수 없는 상황에서 소진은 준의 손에서 이어폰 한쪽을 뺏앗곤 불만스러운 표정을 하고 있었다.

"방에 있으면 누가 방해해요?"

"방해만 하다뿐인가."

준은 고개를 저었다.

"그러니까 평소에 잘했어야죠."

"아무래도 김 대리의 코 고는 건 평소의 내 행동과는 전혀 무관한 것 같은데."

"큭큭. 그것 때문에 도망 나왔어요?"

"도망이라니? 숙면을 못 취하면 휴식이라도 취하려고 나온 거지."

"말은 참 그럴싸하네요."

준에게서 시선을 돌린 소진은 고개를 들어 캄캄한 하늘을 바라보았다. 금방이라도 별이 쏟아질 것처럼 별이 많을 줄 알았는데 생각 외로 하늘은 무척이나 깨끗했다.

"그러는 윤소진 씨는 여기서 뭐하는 거야?"

"아침에 일찍 출발하잖아요. 그럼 언제 또 밤하늘을 볼 수 있겠어요?"

"그렇군. 유적지는 괜찮았어?"

"신기한 게 많던데요."

"나쁘지 않았다는 걸로 알겠어."

김 대리의 코 고는 소리가 들리지 않는 것만으로도 잠이 쏟아지다니. 준은 벤치 등받이에 기대 눈을 감았다.

"꽤 재미있는데요, 회사 생활이라는 거?"

"재미있어?"

준은 감았던 눈을 떠 소진을 바라보았다. 지금까지 본 모습 중 소진은 예쁘게 미소 짓고 있었다.

"즐거운 회사 생활이 되길 바랍니다, 라고 했었던가요?"

"그 말은……."

준이 소진 입사 첫날 했던 말이었다.

"생각보다 재미있어요. 이거 어쩌죠, 이사님 뜻에 어긋나서?"

웃고 있는 미소가 얼마나 예쁜지 순간 소진의 팔을 끌어당겨 그대로 입을 맞출 뻔 했다. 미쳤구나, 정말. 그런 충동이 두 번이나 일다니. 달이 너무 밝아 취해 버린 것일까. 심장까지 미친 듯이 뛰어대고 있었다.

"무슨 생각하세요?"

준의 얼굴 가까이 소진의 얼굴이 다가왔다. 흠칫 놀라 그대로 준은 고개를 뒤로 젖혔다. 그저 지금 드는 생각은 소진이 상당히 위험 인물이라는 것이다.

"그런 표정 지으면 상당히 기분 나쁘거든요? 내가 오염 물질이라도 돼요?"

"응, 아, 아니. 그런 게 아니야."

"뭐라구요?"

"그게 아니라고."

준의 말은 듣지도 않고 소진은 화가 난 얼굴로 일관했다.

"딴생각하고 있었어."

"무슨 생각이요?"

키스…… 하고 싶은 충동을 어떻게 내 입으로 말할까. 그 말을 하고도 살아 있다면 기적이었다. 준은 기다란 손가락으로 소진의 이마를 쿡 찍어 멀찌감치 밀어냈다.

"그런 것까지 윤소진 씨한테 말해야 되나?"

"에이, 기분 나빠."

저렇게 찡그린 모습을 보니 준의 가슴은 진정이 되었다. 그나저나 정말 돌아 버린 걸까. 아니면 돌기 직전인 걸까. 왜 두 번이나 변태 같은 생각을 떠오른 걸까. 준은 좀처럼 이해하기 힘든 일이 일어났다는 것에 대해 상당한 충격에 휩싸였다. 이러다 언젠간 정신을 잃었다가 눈을 뜬 순간 소진에게 키스를 하고 있을지도 모른다는 생각이 들었다.

"윤소진 씨, 내가 경고 하나 하지."

"이 새벽에 무슨 경고예요?"

"내 앞에서 웃지 마."

나도 어떻게 할지 모르니까 말이야.

"웃지 말라구요?"

끄덕끄덕. 소진은 분명 자신이 잘못 듣지 않은 것을 확인하고 나서야 어이없는 표정으로 바꾸었다. 이젠 별걸 다 간섭한다. 누가 희귀 동물 아니랄까 봐 별 트집을 잡고…… 하기야 이러니 서프라이즈지.

"분명 경고했어."

다시 한 번 힘주어 경고까지.

"웃으면 어쩔 건데요?"

"그 후에 일어나는 사태에 대해 난 책임 못 져."

"대한민국이 민주주의 국가인 거 똑똑하신 이사님이 모를 리 없을 텐데요?"

픽, 저절로 바람 빠지는 소리가 나며 원치 않았지만 준이 소진을 비웃는 꼴이 되었다. 설마 그런 기본적인 것도 모르고 내뱉은 말일까 봐?

"국내보다 해외에 더 많이 있었던 윤소진 씨가 할 말은 아닌 것 같은데."

"웃던 웃지 않던 내 자유예요. 이사님이 웃기면 맘껏 비웃어 줄 거예요."

"그래, 맘껏 웃어. 난 분명 경고했으니까."

"협박이 아니구요?"

"그게 더 잘 먹힐 것 같으면 그렇게 생각하고."

준에겐 큰소리 쳤으나, 왠지 무서운 협박에 소진은 정말 웃고 싶어도 웃지 못할 것 같았다. 그런데 웃지 말라니. 생각하면 생각할수록 화가 났다가 어이가 없다가 이건 무슨 경우인가 하고 고민하게 되었다. 만약 웃는 모습을 그에게 발견되기라도 한다면? 그 후의 응징은 도대체 얼마나 무시무시한 걸까. 그런데 문득 웃으면 안 되는 이유에 대해 궁금해졌다.

"왜 웃지 말라는 건데요?"

"마음에 안 들어."

자꾸 신경 쓰인단 말이지.

"내 웃는 모습이 어때서요? 정말 못 봐주겠어요?"

"차마 눈 뜨고 볼 수 없지."

"그럼 눈 감아요. 그럼 되겠네."

이렇게 쉬운 타협점을 너무 깊이 생각했던 것 같았다.

"장난해?"

"그래요, 내 웃는 모습이 구체적으로 어떤데요? 뭐, 말로 하기 곤란하면 내가 보기를 낼게요."

도대체 이게 뭐라고 새벽에 보기까지 내고 앉아 있어야 하나 싶었다. 한심하게 생각하면서도 저도 모르게 소진의 입에서 '보기'가 나오길 기다리고 있었다.

"일 번, 웃는 모습이 추하다. 그래서 꼴 보기 싫다."

"음."

"이 번, 웃는 모습을 보면 기분이 저절로 나빠진다. 설마 이건 아니겠죠?"

"삼 번은 뭐야?"

"삼 번, 웃는 모습이 사랑스러워 내가 어떻게 할지 모르겠다."

소진은 보기를 말하고 나서 준의 대답을 기다렸다. 정말 일 번이나 이 번을 고른다면 손에서 주먹이 나갈지도 모르겠다고 생각하면서.

"삼 번."

"삼 번?"

정말? 이라고 묻는 표정으로 소진이 준을 바라보았다.

"윤소진 씨가 원하는 거 아니었나?"

"장난 친 거예요?"

"진심이었으면 좋겠어?"

"미쳤어요?"

"윤소진 씨, 나도 제정신이야."

아직까진.

두 번이나 듣는 그 말에 기분 좋일 리가 없었다. 왠지 두 번이나 연이어 퇴짜를 받은 것 같은 기분은 썩 좋지 않았다. 이만하면 괜찮다고 스스로 자부하는데 어째서 미쳤냐는 표현을 할 만큼 싫어하는 것일까. 이만하면 선 자리에 내놓아도 꿀리는 조건도 아닌데 말이다. 단 몇 마디 섞고 난 후 상대방이 바쁘다며 먼저 자리에서 일어나는 건 그저 기분 탓일 것이다.

어째서? 이토록 자신을 별로라고 생각하는 것일까? 여섯 살 때와 현재 남자 보는 눈이 전혀 달라진 탓에 준은 점점 미스터리에 빠져 있었다.

"이사님과 농담 따먹기 하는 거 재미없어요. 들어갈래요."

"그러든가."

별 성의 없이 대꾸하곤 준은 소진이 숙소로 들어가는 뒷모습을 바라보다 자세를 고쳐 앉았다. 자신이 원하던 대로 누구에게도 방해받지 않은 휴식을 취할 수 있게 되었는데 준은 이방인이 사라지고 난 뒤 허전함이 몰려왔다. 그저 그의 머릿속엔 자신을 퇴짜 놓은 소진에 대한 풀리지 않은 미스터리로만 가득했다.

"윤소진 씨, 너도 별로야."

그렇게 허공에 소진을 향해 퇴짜를 놓는 것으로 준은 응징했다.

"나 정도면 완전 땡큐지. 별로라니. 사회 경험을 덜 했군."

그래도 분이 풀리지 않자 준은 툴툴거리며 속에 담아 두었던 말을 토해냈다. 미스터리고 뭐고 애당초 남자 보는 눈이 부족했던 것이라고 단정 짓기에 이르렀다. 이런 쓸 데없는 것도 고민이라고 시간 낭비하며 고민에 빠져 있던 자신이 우스워지기 시작했다.

이쯤 되니 슬슬 혼자만의 휴식도 점점 지루해졌다. 이젠 필요한 건 숙면인 것 같은데 숙소에 들어간다 한들 편히 잠을 잘 수 없을 것 같았다. 내일 졸음운전이나 하지 않으면 다행이었다. 하긴, 김 대리 보고 하라고 하면 되겠군. 장롱 면허라도 면허는 가지고 있을 테니. 속 편하게 내일 운전에 대해선 고민을 접곤 준은 눈을 감았다. 그런데 환하게 웃는 소진의 얼굴이 아른거려 준은 저도 모르게 눈을 떴다. 고개를 도리질하곤 손으로 얼굴을 비빈 후 정신을 바짝 차렸다.

"미쳤군."

이제 막 초여름인데 더위를 먹었을 리는 없고. 하루 종일 소진과 붙어 있었더니 살짝 정신이 이상해진 것일까. 나이 서른여섯에 맞지 않은 고민들에 준은 혼란스러워졌다.

"차라리 김 대리의 코 고는 소리가 낫겠어."

적어도 아무 생각 안 날 테니까.

지하 주차장에서 엘리베이터를 탄 준은 1층에서 문이 열리자 시야에 들어온 한 남녀를 본 순간 표정이 굳어졌다. 소진과 김 대리는 다정하게 같이 엘리베이터에 들어와 준에게 가볍게 목례를 한 뒤 뭐가 그리 신나는지 자기들끼리 시끄럽게 떠들고 있었다. 김 대리의 썰렁한 유머가 재치 있다며 입을 가린 채 호호, 거리며 웃는 모습이 꼴사납기까지 했다.

"둘만 있는 것도 아닌데 조용히 하지."

준의 경고에 김 대리는 짧게 네, 하고 대답하였지만 금세 잊은 모양인지 시대에 뒤처지는 유머를 소진에게 퍼붓고 있었다. 시대에 뒤떨어지는 유머나 터득하고 있으니 몇 년째 대리 달고 있지. 쯧쯧.

소진 옆에 찰싹 붙어서는 둘만의 시간을 만끽하더니 7층에서 둘이 내렸다.

"커피 한잔하고 올라갈게요."

준이 묻기도 전에 소진이 선수 쳐 말했다. 엘리베이터 문이 닫히자 준은 바짝 매고 있던 넥타이를 느슨하게 풀었다.

"누가 물어봤어?"

준은 사무실로 들어와 겉옷을 벗고 자리에 앉았다. 그런데 자꾸 엘리베이터 안에서 소진의 옆에 찰싹 붙어 있던 김 대리가 떠올랐다. 이번 워크숍으로 친해진 모양이었다. 그러고 보니 생각하니 열이 받았다.

"김 대리보다 같이 있는 시간은 내가 더 많았는데 어째서 김 대리와 더 친해진 것 같지?"

거기다 같이 보물찾기도 하고 핸드폰 줄도 하나씩 나눠 갖지 않았는가. 워크숍 한 번으로 친해질 친분이라면 언제든 사이가 틀어질 얄팍한 친분이라고 준은 스스로를 위로했다. 하지만 생각해 보니 김 대리가 여직원에게 저리 적극적으로 친한 척을 하는 건 처음 보는 것 같았다. 그 말인즉, 소진에게 흑심을 품고 있다는 말일 테지. 수준 낮고 시대에 덜 떨어지는 유머로 봤을 땐 충분히 그랬다. 마치 미리 준비된 것마냥 쉴 새 없이 터져 나왔으니 말이다. 조금 후 준의 방을 노크하는 소리가 들렸다.

"저 들어왔어요. 혹시나 근무시간 지나서 들어왔다고 꼬투리 잡을까 봐 미리 말하는 거예요."

"잠깐 들어와 봐."

준은 꽤 심각한 표정을 하고 있었다.

"무슨 일이세요?"

"아침부터 엘리베이터에서 그렇게 큰 소리로 떠들면 남들이 어떻게 생각하겠어?"

"엘리베이터 안엔 저와 김 대리님, 그리고 이사님 셋밖에 없었는데요."

"만약 내가 아닌 다른 사람이었다면 말이야."

"그렇게 큰소리로 떠들지 않았는데."

"상당히 시끄러웠어. 신경이 거슬렸다고."

특히 김 대리의 수준 낮은 유머에 웃어주는 윤소진 씨가 말이야.

"그리고 시대에 덜떨어진 유머가 뭐가 그렇게 웃기다고."

"전 너무 재미있던데. 생각 외로 좋은 사람 같아요."

칭찬까지? 나는 별로고 김 대리는 좋은 사람이다?

"좋은 사람? 윤소진 씨, 그렇게 사람 보는 눈이 없어서 어쩌려고 그래?"

준은 딱하다는 듯 소진을 바라보았다.

"왜요?"

"김 대리가 얼마나 여자들한테 집적대고 그러는 줄 알아? 생긴 건 착하게 생겼지만 생각 외로 반전 있는 남자라고."

"반전?"

"더 이상 말하지 않겠어. 그런 사람과 어울리면 회장님이 좋게 보실 것 같아?"

"어, 어떤데요?"

궁금하다는 듯 물어오는 소진을 향해 준은 고개를 내저었다. 더 이상 없는 말을 지어냈다간 크게 와전될 수도 있는 일이었기 때문이다. 그저 소진이 김 대리를 멀리 할 수 있을 정도면 충분했다.

"더 이상 알려고 하지 마. 내 말 잘 명심해."

"소문이겠죠."

"그 소문에 엮이고 싶지 않다면 조심하라고."

마지막까지 그녀에게 경고를 해주고 나서야 준은 조금 안심이 된 얼굴로 변했다. 남자들이 조금만 잘해주는 게 흑심 있는 걸 모르고 좋은 사람이라고 생각하고 있다니 순진해도 너무 순진한 거 아닌가. 소진이 나가고 나서야 쓸데없는 짓을 한 것 같아 후회가 들었다. 그런데 준의 경고를 비웃듯 구내식당에서 소진의 맞은편에 앉아 점심 식사를 하고 있는 김 대리가 눈에 띄었다.

이렇게 마음에 안 드는 사람 처음이군.

김 대리를 바라보는 준의 눈빛이 레이저를 내뿜는 것처럼 뜨겁게 달궈졌다. 준은 식판에 반찬과 밥을 담곤 저벅저벅 소진과 김 대리가 있는 자리로 갔다.

"오늘 강 대리는 어디 갔나? 안 보이는군."

"강 대리는 광고 쪽과 미팅이 있어 오후에 출근합니다."

"그래? 어쨌든 여기 앉아도 되겠지?"

이미 앉아서 식사할 모양새를 갖춰놓고 뒤늦게 의사를 물어보는 건 역시 거절하지 않을 거란 자신감 때문이었다. 예외인 한 사람을 빼고.

"싫다고 하면 일어나실 거예요?"

"내가 왜?"

준은 얄밉게 김 대리 보란 듯 소진 옆에 앉아 밥을 먹었다.

"오늘 반찬 괜찮네. 김 대리 많이 먹어."

김 대리는 떨떠름한 표정으로 네, 하고 짧게 대답하곤 시선은 소진에게 향했다.

"소진 씨. 식사 다 하셨으면 음료수 마실래요?"

"다이어트 중이라 음료수 같은 거 안 마셔요."

예스. 준은 속으로 환호를 질렀다.

"에이, 소진 씨가 뺄 데가 어디 있다고."

"많아."

속이 훤히 들여다보이는 김 대리의 작업 멘트를 준이 확 잘라 버렸다. 김 대리의 작업 멘트는 다행히 예상대로 멈추었지만, 옆에서 한기가 느껴졌다.

"전 뺄 데가 많아서 더 이상 식사 못하겠네요. 물이나 마셔야지."

식판을 들고 걸어가는 소진의 뒤를 김 대리가 급하게 쫓았다. 김 대리를 떨어뜨리기 위해 생각 없이 한 말이 화가 될 줄 생각지 못했다. 혼자 남겨진 준은 밥을 먹는 둥 마는 둥 하다 자리에서 일어났다. 자꾸 신경 쓰여 밥조차 제대로 먹을 수가 없었다. 사무실로 들어와 정수기 물을 한 잔 마신 후 자리에 앉은 준의 시선은 탁상용 시계로 향했다. 12시 35분을 막 지나고 있었다.

째깍째깍.

시간 가는 소리가 오늘따라 유난히 귀에 거슬렸다. 거슬리다 못해 짜증이 일었다. 시선이 탁상용 시계로 향할 때마다 시간은 5분씩 지나 있었다. 안 되겠다 싶어 시계를 안 보이도록 엎어 놓은 다음에 준은 손으로 머리를 쓸었다.

"미쳤냐, 정말."

다시 물을 마시기 위해 방에서 나왔을 때 소진이 음료수 캔을 들고 사무실로 들어오고 있었다.

"윤소진 씨, 앞으로 점심 식사 끝나기 십 분 전에 앉아 있어."

소진은 입을 삐쭉삐쭉 내밀면서도 오늘따라 기분이 안 좋아 보이는 준의 신경을 건드리지 않기 위해 자리에 앉았다.

"그건 김 대리가 뽑아준 건가?"

"그런데요."

"나 좀 마셔도 되겠지."

주인의 허락이 떨어지기도 전에 준은 음료수 캔을 따 그대로 마셔 버렸다. 실망한 표정과 오늘따라 이상한 준의 모습이 적응이 안 되는 묘한 표정이 소진의 얼굴에 적나라하게 드러났다.

"왜? 불만이야?"

"오늘따라 왜 이러세요?"

"뭐가?"

"몰라서 물어요?"

스스로도 그 이유를 모르는데 어떻게 말을 하란 말인가.

"그래."

"오늘따라 왜 날 쫓아다녀요?"

"내가 언제 쫓아다녔다고? 무슨 말도 안 되는 소릴 하는 거야?"

억울하고 황당하다는 준의 반응이 소진은 어이없을 따름이었다.

"원래 제 옆에서 식사 안 하시잖아요. 왜 굳이 내 옆에서 식사를 하셨어요?"

"그냥 거기 앉고 싶었을 뿐인데 그 자리까지 윤소진 씨 자리였어?"

"그 말이 아니라!"

준은 반쯤 남은 음료수를 마저 입에 털어 넣고 말문이 막혀 입술을 앙다문 소진의 얼굴을 바라보았다.

"무슨 말이 듣고 싶은 건데?"

"그건 내가 묻고 싶은 말이라구요."

무슨 사람이 말귀를 저렇게 못 알아듣는지 소진은 짜증이 났다. 혹시 못 알아듣는 척하는 건가? 도대체 왜?

소진의 머릿속에 온통 물음표가 가득할 때 준은 검은색 바인더를 소진의 책상에 올려두었다.

"영문 계약서야. 외국 광고 회사와 계약한 것들이지. 이거 한글로 번역 좀 해야겠는데."

어안이 벙벙한 표정으로 바인더를 바라보고 있는 소진의 표정은 예술이었다. 방으로 들어가려던 준은 빼먹은 말을 뒤에 붙였다.

"오늘 중으로."

퇴근 시간까지 끝낼 수 있는 양이 아니었다. 지금부터 부지런히 한다 해도 두세 시간은 더 남아서 해야 할 터였다. 진드기처럼 달라붙는 김 대리를 떨궈내는 데 이 방법이 제격인 듯했다.

매일 매일 바쁘게.

♥ ♡ ♥

회의를 끝내고 사무실로 돌아온 준은 핸드폰을 확인했다. 부재
중 전화 2통. 모두 서 교수에게 걸려온 전화였다. 준은 통화 버튼
을 눌러 서 교수에게 온 전화를 받았다.

—바쁘냐?

"바쁜 거 알고 전화한 거 아니세요?"

—늘 야박하게 구는구나. 마치 여자한테 차인 사람처럼 예민하
게.

"용건 없으면 끊을게요."

마지막 말에 찌릿하고 감정이 상해 버렸다. 노인네가 눈치만 빨
라서는 아픈 데 건드리는 건 선수다.

—어떻디, 지내보니?

"넌센스에요?"

—농하는 거 아니거든?

"그럼 누구 얘기하는 건데요?"

—소진 양 말이다.

아, 하고 준의 싱거운 반응에 흥미를 잃어버린 사람처럼 서 교
수가 반문했다.

—무슨 반응이 그래? 김빠진 콜라처럼.

"바빠요."

—바빠도 애비랑 5분도 통화 못하냐?

"바람난 애인한테 하는 말투는 좀 삼가주세요."

그대로 끊지 않은 것으로 5분의 통화가 허락되자 서 교수는 하
던 말을 계속했다.

—이 애비한테 하는 것처럼 매너 없는 행동에 막말하고 괴롭히
는 건 아니겠지?

"갑자기 그게 왜 궁금해지셨는데요? 내 부하 직원에 대해 언제
부터 그렇게 관심이 많았다고."

또 무슨 꿍꿍이야, 준은 속으로 중얼거렸다.

—부하 직원이기 전에 내 친구의 딸이기도 하거늘. 어릴 때처럼
소진 양한테 잘해주라고.

"제가 왜 그래야 하는데요?"

—왜긴. 너 소진 양 어릴 적엔 동생 같다면서 엄. 청. 귀여워했
었잖아. 기억 안 나냐?

"엄. 청. 이라고 말할 정도까진 아니었어요. 어린애니까 귀여웠
던 거지. 그리고 그때와 지금은 상황이 전혀 다르거든요."

다르다마다. 상사와 부하 직원이니 말이다. 거기다 그녀를 귀여
워했다 한들, 그녀의 기억 속엔 자신은 애당초 존재하지 않았던
사람처럼 깨끗이 지워져 있었다. 기억해 봤자 혼자만의 추억이고
기억일 뿐이었다.

—이렇게 융통성 없는 놈을 봤나.

"융통성이고 뭐고 사심 없이 다른 직원들과 공평하게 대하고 있
으니 걱정 마세요. 절대 편애하지 않고."

—공평하게? 편애 없이?

"첫 출근 때 이미 선전포고했죠. 내가 만만한 상대가 아니라는
것을 확실히 보여줬어요."

—잘했다고 칭찬이라도 해줘야 하는 거냐?

엉덩이라도 내밀면 툭툭, 치며 서른여섯 먹은 아들을 칭찬해 줘

야 할 것만 같은 상황에 서 교수는 음, 하고 언짢은 신음을 내뱉곤 말을 이었다.

—온갖 악행은 모조리 일삼고 말이냐?

"직장 선배이자 상사의 가르침이죠."

—입에 침이나 발라라.

바르라면 못 바를 줄 알고?

"그런데 왜 뜬금없는 관심이세요?"

—이제야 생각이 난 거다. 뜬금없는 게 아니라 계획된 관심이지.

"뜬금이던 계획이던 간에 관심 끄세요."

—왜? 너한테 관심 갖는 것도 아닌데.

"차라리 나한테 관심 가져요."

—애정결핍이냐?

쯧쯧, 혀 차는 소리가 이어졌다. 애정결핍도 사랑을 받아 본 사람만이 걸리는 병이라고 준은 지금까지 생각해 왔기에 자신에겐 해당되지 않는다고 자신했다. 허무하고 허탈한 대화의 요지는 바로 '윤소진'이었다.

"네. 그러니까 그 무한한 관심은 저한테만 쏟아주세요."

—대놓고 나에게 애정표현을 하는구나.

"앞으로 자. 주. 해 드리죠. 원하신다면."

뚝.

서 교수는 대답도 하지 않고 전화를 끊어 버렸다. 언제는 싹싹하지 않으니, 아들이라고 하나 있는 게 매정하다는 듯 불효자를 만들어 놓더니 정작 원하는 대로 해주니 돌아오는 건 '언질도 없이 전화 끊기'였다.

"이 노인네. 여행이나 보내줘야지. 무슨 짓을 할지 몰라."

서 교수와의 말도 안 되는 통화로 어느새 퇴근 시간은 10분이나 지나 있었다. 방에서 나오자 준이 시킨 일을 열심히 몰두하고 있는 소진의 모습이 보였다. 간단하게 먹을 샌드위치나 사러 갈까 하며 밖으로 나오는데 어슬렁거리는 늑대 한 마리가 준의 눈에 포착되었다.

"김 대리, 퇴근하나?"

"네."

"엘리베이터는 반대쪽인데."

"소진 씨와 같이 가려고요."

"윤소진 씨는 지금 내가 시킨 일 때문에 엄청 바쁘니까 귀찮게 하지 말고 잠깐 나와 음료수 마시겠나?"

거절하지 못하도록 김 대리의 팔목을 세게 쥔 준은 어느 때보다 부드러운 미소를 얼굴에 걸쳤다.

지폐 두 장을 넣고 아무거나 누르자 달그닥거리며 음료수가 밑으로 내려왔다. 음료수를 꺼내 하나를 김 대리에게 건네고 다른 하나는 바로 따 준은 목을 축였다.

"부담 갖지 말고 마셔. 우리 워크숍 가서 꽤 친해졌잖아."

"……네."

"김 대리, 혹시 윤소진 씨한테 사심 있나?"

음료수를 마시던 김 대리가 화들짝 놀라며 음료수를 그대로 내뿜었다. 어떻게 알았냐는 표정에 준은 어이가 없었다. 자신 말고도 이미 알 만한 사람들은 김 대리가 소진에게 사심이 있다는 건 웬

만큼 눈치 채고도 남았을 것이다. 과도한 친절과 관심을 대놓고 행하던 사람치곤 꽤 재미있는 반응이었다.

"괜찮아. 뭐 어때?"

"정말입니까?"

대답 대신 준은 김 대리의 어깨를 툭툭 쳤다. 괜찮을 리가 있나.

"내가 팁을 하나 줄까?"

"팁이요?"

"윤소진 씨가 어떤 스타일을 좋아하는지 김 대리 혹시 알고 있는지 모르겠네."

"아직까진 저도……. 혹시 이사님은 알고 계십니까?"

그러니까 자네가 만년 대리밖에 못하는 거야. 눈치 제로에 의욕 제로. 거기다 날 너무 몰라.

"윤소진 씨는 나쁜 남자 스타일을 좋아해. 내가 가까이서 보니까 착하고 헌신적인 남자들에겐 매력을 못 느낀다고."

"나쁜 남자요?"

"그러니까 윤소진 씨한테 잘해주지 말란 말이야. 내일부터는 이렇게 해."

"어떻게 말입니까?"

어느새 양손을 공손히 모은 채 김 대리는 준이 하는 말을 경청했다. 심봤다, 라는 표정으로 준이 하는 말을 기다리고 있었다.

"쳐다보면서 위, 아래로 훑어보기, 길다가 침 찍찍 뱉기, 비 오는 날 우산 빌려주지 않기. 얼굴 봐도 인사하지 않기. 대략 이 정도?"

"정말 그런 남자를 좋아한다는 말입니까?"

믿을 수 없다는 듯 김 대리가 반문했다. 다 잡은 물고기를 놓칠 수야 없지. 준은 김 대리의 어깨에 손을 얹었다.

"윤소진 씨 마음을 얻고 싶지 않아? 그럼 뭐, 하는 수 없고."

"그럼 정말 소진 씨의 마음을 사로잡을 수 있다는 겁니까?"

휴게실에서 나가려는 준의 팔을 잡아끈 김 대리는 확답을 요구하듯 재차 반문했다. 고개를 끄덕이던 준의 입가에 회심의 미소가 번졌다.

당연히…… 아니지.

10.
서른여섯 먹은
남자의 고백

낮엔 맑은 하늘에 소나기가 내리더니, 저녁이 되니 한바탕 퍼부울 기세로 천둥번개가 몰아치기 시작했다. 우르르 쾅쾅, 하는 소리에 놀랄 틈도 없이 한 방울, 두 방울 그러다 서서히 빗줄기가 굵어지고 있었다.

"날씨가 오늘따라 변덕스럽네."

꼭 서 이사 같이.

겪으면 겪을수록 놀람, 그 자체의 성격에 절로 감탄사가 흘러나올 지경이었다. 일관성이 없고 자기주장이 뚜렷하고 명확한 사람은 처음 본다. 그것도 쓸데없는 자기주장. 이를테면, 본인 앞에서 웃지 말라든가 하는 식의 맹목적인 자기주장은 설득력 또한 떨어진다.

오늘 갑작스러운 영문 계약서를 번역하는 업무 때문에 소진은 열 시가 넘어서야 집에 도착했다. 분명 뭔가 마음에 들지 않아 심사를 부리는 것이 분명했다. 워낙 감탄사가 절로 나올 정도로 이상한 사람인지라, 무엇 때문에 심사가 꼬였는지는 별로 궁금하지 않았다. 아침부터 엘리베이터에서 큰소리로 떠든다며 타박한 점과 점심 식사 중 식판을 들고 자신의 옆에 앉을 정도로 노골적으로 심술을 부린 것 같았다. 소진은 그제야 머릿속에 물음표가 두세 개 떠다녔다.

도대체 왜? 무엇 때문에?

되짚어 생각해 봐도 오늘 그에게 심기를 건드릴 만한 일은 하지 않았던 것 같기에 더욱 궁금해졌다.

"역시 이상한 사람. 서프라이즈."

소진은 기다랗게 하품을 하며 그에 대한 생각을 접었다. 머리를 돌돌 말은 수건으로 긴 머리를 털며 거울을 바라보았다. 고새 눈가엔 다크써클이 내려앉아 있었다. 이제 스물여섯 꽃다운 나이에 말이다. 일에 치이고 사람에 치이니 다크써클이 생길 수밖에.

몸이 너무 노곤해서 온천에서 피로를 풀고 싶은 마음이 간절했다. 생각만 해도 온몸의 피곤이 싹 달아날 것만 같았다. 하지만 현실은 욕조에 들어가 잠깐 눈을 붙이는 것 정도였다. 처량한 내 신세.

똑똑.

"아가씨, 회장님께서 내려오시랍니다."

안성댁이 고개를 빠끔히 내밀며 소진을 불렀다. 얼굴에 로션을 바르며 소진이 거울에 비친 안성댁을 바라보았다.

"이 시간에 무슨 일이시지?"

요새 꽤 조용히 지냈는데.

윤 회장이 호출한 이유를 전혀 모르겠다는 듯한 표정을 짓는 소진의 곁으로 안성댁이 다가왔다.

"이그, 아가씨."

"왜요?"

"내일이잖아요, 내일."

내일? 내일은 5월 20일. 5월 20일은······. 봄에서 여름으로 바뀌는 그날쯤이.

"엄마 기일이요?"

"이제야 생각났나 보네."

"알고 있었어요. 내일이 5월 20이라는 걸 잠깐 잊고 있었을 뿐이에요."

"어서 내려오세요. 회장님 기다리고 있어요."

소진은 고개를 끄덕이곤 대충 머리를 말렸다. 욕실 가운을 벗곤 편한 트레이닝복으로 갈아입은 소진은 1층으로 내려왔다. 피곤한 얼굴로 윤 회장은 양주를 마시고 있었다.

"이 시간에 웬 술이에요?"

"어차피 이놈과는 친하지 않아서 한두 잔밖에 못 마신다."

"그래도 건강 챙기셔야죠."

"네가 이제 이 애비 걱정을 하는 게냐? 늦게나마 철이 든 것 같구나."

허허, 쓸쓸한 미소를 걸치고 있는 윤 회장을 소진은 바라보기만 했다. 이렇게 윤 회장과 단둘이 얘기를 나누는 게 오랜만인지라 소진은 어색했다.

"내일 엄마 기일이죠?"

윤 회장은 고개를 끄덕이곤 빈 잔에 양주를 따랐다. 매년 소진은 모친의 기일엔 윤 회장과 함께 납골당에 다녀왔다. 놀러 다니는 것을 좋아하는 소진도 모친의 기일이 다가오면 집으로 알아서 귀국하거나 그날만큼은 집에 있었다. 해마다 하던 행사라고 생각되었던 것인지, 아니면 그날만큼은 모친이 그리웠던 것인지 이도저도 아니면 혼자인 윤 회장을 외롭게 두고 싶지 않아서 그런 것인지 소진은 윤 회장과 함께 납골당에 다녀온 후로 며칠 동안은 집에 있었다.

"오전에 서 이사한테 말하고 나오거라."

"네."

"주차장에서 기다리고 있으마."

소진은 고개를 끄덕였다.

"일은 할 만하냐?"

"그렇지 않으면 내일부터 때려치워도 되나요?"

"그 말이 왜 여직 안 나오나 했다."

그럴 줄 알았지, 하며 소진은 작게 투덜댔다.

"오늘 퇴근이 늦었더구나."

"오늘 중으로 끝내야 되는 일이 있었어요."

"준이 녀석 겪어 보니 어떻냐?"

"어떻게 뭘 어때요? 한마디로 그냥 서프라이즈죠."

소진은 더 이상 준에 대해 생각하기 싫다는 듯 고개를 저었다. 하지만 소진의 말을 이해하지 못한 윤 회장이 반문했다.

"서프라이즈?"

"어떻게 그런 인격체가 존재하는지 놀람 그 자체라구요. 아빠가 병원 상담 좀 권유해 보세요."

"상담?"

윤 회장은 전혀 소진의 말을 이해하지 못한 듯 보였다.

"정신과 상담이요. 필히 정상은 아니에요, 그 사람."

"이 녀석이! 멀쩡한 사람을 정신병자로 몰아!"

벼락 같은 윤 회장의 고함이 이어졌다. 화들짝 놀란 소진은 어째서 윤 회장이 준을 옹호하는지 이해할 수 없었다.

"아빠가 한 번 겪어보세요. 그냥 서프라이즈라니까요?"

"너보다 내가 그 녀석은 더 잘 알아."

"아빠가 어떻게 알아요?"

"애비가 말 안 했던가?"

"뭘요?"

"그 녀석 부친이 애비 친구라는 걸 말이다. 서 교수 말이다. 어릴 적에 집에 온 적도 있었을 텐데."

"누구……."

소진은 윤 회장이 누굴 말하는 것인지 기억이 가물가물했다. 어제 일도 새카맣게 잊어버리는데 소진의 어릴 적 몇 번 보지 않은 사람을 기억해 내는 건 쉽지 않았다. 그런 소진의 기억을 돕기 위해 윤 회장이 말을 이었다.

"네가 여섯 살 때쯤이었던가. 시베리안허스키 데리고 오지 않았더냐? 그때 네가 귀엽다며 마당에서 같이 놀고 그랬었는데."

"시베리안허스키?"

기억이 날 듯 말 듯 소진은 시베리안허스키, 하니 뭔가 떠오르는 듯 눈동자를 굴렸다. 집 마당에서 새끼 강아지와 놀던 기억이 어렴풋이 떠올랐다. 소진은 오래된 추억을 더듬다 '잘생긴 아저씨'라 불렸던 서 교수를 떠올렸다.

"이제 기억 나느냐?"

"대충요."

"서 교수 아들이 바로 준이다. 서준. 고등학교 졸업하자마자 미국 S대에 입학하고 졸업하자마자 스카웃 제의를 받고 쭉 미국에 있었지."

"생각 외로 잘난 사람이었네요."

생각 외로 화려한 경력을 가진 그 사람이 대단하다고 느끼면서도 뭔가 찜찜한 기분이 드는 이유는 무엇 때문인 걸까. 뒤늦게 안성댁이 가져온 식혜를 마시며 소진은 생각에 골똘히 잠겼다.

"그런데 아빠 회사엔 어떻게 오게 된 거예요?"

"나 또한 스카웃 제의를 했지. 처음엔 아버지 친구 아들이라는 이유로 낙하산 타고 싶지 않다면서 정식 면접을 보고 합격되면 오겠다고 고집을 부려서 나도 난감했었다. 그 고집불통 임원들도 칭찬할 만큼 녀석의 능력에 감탄했지."

연이어 준을 칭찬하는 말에도 소진은 딴생각에 빠져 있었다. 식혜로 목을 축이며 윤 회장의 말을 듣는 둥 마는 둥 했다.

"시베리안 허스키……."

최근 어디서 봤지?

그리고…….

"커플 잠옷!"

골똘히 생각에 잠긴 소진은 뒤늦게 찜찜한 기분의 원인을 찾곤 소파에서 벌떡 일어났다.

야시시한 커플 잠옷을 아빠 친구분 생신 선물로 골라주다니! 아빠 친구 분이셨어? 야시시한 커플 잠옷의 주인공이?

"뭐냐?"

말도 안 돼. 날 많이 예뻐해 주셨던 분인데. 잊어버리고 있었어.

"왜 진작 말해주지 않으셨어요?"

"뭘 말이냐?"

소진의 원망 가득한 말을 전혀 이해 못한 윤 회장은 황당할 뿐이었다. 고의적이었든 아니든 소진은 그저 윤 회장이 원망스러울 뿐이었다. 준의 부친이 소진의 기억 속 '잘생긴 아저씨'란 걸 알았다면 야시시한 커플 잠옷 선물 같은 건 고르지 않았을 거다. 지극히 평범하고 우아한 선물을 골랐을 것이다.

자신의 방으로 돌아온 소진은 침대에 앉아 골똘히 생각에 잠겼다.

"이사님도 알고 있었나?"

내가 당신 아버지 친구 딸이란 걸. 알고도 이렇게 못되게 군 것이라면 정말 나쁜 놈이었다. 아니, 그것보다 알고도 말 안 한 게 더 나쁜 놈이다.

"이래도 저래도 나쁜 놈은 나쁜 놈이라구."

"오늘 오전 근무만 하고 퇴근하겠습니다. 이미 회장님께는 말씀드렸습니다."

준은 결재 서류에 사인을 하다 멈칫하곤 이유를 물어보듯 시선을 소진에게 향했다. 소진은 변명처럼 뒷말을 이었다.

"엄마 기일이라 아빠와 납골당에 다녀와야 해요."

"그렇군. 회장님께서 허락하셨는데 내가 캔슬할 수야 없지. 잘 다녀와."

그제야 검은 정장을 입고 있는 소진의 모습이 눈에 들어왔다. 결재 서류를 준에게 넘겨받은 소진은 준의 방에서 나올 생각은커녕 준을 빤히 바라보기만 했다.

닮았나? 닮은 것 같기도 하고. 아닌 것 같기도 하고.

"뭐야?"

"네?"

"할 말 있어?"

"아, 아니요."

소진의 시선에 심기가 불편해진 준이 불쾌감을 드러냈다.

"그럼 잘생긴 내 외모에 감탄하고 있었나?"

"감탄은 개뿔."

"상사한테 개뿔이 뭐야, 개뿔이?"

"이런, 실수."

소진은 입을 가리곤 얄밉게 혀를 쏙 내밀었다. 소진의 반응이 어이가 없으면서도 익숙해진 건지 준은 소진을 노려볼 뿐이었다.

"이사님, 알고 계셨어요?"

"앞, 뒤 다 자르고 말하면 내가 어떻게 알아들어?"

"이사님 아버지가 울 아빠 친구 분이라면서요? 어릴 적에 우리 집에 오신 적도 있다던데."

준은 기가 막힌 표정으로 소진을 바라보고 있었다. 그 표정은 마치 그걸 이제 알았냐는 원망 섞인 시선이었다.

"그게 뭐?"

"왜 진작 말해주지 않았어요?"

"윤소진 씨가 기억 못하는 걸 내가 굳이 말해 줄 필요가 있었나 싶었던 건데."

"진작 알았다면 그런 야시시한 커플 잠옷 같은 건 고르지 않았을 거라구요. 설마 내가 고른 거라고 말하지 않았겠죠?"

……이걸 고민하고 있었어? 나란 존재까진 기억 못한 거야?

"했으면?"

"했어요?"

급 실망한 표정 뒤로 준은 무심하게 말을 이었다.

"안 했으면?"

"다행이다. 안 했어요……가 아니라 장난해요?"

활짝 웃었다 화내는 표정으로 바뀌는 데 1초도 걸리지 않았다. 그 표정이 너무 우스웠다.

"안 했으니까 걱정 말라고."

"정말이죠? 참, 이사님 집에서 봤던 시베리안허스키, 강아지였을 때 우리 집에 놀러온 적 있었는데 너무 커져 버려 기억을 못했어요."

그 녀석까진 기억했는데 나란 존재까진 기억을 못하셨다? 개만도 못한 취급인가? 이렇게 쉽게 잊어버릴 거면 왜 그렇게 귀찮게 굴었대?

안타까운 표정으로 어떻게, 어떻게를 연발하는 소진을 짐짓 실망한 표정과 여전히 기가 막힌 얼굴로 준은 바라보고 있었다.

"걱정 마. 녀석의 기억 속에도 윤소진은 안중에도 없을 테니."

"제 기억이 맞다면 서 교수님을 제가 잘생긴 아저씨라고 불렀었죠?"

나한테는 건방지게 쭌이라고 했던 건?

"나도 기억이 잘 안 나는군."

"이사님과 우린 어릴 적에 만난 적 없죠? 내 기억엔 없어서요."

순진무구하게 웃으며 머리를 긁적이는 소진을 보자 준은 오기가 발동했다. 끝까지 모른 척하기로 작정했다.

"없나 보지, 그럼."

"진작 알았으면 좀 더 쉽게 가까워질 수 있었을 텐데."

"쉽게 회사 생활할 꼼수가 생긴 건 아니고?"

"이사님도 참."

"나가."

준은 더 이상 자신은 까맣게 잊어버린 소진의 추억을 들어줄 수가 없었다. 집에 혼자 있는 그녀가 안타깝다며 서 교수의 등쌀에 못 이겨 그녀가 유치원 다니기 시작할 때부터 가끔 보았는데 어떻게 잊을 수 있단 말인가. 거기다 자신은 그저 어릴 적 같이 놀아 주던 오빠 정도가 아니었다.

"난 윤소진 첫사랑이잖아."

여섯 살 꼬맹이의 첫사랑. 어떻게 첫사랑 얼굴도 까먹냐고.

김 대리는 준이 알려준 팁대로 기대에 부흥하고 있었다. 소진을 보고도 눈길조차 주지 않고 지나치는가 하면 소진이 먼저 말을 걸려고 해도 먼저 그쪽에서 피해 주거나 하는 식의 상대방을 철저히 무시하고 있었다. 이런 식이라면 관심이 생겼다가도 없어지기 충분했다. 거기다 준이 알려준 팁 이외에도 김 대리는 소진 앞에서 여자들과 전화 통화를 하며 희희낙락 즐거워하기까지 했다. 정말 소진의 마음을 얻고 싶긴 했던 걸까 의문마저 들던 순간이었다.

"그런데 이거."

너무 허전하잖아.

오전 근무만 하고 퇴근한 소진의 빈자리를 보며 준이 혼잣말을 했다. 깔끔하지 못한 성격답게 책상 모서리 끝엔 볼펜이 나뒹굴고 있고 수첩은 펼쳐져 있는 상태로 있는가 하면 모니터 전원은 끄지도 않았다. 준은 볼펜을 펜꽂이에 꽂고 수첩은 책장에 정리했다. 모니터의 전원을 끄는 것도 잊지 않았다. 이렇게 해두니 그녀가 지나간 자리는 처음부터 없었던 것 같다.

"정말이지 비서와는 절대 거리가 먼 여자라니까."

준은 그래도 소진의 이런 모습이 오히려 보기 좋았다. 어릴 때도 종종 옷에 아이스크림을 먹다 흘리고 다니거나 입 주변에 초콜릿을 묻히고 다녔던 것처럼 어릴 적 모습을 보는 것 같았다. 그래도 그땐 귀엽기라도 했지. 지금은 천방지축 개념 상실이니 귀엽게 봐줄 구석이 없었다. 준은 소진의 생각을 접고 일찍 퇴근 준비를 했다.

집에 들어왔을 때의 공허함이 그대로 준의 몸을 타고 들어갔다.

그 공허함은 집에 머물렀다 다시 본가로 간 녀석 때문에 더 심해진 듯했다. 데리고 오는 게 아니었다. 괜히 더 귀찮아졌다.

준은 간단하게 샤워를 한 후 토스트를 물곤 서재로 향했다. 머리가 복잡할 땐 다른 생각 못하게 일에 몰두하는 게 최고였다. 노트북 전원을 켜고 광고 기획서를 확인하던 준은 피곤한 얼굴로 기지개를 폈다. 눈을 감았다 뜨자 또다시 소진의 얼굴이 떠올랐다.

"윤소진, 이만 사라져."

기억 속에서 날 지워 버린 주제에 내 눈앞에서 알짱거리겠다? 못된 심보 같으니. 준은 서재에서 나와 찬물을 벌컥벌컥 들이켰다. 김 대리를 떼어놓는 것까진 좋았는데 자신의 상태가 점점 악화되는 것 같았다.

"윤소진. 알짱거리지 마."

결국 현실과 환상을 구분하지 못하고 준은 출근하자마자 소진에게 화를 내고 말았다. 준의 히스테리에 당황한 소진은 대답할 타이밍을 놓쳐 준을 멀뚱히 바라보았다.

"내 시야에서 멀어져. 정확히 50m쯤."

"저 잘린 건가요? 돌려 말하는 거예요?"

꼴에 죄책감 같은 게 있어서? 소진은 뒷말은 아직까지 참곤 준의 얼굴을 바라보았다. 시야에서 멀어지라니, 그게 회사에 나오지 말라는 말과 다를 게 없었다.

"아니. 그냥 알짱거리지 말라는 거야."

"왜, 왜요? 제가 뭐 잘못했어요?"

"응. 아주 많이."

날 이 꼴로 만들었으니까. 거기다 기억 속에서 지워 버리기까지 했지.

"뭘 잘못했는데요?"

"알아서 생각해. 내가 그런 것까지 일일이 지적해 줘야 되나?"

"말을 해야 알죠."

"말을 해야 안다?"

소진은 고개를 끄덕이곤 대답을 해달라는 눈빛으로 준을 빤히 쳐다봤다.

"그게 문제야, 그게."

"네?"

준은 더 이상 말하기 싫다는 듯 방으로 들어갔다. 준을 따라 방으로 들어가려다 쾅, 하고 닫힌 문 때문에 소진은 인상을 찌푸렸다. 아침부터 무슨 일이 있었기에 저기압인 걸까? 생각해 보니 잠을 못 잔 푸석한 얼굴인 것 같기도 했다. 혹시 숙면을 제대로 취하지 못했다고 화풀이를 하는 것인가? 서 교수 아저씨는 그래도 친절한 분이셨는데 어떻게 저런 아들이 태어난 걸까. 절대 이해할 수 없었다.

"그런데 뭐가 문제라는 거야?"

무엇을 잘못했냐고 물어보는 게 저렇게 화낼 정도로 잘못된 것이란 말인가. 아니면 매번 질문을 달고 살아서 폭발해 버린 것일까. 모르는 것보다 알려고 하지 않는 게 더 잘못된 거라는 윤 회장의 가르침만큼은 잘 실천하며 살아온 소진으로선 호기심 많은 것까지 간섭받아야 할 이유는 없었다. 거기다 어떻게 면전에 대고 알짱거리지 말란 말까지 할 수 있나 싶었다. 해도 해도 너무한다.

"진짜 이상한 사람이야."

소진은 오전 내내 자신에게 시선조차 주지 않은 준의 행동 때문에 심기가 불편해졌다. 알짱거리지 말라고 했다가 아예 사람을 없는 취급을 하고 있었다. 마치 이 자리는 원래부터 사람이 없는 것처럼. 그에게 시선이나 관심 받고 싶은 건 아니었지만 무시당한다는 기분을 떨쳐 낼 수 없었다.

"투명인간 취급하시겠다?"

소진의 혼잣말을 들은 강 대리가 무슨 의미이냐는 시선으로 소진을 바라보고 있었다.

"아, 아니에요."

"아니긴. 얼굴에 짜증난다고 쓰여 있는데, 뭘."

"쓰여 있어요?"

소진은 밥을 먹다 물을 시원하게 한 잔 들이키곤 우울한 표정을 지었다.

"나 자르려는 걸까요?"

"왜, 무슨 일 있었어?"

소진의 말에 놀란 강 대리가 물었다.

"일이야 매일 터지는데요. 이놈의 성격은 왜 이렇게 맞추기 힘든 걸까요?"

"왜 그러는데?"

"알짱거리지 말래요. 시야 확보 50m 금지령 내려졌어요."

"뭐?"

소진의 말을 도통 이해하기 힘든 얼굴로 강 대리는 그저 반문할 뿐이었다. 반면 소진은 침통한 얼굴로 거의 울 듯한 얼굴이었다.

"지랄 같은 성격 다 받아준 대가가 이런 건가요? 청년 실업률 천만 명이라는데 저도 보태게 생겼네요."

"알짱거리지 말랬다고? 시야 확보 50m 금지? 그게 뭐야?"

"제 상식으론 자른다는 말로밖에 들리지 않아요."

"갑자기 그런 말을 했을 리는 없고."

강 대리가 골똘히 생각에 잠긴 얼굴로 변했다. 강 대리의 말대로 '갑자기'였다. 푸석하고 잠 못 잔 얼굴로 출근해서는 뜬금없이 50m 금지령이 내려진 것이다. 도대체 밤새 무슨 일이 있었던 것인지 궁금하기까지 한다.

"언제는 미리 사전 예고하고 했나요? 이젠 별로 놀랍지도 않네요. 이놈의 성격."

소진은 자포자기한 얼굴로 수저를 들었다.

"그런데 말이야. 서 이사님, 왜 그런 장난을 쳤을까?"

"무슨 장난이요?"

"어제 김 대리 상태 이상했잖아. 그렇게 과도하게 소진 씨한테 집적거릴 땐 언제고. 어젠 대놓고 소진 씨 무시하고, 인사해도 모른 척하고 말이야. 그뿐인가? 소진 씨뿐만 아니라 다른 사람들한테까지 그랬잖아."

"그게 왜요?"

소진은 별로 관심 없다는 표정으로 반문했다. 그냥 좀 이상한 사람이겠거니 했던 것이다.

228

"이사님 작품이라는데?"

"그런 취미 있었대요?"

"아니. 김 대리가 소진 씨한테 관심 있는 거 알고 팁이라면서 알려준 거래."

소진은 강 대리의 말에 이해할 수 없다는 표정을 하고 있었다. 팁이라기 보다 방해 또는 훼방이란 단어가 더 적절했기 때문이다. 설사 알려준 게 팁이라 할지라도 어째서 준이 그런 귀찮은 일을 나서서 한 것인지도 의문이었다.

"소진 씨가 나쁜 남자 스타일을 좋아한다고 그랬대. 내가 김 대리랑 친하잖아. 어제 같이 퇴근하면서 물어봤더니 그렇게 말하면서 소진 씨 반응 물어보더라."

"왜 그런 장난을?"

"그러게 말이야. 심심해서 그랬을 리는 없고."

정말 알다가도 모를 사람이었다. 맑았다 흐렸다 하는 정도가 지나친 것 같았다. 언제부턴가 이상한 사람이라고 치부하긴 했는데 지금은 이상한 사람이라기보다 그의 의중이 궁금했다. 왜 그런 장난을 친 건지. 단순히 심심해서, 지루해서라는 이유로 이해하기엔 부족했다. 소진은 점심을 먹고 사무실로 돌아와 준의 행동에 대해 생각에 잠겼다.

……질투?

"에이 말도 안 돼. 질투라니?"

이 인간이 날 얼마나 싫어하는데.

그걸 알기 때문에 더 이상했다. 자신을 얼마나 싫어하는지 알기 때문에 질투 같은 걸 할 리가 없었다. 결국 소진은 퇴근하는 준을 붙잡고 물었다.

"시야 확보 50m 금지라는 건 아는데 퇴근 시간이니까 물어볼게요."

"뭘 말이야?"

"장난치신 거죠?"

"앞뒤 자르고 얘기하지 말라고 했을 텐데."

퇴근하는 길에 소진에게 붙잡힌 것도 모자라 말을 이해 못한 준이 인상을 썼다.

"김 대리님한테 말이에요. 내가 나쁜 남자 스타일 좋아한다고 그랬다면서요?"

어떻게 그 말이 소진의 귀에 들어가 있는 것인지 준은 이 상황에서 어떤 대답을 해야 할지 난감했다.

"김 대리가 윤소진 취향이야?"

"그건 제가 결정해요."

"그게 아니라면 떼어내 줬으니 고마워해야 하는 거 아닌가?"

준은 오히려 뻔뻔하게 소진에게 큰소리쳤다. 이런 상황에서 자신의 마음을 들키고 싶지 않았다.

"그런 걸 할 이유가 없잖아요, 이사님께서."

"이유, 충분하지. 윤소진은 내 부하 직원이고 난 김 대리가 썩 마음에 들지 않고."

"그건 울 아빠가 결정하고요."

적절치 못한 대답이었다는 걸 뒤늦게 알아챈 준은 변명거리에 지나지 않았던 말들을 어떻게 수습해야 할지 판단이 서지 않았다.

"이사님, 나 싫어하잖아요. 그렇죠?"

"그……렇지."

"질투 같은 걸 할 리가 없잖아요."

"그……렇긴 하지."

"왜 그랬는지 도저히 납득이 안 돼서요."

정말 그 이유가 궁금하다는 표정으로 소진이 물어오고 있었다. 왜 그랬을까, 왜. 그건 자신조차 모른다. 질투였던 것인지, 단순히 김 대리가 마음에 들지 않아서 그런 것인지 준은 그동안의 일들이 머릿속에 스쳐 지나갔다.

"다 윤소진, 잘못이야."

"네?"

"날 전혀 기억 못했으니까."

"무슨 말하는 건데요?"

아무리 오랜 시간이 지났다지만 첫사랑을 기억 못하는 상황이라면 기분이 그리 좋지 않았다. 이를테면 복수다.

"스무고개 하는 거 아니면 빙빙 돌리지 말아요. 난 심각하니까."

"심각할 게 뭐 있어?"

"심각하죠. 심각한 일이죠. 아주."

"왜?"

"이사님이 이상하니까."

그것도 불안하게.

"나도 내가 이상한 거 알고."

"알아요?"

"알아. 그리고……."

준은 자신을 뚫어져라 쳐다보는 소진의 시선을 피해 버렸다. 정말 자신 상태 오늘 별로였다.

"정말 알짱거리지 마. 시야 확보 50m 준수하고."

"회사에 그런 규칙 같은 것도 있어요? 자르고 싶은데 이사님답지 않게 돌려 말하는 거예요?"

"돌려 말하는 건 나랑 어울리지 않지."

"진짜 요즘 왜 이래요? 정말 질투하는 거예요, 이것도? 어울리지 않게?"

점점 더 궁지로 몰아넣는 소진의 집요함은 적절한 타이밍에 발동해 준을 감탄하게 만들었다. 이렇게 되면 더 이상 말 같지 않은 말로 변명할 수 없게 되어 버린다.

"그런가 보지. 어울리지 않게."

준의 폭탄 발언에 놀란 소진은 그대로 얼어붙어 버렸다. 말투나 행동이 너무 진지해 보였기 때문이었다.

"신경 쓰이네, 진짜. 누굴 돌보는 건 딱 질색인데 귀찮게 되어 버렸다고."

"지금 뭐하자는 거예요? 컨셉을 바꾼 거예요?"

한 발짝 뒤로 물러난 소진은 갑자기 태도를 바꾼 준에게 묘한 불안감에 휩싸였다.

"어울리지 않게 윤소진을 좋아하나 봐. 돌봐주고 싶어졌어. 날 기억에서 지워 버린 사람을."

"자, 장난……."

"내가 이런 장난 칠 사람으로 보이나?"

준은 여전히 진지한 표정으로 소진의 말을 가로막았다. 오랜만에 만난 철부지 아가씨를 좋아하게 되어 버렸다. 말문이 막힌 표정으로 그저 벌린 입술을 다물 생각 없이 자신을 바라보고 있는 소진의 표정을 보자 그제야 자신이 주워 담을 수 없는 말을 내뱉은 사실을 깨달았다.

내가 윤소진을 좋아하게 되다니.

11.
키스도둑

어느 날 갑자기 전쟁이 일어나고 하루아침에 생각지도 못한 일이 일어나는 건 어제 오늘 일이 아니다. 그녀의 유일한 자랑거리였던 찰랑거리는 긴 머리를 윤 회장에게 잘릴 것이란 걸 예상하지 못했던 2년 전 여름처럼 소진에게 전혀 예상치 못한 일이 일어났다. 세상에서 제일 싫은 사람이 누구냐고 묻는다면 한 치의 망설임 없이 이름 석 자를 증오심과 함께 씹던 껌처럼 뱉을 수 있는 사람이, 그런 사람이.

"날 좋아한다고? 푸하하하!"

소진은 배를 잡고 침대에 누워 자지러지도록 큰소리로 웃었다. 코미디 프로그램보다 정말 재미있는 사람이었다. 지금까지 행한 악행들을 거슬러 생각해 보면 어느 누가 자신을 좋아한다고 생각하겠는가. 있을 수 없는 일이었다. 20살 기념 생일 파티에서 누군

가 서프라이즈, 하고 튀어나와 이 애매한 상황을 깨끗이 정리해
줄 것만 같다. 마치 없던 일처럼.

"내 어떤 면을 보고 좋아하게 된 걸까?"

알면 알수록 양파 속처럼 나의 매력을 발견한 것일까. 그럼 이
상황에서 유추해 볼 수 있는 몇 가지 이유는.

"첫째, 농인식품."

결혼만 했다 하면 농인식품의 후계자가 될 수 있는 절호의 찬스
를 야망 있는 남자라면 놓칠 수야 없었겠지. 허나, 그는 그렇게 부
와 명예에 관심 있는 사람 같진 않았다.

"둘째, 아빠의 부탁?"

이것 또한 말도 안 된다. 사람 만들겠다고 하나뿐인 딸을 억지
로 회사에 앉혀놓은 양반이라고 해도 스물여섯이라는 꽃다운 나이
에 유부녀를 만들 매정한 아버지는 아니었다.

또한 아빠가 부탁을 했더라도 순순히 자신의 인생을 내놓으며
아빠를 도울 이유는 준에게 없었다.

"셋째, 정말 날 좋아한다?"

수작을 부리지 않았는데도 날 좋아하게 되다니. 이런 가벼운 남
자를 보았나. 소진은 준을 가벼운 남자 취급하며 새삼 준의 다른
면모에 살짝 입가에 미소가 어렸다.

……지금 이 상황에서 흡족한 미소라니. 이건 정말 심각한 일이
라구.

누군가에게 보이면 안 될 모양새를 보인 사람처럼 소진은 주변
을 두리번거리며 아무도 없는 것을 확인하고 나서야 입을 가리고
있던 손을 내렸다. 소진은 침대에서 일어나 화장대에 가지런히 놓

여 있는 페디큐어 중 그녀가 제일 좋아하는 핑크색을 들고 침대에 앉았다. 평소 같았으면 그녀가 자주 다니던 네일 샵을 이용해야 했지만 상황이 상황이니만큼 자중하며 손수 페디큐어를 할 수밖에 없었다. 소진은 오른발 엄지발톱부터 왼발 새끼발톱을 핫 핑크색으로 바르고 난 뒤 두 다리를 침대 밑으로 내렸다.

그러고 보니, 준이 고백을 하며 그렇게 말했다. '날 기억에서 지워 버린 사람을.' 이라고. 당시엔 준의 고백만으로 당황해 그 뜻을 물어보지 못했었는데 가만히 생각해 보니 무슨 뜻이었는지 궁금해졌다. 어디선가 만났었던 적이 있던가? 여자를 꼬시는 수법이라기엔 80년대나 통할 것 같은 낡은 수법이었기에 단순히 작업용 멘트는 아닌 듯했다. 그렇다면 그의 말을 어떻게 받아들여야 하는 것인가? 어디선가 만난 적 있는데 내가 기억을 못한다는 말인데.

"기억에 남을 만한 만남이 아니었나 보지."

그럴 만한 사람이 아니었던가.

황금 같은 주말을 영양가 없는 고민을 하다 보낼 것 같아 기억해서 치워 버리려는데 예기치 못한 고민이 그녀를 괴롭혔다. 당장 내일 출근해서 그의 얼굴을 어떻게 마주해야 할까.

누군가에게 고백을 받아 본 게 너무 오랜만인지라 어떻게 대처해야 하는지 감이 오지 않았다. 그냥 평소대로 웃으면서 인사를 하면 어색한 분위기가 좀 가라앉으려나. 아니면, 그냥 무시해 버릴까. 후자 쪽이 더 마음에 들긴 하지만, 그렇다고 자신을 좋아한다는 사람을 무시하자니 마음이 썩 편치가 않았다.

"왜 힘든 사랑을 하려고 하는 거야. 이사님도 참…… 꺅!"

페디큐어가 다 말랐는지 확인하기 위해 양발을 침대 위로 올리는 순간 소진은 집안이 떠나가라 소리를 지르며 호들갑을 떨었다.

"아가씨, 무슨 일이세요?"

"내 페디큐어가…… 엉망이 됐어."

어디에 스쳐 색이 벗겨진 발톱을 보며 큰일이라도 난 양 호들갑을 떠는 소진을 본 안성댁은 안도의 한숨을 내쉬었다.

"무슨 큰일이라도 생긴 줄 알았잖아요."

"이게 큰일이 아니면 작은 일이에요? 다시 발라야 되는데."

"이그, 정말 아가씨를 누가 말려."

좀처럼 진정하지 못하는 소진을 침대에 앉혀놓곤 안성댁은 소진의 발톱을 아세톤으로 깨끗이 지워 주곤 다시 화장대에서 핑크색 페디큐어를 들고 다시 칠해주었다.

"이젠 됐죠?"

"응!"

"예나 지금이나 어린애처럼 분홍색만 좋아하시네요."

"예쁘잖아. 안성댁 잘 바르네. 나보다?"

소진은 양발을 일자로 뻗어 예쁘게 발린 페디큐어를 보며 다시 밝은 미소로 안성댁을 칭찬했다. 이렇게 잘 바르는 줄 알았으면 진작 안성댁에게 부탁을 할 걸 그랬다.

"행여나 또 부를 생각 마세요. 아가씨 속을 모를 줄 알구요?"

"에이."

들켰다, 는 표정으로 소진은 안성댁의 팔을 잡고 늘어졌다.

"안성댁은 젊었을 때 남자들한테 고백 받아 본 적 있어요?"

"지금은 내가 결혼도 안 하고 아가씨 유모로 있지만, 젊었을 땐 그래도 지나가는 남자들이 힐끔 쳐다보고 그랬어요. 고백 정도가 아니라 청혼까지 받아 본 사람이에요."

"대단한데요?"

"이 정도 가지고 뭘⋯⋯."

안성댁은 어깨를 으쓱하면서 옛 과거를 생각하는지 눈가가 촉촉
해져 있었다.

"나도 왕년엔 잘나갔다구요. 그런데 그건 왜 물어요?"

"아빠한테 비밀인데요. 실은, 고백받았어요."

"정말요?"

안성댁은 놀란 얼굴로 소진에게 반문했다. 애매한 표정으로 고
개를 끄덕이는 소진을 보며 안성댁의 질문이 이어졌다.

"어떤 사람인데요?"

"음⋯⋯ 굉장히 자기주장이 강하지만 일관성 없는 사람. 흐렸
다 개었다 도통 종잡을 수 없고 날 챙겨주는 것 같으면서도 아닌
것 같은. 있어요, 이상한 사람."

소진은 더 이상 설명하기 귀찮다는 얼굴로 손사래를 치곤 안성
댁을 바라보았다.

"들어보니 아가씨의 상사와 비슷한 점이 많네요."

"비슷한 점이 많긴요. 안성댁은."

"그래서 고백 받고 아가씨는 뭐라 대답했어요?"

"너무 당황해서 가방 들고 도망치듯 나왔는데. 대답할 상황이
아니었어요."

소진은 어제 일을 떠올리며 생각하기 싫다는 표정을 지었다.

"그럼 아가씨는 그분이 마음에 들지 않은 거예요?"

"처음엔 정말 싫었는데 지금은 싫진 않고⋯⋯."

애매하게 말끝을 흐리던 소진은 혹여나 안성댁이 오해할 새라 급하게 말을 이었다.

"그렇다고 좋아한다는 것도 아니에요."

"애매한 대답이네요."

"그냥 좋은 직장 동료로서 지내고 싶을 뿐이라구요. 매일 봐야 하는데 걱정이에요. 앞으로 어떻게 얼굴을 봐야 할지……."

"직장 동료라……."

소진은 그제야 자신이 실수한 것을 알아차리고 양손으로 입을 가렸다.

"아빠한테 절대 비밀이에요. 알았죠?"

소진은 어느 때보다 간절한 얼굴로 안성댁의 손을 꼭 쥐었다. 김 실장처럼 야비한 사람은 아니기에 안성댁이 자신을 배신하지 않을 거란 확신은 있었지만 소진은 그래도 불안했다.

"알았어요."

"알면 아빠가 가만히 있지 않을 거예요. 그 사람 잘릴지도 몰라요. 나 때문에 백수 되면……."

"걱정 말아요."

안심하라는 듯 안성댁은 소진의 어깨를 토닥여 주었다. 그 손길이 왠지 안심이 되는 것은 엄마 같은 따뜻함 때문이겠지. 안성댁이 나가고 난 뒤 소진은 반짝거리는 핑크색 페디큐어를 바라보았다. 엄마가 살아 있었다면 분명 안성댁처럼 따뜻함을 가진 사람이었을 거라 생각하면서.

♥ ♡ ♥

이리 뒤척이고 저리 뒤척이다 소진은 새벽이 돼서야 잠들었다. 출근해 서 이사를 어떤 얼굴로 대면해야 하는지 고민에 고민을 거듭하다 잠이 들어 버린 것이다. 출근해서도 소진은 지나가는 구두 굽 소리만 들어도 가슴이 두근거렸다. 수능 결과를 확인했을 때보다 더 긴장하며 준이 출근하길 기다렸다. 조금 후, 문이 열리면서 준이 소진의 앞을 지나 제 방으로 들어갔다. 너무 놀란 나머지 소진은 인사할 타이밍을 놓치고 숨죽였다. 소진은 서둘러 결재 서류를 가지고 준의 방으로 들어갔다. 그리곤 서류를 내밀고 말없이 서 있었다.

"좀 피곤하군. 믹스 커피 한 잔."

"네."

소진은 대답하곤 탕비실로 향했다. 커피 잔에 믹스를 풀고 뜨거운 물을 붓는 소진의 손이 덜덜 떨려왔다. 쟁반에 받쳐 들고 온 커피 잔을 책상 위에 올려놓는 소진의 손이 미끄러져 그만 커피를 엎고 말았다.

"어머!"

뜨거운 커피를 손으로 주워 담을 것도 아닌데 소진은 생각보다 손이 먼저 움직였다. 그리고 소진의 재빠른 손을 잡은 건 준이었다.

"사고 칠 줄 알았지. 찝찝하긴 하지만 걸레 갖고와."

고개를 끄덕이며 소진이 탕비실에 있는 걸레를 가지고 허겁지겁 다시 준의 방으로 뛰어왔다. 준은 걸레를 받아 책상에 엎질러진 커피를 다 닦아냈다. 흔적도 없이 책상에 쏟은 커피가 사라지긴 했지만 냄새까진 없어지지 않았다.

"커피 향 향수 뿌린 것 같잖아. 냄새가 진동을 하는군."

"죄송해요."

"정신을 어디다 두고 다니는 거야?"

뒤늦은 준의 고함이 방 안에 울렸다. 소진은 두 눈을 질끈 감고 그저 죄송하다는 말만 되풀이했다. 속으로 내가 왜 그랬을까, 이 바보 멍충이 하며 욕을 퍼부으면서 말이다.

"그런데 윤소진."

"네. 말씀하세요."

"나한테 뭐 죄 지은 거 있어?"

"아, 아뇨. 그런 거 없어요."

과한 동작으로 손을 흔들며 소진이 고개를 저었다.

"그런데 왜 사람이 말하는데 쳐다보지도 않는 거지?"

"……봤어요. 안 보긴요."

여전히 제대로 준의 얼굴을 쳐다보지도 못하면서 소진은 꿋꿋하게 아니라고 우겼다. 그 모습이 얼마나 웃긴지 그건 본인이 더 잘 알고 있었다.

"내가 그렇게 못 봐줄 얼굴인가? 이 정도면 완벽한데."

그렇게 말하며 걸음을 옮겨 소진의 앞에 선 준이 소진의 시선을 따라 고개를 돌렸다. 덕분에 소진은 바로 코앞에서 준의 얼굴을 마주하게 되어 버렸다. 화들짝, 못 볼 걸 봤다는 듯 굉장히 당황해하며 소진이 한 걸음 뒤로 물러섰다.

"맞네. 피하는 거."

그제야 소진은 우기지 못하고 준의 구두코만 쳐다보고 있었다.

이럴 땐 어떻게 해야 하나. 드라마에서 보면 굉장히 쿨하게 넘기던데. 실제로 고백 받아보니 '쿨하게'가 되지 않았다.

"내가 윤소진 좋아한다고 고백해서 그런가?"

"그러니까 그게…… 네."

무슨 대답이 이렇게 엉성해. 준은 피식 속으로 웃으며 입을 열었다.

"좋아한다고 했지. 어떻게 한다고 했던 거 아니었는데."

"그건 아는데……."

"지금 윤소진 굉장히 적응 안 된다고."

바지에 손을 찔러 넣고 준이 인상을 썼다. 고백한 당사자도 이렇게 아무렇지 않은 척 노력하는데 저렇게 대놓고 고백 받은 얼굴을 하고 있으면 어쩌란 말인가. 이미 저질러 버린 일을 없던 일로 할 수도 없고 말이다.

"그냥 평소대로 해."

"평소대로요?"

"무례하고 경우 없고 싸가지없게."

다리를 비비 꼬며 어찌할 줄 몰라 하던 소진이 고개를 들곤 한마디 할 기세로 준을 노려보았다.

"그렇게 하라고."

준은 다시 제자리에 앉았다.

"그런데 이사님."

긴히 할 말 있는 얼굴로 소진이 준을 불렀다.

"제가 왜 좋아요?"

컥. 침 삼키다 목에 걸린 것처럼 준은 짧게 신음을 토해냈다.

고백을 받은 사람치곤 질문이 상당히 애매하다. 이런 질문에 적당한 해답이 있을지 모르겠다.

"그건 왜 묻는 거지?"

"나 정도면 남자들이 반할 만하다는 건 알지만……."

"그렇게 본인한테 자신이 없어?"

소진의 의도를 파악한 준이 말을 자르곤 쏘아붙였다. 괜히 아무렇지 않은 척 거들먹거리고 있지만 사실 이 정도 재력가의 외동딸이라면 배경만 보고 접근한 남자들이 꽤 있었을 것이란 생각이 들었다.

"사실은 이런 진지한 고백 받은 게 오랜만이라서 그래요."

"그래서?"

"어떻게 해야 할지 모르겠고…… 이사님 얼굴 보기도 살짝 민망하고, 그리고 날 왜 좋아하는 걸까 궁금해지고."

소진은 주말 동안 힘들게 했던 고민들을 준에게 털어놓았다.

"어떻게 해달라는 거 아니었어. 그냥 말하고 싶었을 뿐이지. 좋아하는 사람에게."

두근두근.

준의 목소리가 어느 때보다 달콤하게 들리는 이유는 뭘까.

"그럼 내가 미쳤다고 그 매운 파스타를 다 먹었을까. 할 짓 없게 초등학생이나 할 법한 보물찾기는 왜 하고 그리고 이 핸드폰 줄을 왜 달고 있을까."

준은 핸드폰을 들어 소진이 걸어준 핸드폰 줄을 보여주었다.

"나한테 잘 보이려고 그랬던 거 아니었어요?"

"내가 왜? 돈, 명예. 그딴 건 난 관심 없어. 돈은 내가 필요한 만큼만 있으면 충분하다고. 굳이 여기가 아니어도 미국에 있었다면 돈, 명예 더 쉽게 거머쥘 수 있었을 거야."

"무슨 말인지……."

"이해하기 쉽게 해줘?"

돈 따윈 관심 없다는 말을 너무 어렵게 한 모양이었다. 준의 말을 이해 못한 소진이 고개를 끄덕이기가 무섭게 준의 큼지막한 손이 소진의 가느다란 팔목을 잡아끌었다. 동시에 소진의 몸이 앞으로 쏠렸고 준이 자리에서 일어나 소진의 허리를 잡았다. 놀란 얼굴로 아, 하고 놀란 입술을 그대로 준은 자신의 입술로 막았다. 떨림과 두려움 섞여 소진은 움직이지 못하고 숨을 들이쉬는 그녀의 입김까지 준은 깊게 빨아들였다. 소진의 허리를 붙잡고 있던 준의 손은 어느새 소진의 머리카락 사이로 손을 집어넣었다. 욕심냈던 대로 소진의 입술을 달달했고 어떤 과일보다 상큼했다. 그녀의 입 안으로 더 깊이 침범하려는 걸 막으려는 듯 소진의 혀는 가느다랗게 떨며 막아섰다. 그제야 정신을 차린 준은 더 큰일을 저지르기 전에 소진의 도톰한 아랫입술을 아쉽다는 듯 깊게 빨곤 놓아 주었다. 뺨이라도 후려갈길 줄 알았던 소진은 얼어붙은 듯 소리도 내지르지 못하고 그저 멍하게 서 있었다. 타액으로 젖어 있는 소진의 입술을 제 손으로 닦아냈다.

"허락 없이 내 마음대로 키스한 건 미안한데……."

"이, 이게 무슨 짓이에요!"

"좋아하는 여자한테 키스한 거야. 허락 없이."

"내 첫 키스를……."

더 이상 말을 잇지 못하고 소진은 양손으로 입술을 가린 채 밖으로 뛰쳐나갔다. 뒤늦게 준이 소진의 뒤를 따랐지만 이미 엘리베이터를 타고 내려가고 있었다.

내가 잠깐 정신이 돌았나 보다. 막무가내로 키스를 퍼붓다니.

좀 더 빨리 이성을 차리지 않았다면 소진의 머리카락 사이를 훑고 있던 자신의 손이 다음엔 어디로 향해 있을지 모를 일이었다.

"상황만 더 악화시킨 것 같네."

♥ ♡ ♥

아악! 내 소중한 첫 키스!

마음 같아선 정말 돌려달라고 하고 싶었다. 불량배들에게 뺏긴 물건이라면 김 실장을 시켜 당장 찾아왔겠지만 지금 소진이 뺏긴 건 입술이었다. 화장실에 들어가 세면대 물을 틀어놓고 몇 번이고 세수를 하며 입술을 박박 문질렀다. 고개를 들어 거울 속 자신의 모습을 바라보며 소진은 뜨겁게 달아오른 입술에 손을 갖다댔다. 아직까지 준의 온기가 남아 있는 것 같은 기분은 뭘까. 미처 방어를 하기도 전에 자신의 입술 위로 포개진 준의 입술이었다. 자신의 입김까지 모두 빨아들일 기세로 준은 자신의 입술을 점령했다. 능숙한 혀 놀림으로 자신의 입술을 헤집고 다니다 강한 여운을 남긴 채 입술을 뗐다. 그런데 더욱 용납할 수 없는 건 그의 키스에 정신을 잃을 뻔한 자신이었다. 마음대로 입술을 훔친 도둑이라 뺨을 때리고 정강이를 걷어차야 마땅한데 소진은 그렇게 하지 못했다. 두려움과 떨림보다 오히려 준의 입술이 떨어졌을 때 아쉬운 마음이 더 컸기 때문이었다.

……윤소진, 즐기고 있었니?

"미쳤어!"

소진은 세면대에 얼굴을 박듯이 고개를 숙여 연거푸 세수를 했다. 한참을 세수를 하고 고개를 들어 다시 확인한 얼굴은 새파랗게 질려 있었다. 시원하게 욕이라도 퍼부어 줄 걸. 주먹으로 잘난 얼굴을 한 대 쳐 줄 걸. 뒤늦은 후회가 끝없이 밀려왔다.

날 쉬운 여자로 봤을 거야.

입술을 뺏긴 것보다 더 중요한 일인 양 소진은 손으로 머리를 쥐어뜯었다. 쉬이 진정되지 않은 가슴을 다 잡으며 소진은 화장실에서 나왔다. 아무렇지 않게 넘겨 버려, 쿨하게. 요즘은 키스 한번 했다고 책임지라고 남자 바짓가랑이 붙들고 늘어지는 시대도 아니잖아? 그런데 왜 나 떨고 있니? 한 발 한 발 앞으로 걸어가는 소진은 다리가 후들거려 그대로 바닥에 주저앉았다.

"소진 씨!"

뒤에서 들려오는 강 대리의 목소리는 한 줄기 빛처럼 느껴졌다. 호들갑스럽게 달려온 강 대리는 소진을 부축하며 창백한 얼굴을 보고 소스라치게 놀랐다.

"왜 그래? 어디 아파?"

"괜찮아요. 잠깐 다리가 풀려서."

"무슨 일 있었어?"

강 대리의 부축을 받으며 걷던 소진은 어지러워 눈을 감았다.

"잠깐만요……."

"소진 씨, 괜찮아?"

"괜찮……."

246

소진은 더 이상 말을 잇지 못하고 그대로 정신을 잃고 쓰러졌다.

"소진 씨! 정신 차려!"

연신 자신의 이름을 애타게 부르는 강 대리의 목소리가 점점 희미하게 들려올 때쯤, 소진은 정신을 완전히 잃은 후였다. 그리고 다시 정신을 차렸을 때 걱정스런 얼굴로 손톱만 물어뜯고 있는 강 대리의 모습이 다시 보였다.

"소진 씨, 정신이 들어?"

고개를 끄덕이며 주변을 둘러보자 정신없이 뛰어다니는 의사들과 환자들이 보였다.

"내가 왜 여기 있어요?"

"갑자기 쓰러졌잖아. 내가 얼마나 놀랐는 줄 알아?"

"죄송해요."

소진은 뒤늦게 정신을 잃기 전 강 대리가 옆에 있었다는 게 생각났다. 갑자기 어지럼증을 동반하며 다리가 풀려 그대로 정신을 잃은 모양이었다. 흘러나온 머리를 손으로 쓸며 일어나려는데 저 멀리서 놀란 표정으로 뛰어오는 준이 보였다. 하필 이럴 때에 만나면 어떤 얼굴을 하고 있어야 하는 것일까. 소진은 강 대리에게 눈짓을 하며 다시 눈을 감았다.

"의사는 뭐래?"

허겁지겁 달려온 준이 창백한 소진의 얼굴을 눈으로 훑은 뒤 강 대리를 바라보았다.

"쇼크받아서 기절한 거라는데요."

"쇼크? 다른 이상은 없고?"

"네. 괜찮데요. 영양제 맞고 정신 차리면 바로 퇴원해도 된다네요."

"정신은 이미 차린 것 같은데."

이럴 때 서로 마주쳐서 좋을 건 없지 않나 싶었다. 사람이 기절했다고 하니 자신에게 어느 정도 책임은 있다고 생각해서 한걸음에 여기까지 찾아와 준 건 알겠는데 사람이 멀쩡한 걸 확인했으면 이만 사려져 줘야 하는 것 아닌가. 소진은 눈알을 굴리며 다시 기절하고 싶은 마음이 굴뚝같았다.

"대리님, 저 물 좀."

소진은 막 정신을 차린 사람처럼 아, 머리야 하며 손을 이마에 갖다댔다. 강 대리가 물을 사러 자리를 비운 걸 확인하고 나서야 준은 허리를 굽혀 소진과 얼굴을 가까이 했다.

"다시 기절했으면 하는 얼굴인데."

무슨 말이냐는 표정으로 소진은 두 눈을 동그랗게 뜨고 준을 바라보았다.

"기절할 만큼 좋았어?"

"그만큼 충격이었던 거죠."

소진은 휙, 하고 준에게서 시선을 뗐다. 멋대로 도둑키스한 걸 자랑이라고 떠들고 있는 준의 모습이 어이가 없었다. 답답한 마음에 몸을 일으켜 앉으려는 소진을 준이 부축했다.

"얼굴이 창백한데 다른데 불편한 데는 없어?"

"없어요. 아깐 순간적으로 정신을 잃은 것뿐이었어요."

"정말이지?"

"이사님한테 책임 물을까 봐 그래요?"

준의 호의가 좋게 보일 리 없는 소진은 단단히 오해하며 준을 흘겨보았다. 여전히 그녀의 눈엔 '도둑'으로밖에 보이지 않았다.

"책임을 물리면 책임을 물어야지."

이 사람이 도대체 또 무슨 수작이야? 소진은 눈을 치켜세워 준을 노려보았다.

"걱정 말아요. 온실 속의 화초처럼 자랐어도 키스 한 번에 울고불고 매달리며 내 인생 책임이라고 할 정도로 구식 아니니까."

"고맙다고 인사라고 해야 하는 건가. 이대로 내 인생 종내지 않아서?"

"종내줘요? 인생 그만 살고 싶으신 것 같은데."

소진의 위협적인 말에도 준은 뭐가 그리 좋은지 입가에 웃음을 머금고 있었다. 갑자기 기절했다는 강 대리의 전화를 받았을 땐 놀람과 걱정 때문에 말도 안 나왔던 준이었다. 그런데 그저 '쇼크'로 인해 '기절'했다는 의사의 진단에 준은 웃음이 터질 수밖에 없었다. 키스 한 번에 기절할 수 있다는 걸 준은 처음 알았다. 준의 '쫑'과는 전혀 다른 의미의 '쫑'으로 소진은 준을 응징하고 싶었다.

"그런데 사과는 하지 않을 거야."

이건 또 무슨 소리?

소진의 앙칼진 시선에도 아랑곳하지 않고 준은 말을 이었다.

"좋아하는 여자한테 키스하는 건 남자의 '본능'이니까."

"본능? 나 잠깐 웃을게요."

준에게 허락을 구한 소진은 '푸하하'하며 큰소리로 웃어 응급실의 이목을 집중시켰다.

"본능에 충실한 건 짐승이죠."

"짐승?"

웃음기를 지운 소진의 얼굴은 싸했다. 그러나 준은 오히려 그런 모습이 더 익숙해져있던 터라 차라리 지금 모습이 더 나았다. 준은 픽 웃더니 뒷말을 이었다.

"원래 남자는 늑대라고 하니 짐승이란 말도 틀린 말은 아니지."

말이라도 못하면.

소진은 그런 준의 태도가 마음에 들지 않았다. 길 가다 행인의 어깨를 치고 지나간 것마냥 가벼운 일 취급하며 죄의식 없는 뻔뻔한 준의 반응이 싫었다. 본인이 드라마 남자 주인공이라도 되는 양 사과는 하지 않을 거야. 좋아하는 여자한테 키스하는 건 남자의 본능이니 뭐니 늘어놓는 저 대수롭지 않은 듯 일관하는 태도에 반할 줄 착각하는 건가? 정작 상대방의 마음은 안중에도 없는 지극히 자기 위주의 행동으로 소진에겐 인식될 뿐이었다.

……마음에 드는 게 하나도 없어. 도둑 주제에. 불쌍하면 봐주기라도 하지.

"많이 기다렸지?"

적당한 타이밍에 등장한 강 대리가 생수 뚜껑을 따 종이컵에 따랐다.

"할아버지가 길 물어봐서 병실까지 안내해 드리고 왔지 뭐야. 목마르겠다, 마셔."

변명인지 불만인지 모를 강 대리가 장황하게 말을 늘어놓으며 물을 따른 종이컵을 소진에게 건넸다. 준은 이런 상황에 마치 알고 있다는 듯 나타난 강 대리가 마음에 들지 않았다. 소진은 강 대리에게 고맙다는 인사를 뒤늦게 했다. 강 대리가 사라지고 몇 분 뒤 간호사가 와서 링거를 뺐다.

"데려다 줄게."

"당연하죠."

"걸을 수 있겠어?"

"못 걸으면 들쳐 업고 가려구요?"

"그것도 나쁘진 않겠는데."

쫑알쫑알대는 모습이 예전이나 지금이나 똑같다. 준은 침대에서 다리를 아래로 내리는 모습을 보다 웃음 지었다.

"핑크색 좋아하나 봐."

"네."

"여전하네."

사람 좋은 웃음을 입에 머금고 있는 준의 모습에 소진은 고개를 갸웃거렸다. 날 예전부터 알고 있다는 친근한 저 말투는 뭐지?

"절 오래전부터 알고 있던 사람 같은 말투네요."

"그랬나, 내가?"

"네. 그랬어요."

"그게 이제야 궁금하셨나? 참 빨리도 묻는군."

그렇게 많은 기회를 주었건만.

"이제라도 궁금해진 게 다행 아닌가요?"

굳은 표정을 하고 있는 준에게 한마디 덧붙였다.

"긍정적으로 살자구요."

"알고 나면 굉장히 나한테 미안해할 텐데."

"뭐, 기억나면요."

"그럼 어디 한 번 스스로 기억해 보라고."

짓궂은 웃음을 입에 머금은 준은 소진의 신발을 가지런히 놓아주곤 소진에게 손을 내밀었다. 못마땅한 표정으로 소진은 준이 내민 손을 잡곤 그의 부축을 받아 응급실을 나섰다. 기절을 해서 그런지, 아님 영양제에 들어간 약 때문인지 소진은 어지러워 살짝 비틀거렸다. 준은 소진의 어깨를 잡곤 걱정스러운 표정으로 소진을 내려다보았다.

"차라리 업히는 쪽이 낫지 않겠어?"

"주차장에 갈 때까진 내 두 발로 걸어갈 거예요."

큰소리로 고집을 피우며 소진은 준에게 부축을 받으며 겨우 지하 주차장까지 제 발로 걸어왔다. 준은 고개를 내저었다. 정말 아프지만 아니었어도 한 대 쥐어박고 싶었다. 준이 보조석 문을 열어주자 소진은 힐끔 준을 쳐다보다 차에 올라탔다. 운전석에 앉은 준은 소진 쪽으로 몸을 기울여 팔을 뻗었다. 순간적으로 소진은 숨을 들이쉬고 멈칫했다.

"왜, 또 키스할까 봐?"

안전벨트를 매주고 난 뒤 잔뜩 얼어 있는 소진의 볼을 손으로 튕겼다.

"언제 어떻게 당할지 모르는 일이니까요. 한 번만 더 그러면 입술을 확 깨물어 줄 테다."

"어이구, 이거 무서워라."

다부진 소진의 다짐에 준은 정말 겁먹은 얼굴이었다. 혀가 산산조각 나는 일을 당하기 전에 키스를 할 수 있어 다행이라고 여겨야 하는 건가, 싶은 생각이 들자 웃음이 났다.

어느새 소진의 집 앞에 도착했다. 소진은 안전벨트를 풀며 준에게 물었다.

"정말 말 안 해줄 거죠?"

"말해줄 것 같았으면 진작 했을 걸."

있는 대로 소진을 약 올리며 준이 말했다. 분명 잘생긴 아저씨의 아들이라면 본 적 없을 리 없었다. 그런데 왜 기억에서 싸그리 사라진 걸까.

"완전 치사해."

"이제 알았나?"

정말 말해주지 않을 것 같은 얼굴을 하고 있는 준에게 화가 난 소진은 토라져 버렸다.

"내일까지는 푹 쉬어."

"병 주고 약 주기는."

"밥 잘 챙겨 먹고."

"원래대로 해요. 이사님 이런 캐릭터 아니잖아요."

"내가 뭐?"

"적응 안 되게 왜 이렇게 친절한 척이에요?"

친절한 척? 사람이 호의를 베풀면 감사할 줄 알아야지.

"사람의 호의를 '저의'로 받아들이지 말고, 윤소진이야말로 긍정적으로 살라구."

순간 준은 서 교수의 말이 떠올랐다. 정말 이 여자 때문에 또다른 나를 발견하게 된 건가. 어울리지 않은 호의를 베풀며 마음 얻어 보겠다고?

"흥!"

소진은 찬바람을 쌩쌩 일으키며 쾅, 하고 무지막지하게 문을 닫
고 저만치 멀어졌다.

"윤소진, 이거 왜 이래."

분명 자신이 키스를 했을 때 소진은 거부하지 않았다. 처음엔
놀라 얼어붙은 것 같았지만 분명 길어지는 키스에도 소진은 준을
밀치지 않았다. 타이밍을 못 맞췄다는 이유는 적당한 핑곗거리에
지나지 않았다. 분명 싫지 않았다.

그러면서 피해자인 척하기는.

12.
서 이사는 바람둥이

　고백을 한 것까진 어떻게 넘어가 볼 수 있는 일이었다. 한 사무실에서 최소 하루 8시간을 같이 있어야 하는 불합리한 근무 환경 때문에서라도 소진은 최소한 얼굴을 붉히지 않을 정도로 지내고 싶었다. 그가 왜 자신을 좋아하는지에 대한 이유를 알려 하다 그만둔 것처럼 그의 마음도 얼마 지나지 않아 꺼져 버릴 것이라고 생각했다. 정말 당돌하고 저돌적인 그의 키스는 소진의 이성을 잃게 할 만큼 충격이었다. 그래 놓고 본인이 무슨 드라마 주인공처럼 온갖 멋있는 척하고 있었다. 소진은 '병가'라는 좋은 핑계를 앞세워 하루 종일 침대에 이불을 뒤집어쓰고 누워 있었다. 아침, 점심, 저녁 매끼마다 그녀가 원하는 것을 안성댁이 만들어 방으로 가져다주는 수고까지 해주며 오늘만큼은 상전이 된 기분이었다. 하지만 내일이면 다시 준의 얼굴을 봐야 하고, 생각하면 생각할수록 '좋아하니까' 라는 이유로 멋대로 키스한 준이 용서가 될지 의문이었다. 첫 키스를 '어느 날 갑자기' 거기다 로 맨틱한 장소는 아니더라도 회사에서 원치 않은 사람과 하게 된 소진은 생각하면 생각할수록 분했다. 그런데 어째서 자꾸 키스하던 순간이 생각나는 것일까.

정말 좋았던 것일까? 첫 키스를 당해도 정강이를 걷어차지 못할 정도로?

갑자기 팔을 붙잡던 준의 거친 손길, 점점 가까워지는 준의 얼굴 그리고 뭐라 말하기도 전에 입술을 막곤 단단히 자신의 허리를 붙들던 준의 또 다른 손. 아찔했던 그 순간이 떠오르자 소진은 이불을 얼굴까지 뒤집어썼다.

이젠 정말 인정할 수밖에 없게 되었다. 그의 키스가 그리 싫지 만은 않았다는 것을.

이쯤 되니 잘못하다 걸린 사람처럼 소진은 얼굴이 화끈 달아올랐다.

하루를 준의 생각을 하다 낭비해 버리고 어떻게 잠이 들었는지 소진은 기억이 나지 않았다.

다음날, 소진은 출근하자마자 준의 부름을 받고 방으로 들어갔다.

"오늘 퇴근하고 할 일 있나?"

"예?"

"없나 보군. 그럼 오늘 저녁 같이하는 거 어때?"

"저녁 좋죠. 저번에 갔던 파스타 집 어때요? 괜. 찮. 았. 죠?"

쉽게 수긍하는가 싶더니 소진은 지난번의 악몽을 준에게 되새겨 주었다. 자그마치 일주일을 장염으로 고생한 이력을 남겨준 악몽의 시간이 주마등처럼 지나갔다. 준은 사색이 되어 소진에게 물었다.

"파스타 먹고 싶은 거야, 아님 다른 의도야?"

"둘 다요."

얄밉게 웃으며 대답하는 소진을 어떻게 미워할 수 있으랴.

"가만 보면 당신, 나보다 더 못된 거 아냐?"

"본인이 못된 건 알고 있었어요?"

그럼 설마 모를까.

준은 표정으로 대답을 대신하곤 소진을 바라보았다.

"그럼 승낙한 걸로 알겠어."

"내가 왜 이사님과 저녁을 먹어요?"

드디어 소진은 불편한 기색을 드러내며 정색했다. 자칫 방심한 사이 승낙으로 오해를 받을 뻔했다.

"못 먹을 건 또 뭐야? 내가 잡아먹을까 봐 그래?"

"이미 한 번의 전과가 있으니 좋게 보이지 않는 건 사실이네요."

"하!"

기가 차서 말이 안 나온다는 준의 반응에도 소진은 냉랭했다. 두 번 다시 정신을 놓지 않고 바짝 붙들고 있어야겠다고 다짐했다. 또 어디서 어떻게 당하게 될지 어떻게 아는가.

"뭐 이사님이 절 어떻게 아는지 말해준다면 한 번쯤은 저녁 먹을 의향 있어요."

"지금 나와 거래를 하겠다는 건가?"

"좋을 대로 생각하세요."

"그런데 저녁 한 끼에 내놓을 카드 치곤 너무 약한데."

준이 들어줄 기대란 애당초 하지 않은 소진이었다. 소진은 준의
반응에 피식 웃었다.

"그럴 줄 알았어요."

"아가씨 꽤 재미있는데."

나랑 한 번 해보자는 거야? 오늘 대체 어떤 각오로 출근한 거
야?

"또다시 그런 짓 하면 적당히 넘어가는 일 없을 줄 알아요."

"그런 짓? 내가 뭘 했다고?"

준은 적반하장으로 오히려 당당하게 소진에게 반문했다.

"허락 없이 내 몸에 일체 손대지 말아요. 접근 금지예요!"

"내가 어제 편히 쉬랬더니 쓸데없는 생각들만 하다 왔군."

"꼭 필요한 생각들만 했어요. 변태를 만나면 어떻게 대처해야
할까, 전기충격기라도 하나 장만할까 이런저런 생각했죠."

……변태?

좋은 미사어구를 놔두고 변태라 칭할 게 뭐란 말인가. 살짝 이
맛살을 구겼지만 준은 내색하지 않았다. 여기서 화를 내면 정말
변태라고 인정하는 꼴이 되어 버릴 테니 말이다.

"윤소진 씨, 각오해 두는 게 좋을 거야."

"또 무슨 짓 하시려구요?"

말과 동시에 생각을 행동으로 옮긴 건 처음이었다. 불안한 그의
눈빛을 감지한 순간 소진은 한 발짝 뒤로 물러섰다. 이쯤이면 안
심이야.

"내가 하려는 건 키스 같은 게 아냐. 물론, 키스 좋았지. 나한테 넘어오게 만들겠어."

"……뭘 넘어요?"

"넘는 게 아니라 나한테 오게 만들겠다고. 그렇게 될 거야."

올림픽 금메달을 획득한 국가대표 급 당당함과 자신감에 소진은 박수를 보내고 싶었다. 도대체 어떤 근거로 저렇게 자신감에 차 있는 것일까. 보통 여자라면 키스 직후 뺨을 한 대 후려갈겼을 액션을 취하지 못해서 이런 착각을 한 것일까 싶었다.

"도대체 나한테 왜 이래요?"

"알면서 뭘 물어? 남자가 고백하고 키스까지 했으면 뭐겠어?"

"……자자구요?

"하! 정말."

양의 탈을 쓴 여우가 분명하지 않고서야 이렇게 순진한 얼굴로 물어올 리가 없었다. 하지만 표정과 말투에선 일말의 거짓이 없어 보였다. 진심으로 묻고 있는 것이다. 좋아하니까 고백하고 키스를 했다, 그럼 그 다음은 무엇이겠는가. 준은 마음을 가다듬고 다시 입을 열었다.

"그것도 솔깃한 제안이긴 한데 고백하고 키스한 남자가 하고 싶은 건 연애라고, 연애."

누구 말마따나 본능에 충실한 동물이니 순서가 바뀌어도 썩 나쁘지 않을 것 같지만. 솔직히 그쪽이 더 구미가 당기긴 했다. 하지만 지금 상황에서 말을 바꾼다면 소진에게 변태로 낙인찍힐 게 뻔했다.

"난 단 한 번도 그런 생각해 본 적이 없는데요."

"그런 적이 없다니? 아마 당신이 생각하는 것보다 더 많을 텐데. 난 윤소진 씨 어릴 적 과거를 알고 있는 사람이니까."

"이사님이 내 어떤 과거를 알고 있는지 모르겠지만 내 기억 속엔 단연코 이사님과 연애를 하고 싶다는 생각해 본 적 없거든요?"

자신의 기억에도 없는 과거를 불쑥 꺼내놓는 게 불쾌함을 넘어 불안하기까지 했다. 무언가 알고 있는 듯 큰소리치는 거 보면 괜한 소리하는 것 같지 않았기 때문이다. 도대체 왜, 기억나지 않은 자신의 과거를 그가 알고 있는 것인가.

"아하, 이제야 눈치챘나 보네. 당신이 기억나지 않은 여섯 살 때의 윤소진, 어땠을 것 같아?"

"그때도 예뻤겠죠."

"키스했으니 맨입으로 말해주는 건 아니겠지. 기억을 못하니 말해주지. 여섯 살 때의 윤소진은 무지막지하게 날 따라다니는 꼬맹이었다고."

"내가요?"

설마, 하는 눈빛으로 소진은 반문했다. 그 눈빛을 읽은 준은 서운함을 넘어서 실망감마저 들게 했다.

"책 읽어 달라, 놀아 달라, 소꿉놀이 하자 등등 무지 날 못살게 했다고."

"잘했네요, 뭐."

"잘하기는. 덕분에 전교 1등을 유지했던 내 성적이 5등까지 추락했는데. 그것뿐이면 말을 안 해. 크면 나와 결혼하겠다고 동네방네 떠들고 다녔다고. 멋대로 내 볼에다 뽀뽀까지 하고."

"거짓말하지 말아요!"

내가 그런 짓을 했을 리가 없어. 여섯 살 꼬마가 뭘 안다고 볼에 뽀뽀를 하고 결혼한다는 맹랑한 소리를 하고 다녔을까 싶었다. 설마 정말 그랬다 치더라도 십 년도 더 된 일을 왜 이제 와서 끄집어내는지 이해할 수 없었다. 결단코 근거 없는 말들을 제멋대로 지어낸 이야기가 분명하다.

"기억나지 않는 걸 거짓말한다고 생각하지 말라고."

"기억 못할 게 뻔하니까 거짓말하는 거 내가 모를 줄 알아요?"

"내가 거짓말하는지 아닌지는 회장님께 물어보든가."

"울 아빠요?"

"그래, 분명 알고 계실걸. 아직 정신 건강이 좋다면."

준은 여전히 큰소리치며 시시각각 변하는 소진의 표정에 즐거워했다. 윤 회장에게 사실 확인을 하고 난 소진 표정은 또 얼마나 웃길까. 생각만 해도 즐거운 준의 입가엔 미소가 걸렸다.

"이 사람이 진짜, 도대체 나한테 왜 이래요?"

"5분 전에도 얘기했는데. 당신과 연애하겠다고."

"누구 마음대로?"

"내 마음대로라고 한다면 할 건가?"

"대답해야 해요?"

"아니."

표정으로 소진의 대답을 읽은 준은 손을 내저었다. 지금 같은 표정으론 상대방 기분 따윈 괘념치 않고 단번에 'no'라고 퇴짜를 놓을 것만 같았다. 그러면 제아무리 서준이라고 해도 상실감에 빠져 버릴 것이 분명했다.

"어쨌든 난 당신이 원하는 걸 들어줬으니 거절하면 안 되는 거 알지?"

소진을 방에서 내보내자마자 핸드폰 진동이 울렸다. 발신번호를 확인한 준은 고개를 내저었다.

—오빠!

"귀청 떨어진다. 아침부터 무슨 일이야?"

준은 쌀쌀맞게 대답했다.

—심심해서 전화했지.

"아침부터 심심하기도 하겠다. 심심하면 한 달짜리 애인이나 만나든가.

—진짜 한 달짜리더라. 한 달 만나니까 시시해졌어.

수연은 이별을 한 사람답지 않게 목소리가 무덤덤했다. 어떻게 그럴 수 있냐고 묻고 싶었지만 한 달, 두 달, 길게는 육 개월 만나고 시시하다며 만나는 남자들을 뻥뻥 걷어 차 버렸다. 오빠 돗자리 깔아도 되겠어, 내가 단골할게. 깔깔거리는 웃음이 이어졌다. 이모가 이 사실을 아는 날엔 머리카락이 남아나지 않는다는 걸 알고도 저런 웃음이 나오나 싶었다.

"점심이나 같이하게 오던가."

그 말을 기다렸겠지만.

—아니. 퇴근하고 영화나 보러 가자. 공짜 티켓 생겼거든. 영화는 내가 쏠 테니까 저녁은 오빠가 쏴.

"영화? 귀찮게."

준은 말끝을 흐렸다. 영화관에 가본 게 마지막이 언제였는지도 가물가물했다. 오늘처럼 수연이 공짜 영화 티켓이 생겼다며 보러 가자고 조를 때를 제외하곤 가지 않았으니 말이다.

—실연에 빠진 동생을 위로해 주지는 못할망정.

"위로는 네가 아니라 한 달짜리 그 자식에게 필요한 거 아닌 가?"

—쌀쌀맞기는.

"어쨌든 오늘은 안 돼."

소진과 저녁을 먹자며 살살 꼬셔놨는데 다음으로 미뤄 버리면 그때가 언제 올지 모르는 일이었다.

—안 돼도 어쩔 수 없을 걸? 이모가 며칠 전에 오빠 참한 여자 소개해 주라고 용돈까지 챙겨주고 갔거든?

"그걸 받았냐?"

—보관해 둔 거야. 없다 그럴까?

"그러던가."

—그럼 오케이한 걸로 알고 영화 예매하고 다시 연락할게.

모처럼 소진에게 데이트 신청했는데 생각지도 못한 이유로 펑크를 내게 생겼다. 모처럼 연애 좀 해보겠다는데 방해를 하다니. 준은 방에서 나와 소진의 책상 앞에 섰다.

"오늘 저녁 다음으로 미뤄야겠는데."

"듣던 중 반가운 소리네요."

"기다렸다는 말투군."

준은 소진의 반응이 너무 냉랭해 서운했다. 예의상 다른 날 약속을 잡자고 말하던가 서운한 표정을 지어줘야 하는 거 아닌가.

"썩 기다린 저녁 식사는 아니라서요."

"난 이미 내 카드를 보여줬으니 저녁 식사 대신 다른 걸 받아야겠는데."

　말똥말똥 뜬 눈으로 자신을 올려다보고 있는 소진을 보며 준은 인내심의 한계에 도달했다. 소진을 끌어당기는 시간까지 할애하기 아까워 이번엔 스스로 몸을 낮춰 소진의 입술을 제 입술로 덮쳤다. 읍, 하는 놀란 소진의 신음 소리에 준의 입술 끝이 올라갔다. 고른 치아 사이를 지나 깊숙이 파고든 준은 물고기처럼 요리조리 피해 다니는 소진의 혀를 찾아 그대로 감아 버렸다. 소진의 뺨을 쓸곤 입술을 길게 빨다 준은 소진을 놓아주었다.

　"미쳤어요?"

　"립스틱도 맛이 꽤 괜찮은데."

　준은 자신의 입술에 묻은 립스틱을 엄지로 문지르며 노골적으로 말했다. 달달하니 꽤 먹을 만하다. 뒤늦게 소진이 손등으로 준에게 점령당한 입술을 박박 문질렀다.

　"누가 들어오기라도 하면 어쩌려고 그래요?"

　"걱정 마. 여긴 홍보팀 서준 이사 방이라고. 노크도 없이 문 여는 간 큰 사람이 있을 것 같나?"

　"혹시 전에 있던 직원들한테도 지금 저한테 한 것처럼 변태 짓 때문에 그만둔 거 아니에요?"

　스킨십이 너무 자연스러워 소진은 저도 모르게 머릿속에 떠오르는 생각을 준에게 던졌다. 순간 준의 얼굴이 구겨지면서 상체를 앞으로 내밀었다. 소진은 저도 모르게 숨을 들이마셨다.

　"나 지금 장난하는 거 아니야. 내가 그렇게 가벼워 보였나?"

　"좀 떨어져요."

　"마음에도 없는 여자와 키스를 할 만큼 비위가 썩 좋지 못하거든."

준이 단단히 화난 얼굴로 말을 마치곤 소진에게서 떨어졌다. 방을 나가려던 준은 할 말 있는 얼굴로 소진을 바라보았다.

"그리고 키스할 땐 눈 감는 게 매너라고."

눈을 동그랗게 뜨고 있으면 키스를 어떻게 하라는 거야.

♥ ♡ ♥

"영화요?"

"워크숍 가서 보물찾기 할 때 영화 티켓 찾았잖아. 부장님이 주더라. 오늘 퇴근하고 시간 어때?"

소진은 고개를 끄덕였다. 고등학교 때 과외 빼먹고 친구들과 영화관에 갔다가 윤 회장에게 들킨 이후로 한 번도 발도 못 붙이게 했던 터라 너무 기대되었다. 퇴근하고 로비에서 강 대리와 만나 영화관으로 출발했다. 소진은 어린아이처럼 들떠 있었다.

매표소에서 티켓을 받아 강 대리와 소진은 영화관 안으로 들어와 자리에 착석했다.

"무슨 영화에요?"

"공포영화. 레드 아이라고 이번에 개봉한 건데 완전 재밌을 거 같아."

"공포영화라면서 재밌을 것 같다구요?"

소진은 강 대리의 표현에 고개를 저었다.

"공포영화는 무서우면 무서울수록 재밌는 거라구."

당최 이해되지 않은 강 대리의 말을 듣다 소진은 고개를 스크린

쪽으로 돌렸다. 좌석이 1/3정도밖에 차지 않은 걸 봐선 강 대리의 기대에 부흥하지 못할 것 같다는 생각이 들 찰나였다. 정확히 소진의 좌석에서 두 줄 앞에 앉아 있는 남녀가 눈에 띄었다. 정확히 여자보단 남자에게 시선이 더 쏠려 있었다.

"이사님 아냐?"

사람이 별로 없었던 터라 두 줄 앞에 앉아 있는 사람이 준이라는 걸 강 대리도 눈치채고 소진에게 말했다.

"이, 이사님이요? 어디?"

소진은 모르는 척 시치미를 뚝 떼고 고개를 이리저리 돌렸다.

"저기 앞에 있잖아. 웬 여자랑 같이 있는데."

"어디 있다는 거야? 안 보이는데요?"

바로 앞에 있는 것을 알아보지 못할 정도로 시력이 나쁘지 않다는 걸 모를 리 없는 소진의 시력에 강 대리는 답답한 듯 손가락으로 정확히 준의 뒤통수를 가리켰다. 그사이 영화관 불이 꺼지고 화면이 바뀌었다.

"대리님, 영화 시작했어요."

그렇게 준의 위기를 모면하나 싶었는데.

어째서 내가 이런 수고를 해야 하는 거지?

소진은 영화를 보는 내내 준의 뒤통수를 뚫을 것처럼 집요하게 노려보았다. 좋아한다고 고백하고 다음 날 키스까지 해놓고 다른 여자와 버젓이 영화를 보러 왔다는 생각에 분노가 치밀었다. 준을 발견할 때 큰소리로 아는 척을 할 걸 그랬다. 사색이 되는 준의 표정이 꽤 볼 만했을 텐데.

"날 가지고 논 거야?"

266

소진은 혼잣말을 하며 씩씩댔다. 준은 여자와 팝콘까지 사이좋게 나눠 먹으며 영화를 관람하고 있었다. 당장 가서 준이 먹고 있는 팝콘을 빼앗아 그의 얼굴에 뿌려주고 싶었다. 괜히 생수만 벌컥 들이키며 소진의 시선은 스크린이 아닌 준의 뒤통수에 가 있었다. 가끔 비명을 내지르며 강 대리가 소진에게 안겨오긴 했으나, 별로 신경 쓰지 않았다. 영화가 끝난 지도 모르고 있다가 불이 켜지자 소진은 그제야 정신이 번쩍 들었다.

"영화 끝내준다. 소진 씨 어떻게 비명 한 번 안 지르고 영화 보냐?"

"제가 그랬어요?"

"공포영화 좋아하는 구나! 다음에 또 보러 오자."

강 대리와 얘기하다 눈앞에 있던 준을 놓쳐 버렸다. 이미 인파에 휩쓸려 영화관을 나간 모양이었다.

"그나저나 아까 이사님 아니었나?"

"글쎄요."

"맞는 것 같았는데. 왜 하필 그때 영화가 시작해서는."

아쉬운 표정으로 툴툴대는 강 대리와 함께 소진은 영화관을 빠져왔지만 준의 흔적은 찾을 수 없었다. 강 대리와 늦은 저녁을 먹고 집으로 돌아온 소진은 오랜만에 욕실로 들어가 거품 목욕을 했다. 목을 뒤로 젖히고 눈을 감고 있자니 쌓인 피로가 싹 풀리는 거 같았다.

"진짜 바람둥이 아냐?"

소진은 영화관에서 준이 여자와 같이 있는 걸 떠올렸다. 회사에서 키스를 하더니 퇴근하고 웬 여자랑 다정하게 영화를 관람한다?

그래 놓고 좋아하지도 않는 여자랑 키스할 만큼 비위가 좋지 않아? 장난 아니라고?

"웃기고 있네. 뭐가 장난 아니야? 외간 여자랑 영화 본 게 데이트가 아니면 미팅인가?"

소진은 끓어오르는 분노를 주체할 수 없었다. 다음에 또 그런 짓 했다간 뺨을 후려갈기고 말 테다. 욕조에서 일어나 수건으로 몸을 닦곤 가운을 걸치고 밖으로 나왔다.

똑똑.

"아가씨, 회장님께서 기다리고 계세요."

밖에서 안성댁의 목소리가 들렸다.

"내려갈게요."

소진은 편한 옷으로 갈아입고 1층으로 내려왔다. 안성댁이 소진에게 다가와 작게 속삭였다.

"안 주무시고 기다리고 계셨어요."

"왜, 또 어디로 튈까 봐?"

소진은 툴툴거리며 안방을 노크했다.

"들어가요."

이미 손잡이를 돌리고 문을 열고 소진은 안으로 들어와 있는 상태였다. 신문을 보고 있던 윤 회장은 소진이 들어오자 보던 신문을 반으로 접어 옆에 놓았다.

"출첵 합니다."

"이제 해외에 나다니지도 않는데 얼굴 볼 틈이 없구나. 앉아라."

소진은 윤 회장의 맞은편에 앉아 불퉁하게 대꾸했다.

"그야 회장님께서 너무 바쁜 탓이죠. 일개 비서 따위가 바빠 봤자 회장님만 할까요?"

"흠, 오늘은 왜 이리 늦은 게야?"

"영화 봤어요."

"누구랑?"

"회사 대리님이랑요. 워크숍 때 보물찾기 해서 영화티켓 받았다구요."

살짝 미간이 좁혀지는 걸 보니 윤 회장이 오해를 한 모양이었다.

"물론 여자랑요."

"재밌었냐?"

"몰라요. 보는 둥 마는 둥 해서."

소진은 또다시 준의 생각 때문에 얼굴이 찡그려졌다.

"참, 아빠. 혹시 서준 이사 말이에요."

"호칭 제대로 안 하냐? 너 어디 가서 윤 회장 이러고 다니지?"

윤 회장의 훈계에 소진은 입술을 삐쭉거렸다.

"네네. 서준 이사님 말이에요."

"서 이사 왜?"

"혹시나 해서 물어보는 건데 내가 그 사람 막 쫓아다니고 그랬어요? 아니죠?"

"기억 안 나냐? 난 알고 있는 줄 알았는데."

소진은 윤 회장의 입에서 어떤 말이 나올지 불안해졌다.

"그래서 일부러 서 이사 비서로 넣어줬건만. 정말 모르는 게야?"

"일부러?"

"너 여섯 살 때였던가. 준이가 와서 너 책도 읽어주고 공부도 시켜주고 그랬는데. 뭐 그 녀석도 공부하느라 바빠서 자주 오진 못했지만 네가 준이를 많이 따랐었지."

"내가요?"

소진은 믿을 수 없다는 듯 반문했다. 자신이 그 인간을 그렇게 잘 따랐고, 그 인간은 그렇게 친절했다니 믿을 수 없었다.

"네가 버릇없게 '쭌, 쭌' 하면서 엄청 그 녀석 꽁무니만 따라다 녔었다. 나중에 크면 오빠랑 결혼한다고 울고불고."

"거짓말하는 거죠?"

"기억 안 나냐, 정말?"

윤 회장은 오히려 아무것도 모르는 얼굴로 되묻는 소진을 이상 하게 여겼다.

"전혀 기억 안 나죠. 그때가 여섯 살이라면서요."

"그래도 그렇게 따랐던 녀석인데."

"여섯 살 꼬맹이가 뭘 알고 그랬겠어요."

뭘 알고 그렇게 따라다녔을라고. 그나저나 그는 어린아이의 환 심을 사는 방법을 잘 알고 있었다. 맛있는 걸 주며 동화책 읽어주 는 사람을 어떤 어린아이가 싫어하겠는가. 소진은 방에 들어와 잠 자리에 들었다. 이불을 가슴께까지 덮곤 눈을 감는데 번뜩 준의 말이 떠올랐다.

'핑크색 좋아하나 봐.'

'여전하네.'

생각해 보니 어릴 적에 머리부터 발끝까지 분홍색으로 도배를 했었다고 했다. 머리띠며 머리끈이며 원피스, 거기가 속옷까지 분홍색을 고집했다고 안성댁이 그랬다. 소진도 어렴풋이 생각이 나기도 했다. 분홍 돼지 인형을 잃어버려서 엉엉 울었던 기억의 한 부분이 떠올랐다. 그때 누군가 똑같은 인형을 가지고 와 자신에게 건넸던 사람.

"이사님이었나?"

♥ ♡ ♥

"퇴근하고 시간 있으세요?"

빚쟁이에게 빚 독촉하러 온 사람처럼 소진이 다짜고짜 준에게 물었다. 화가 난 얼굴하며 딱딱한 말투가 할 말 많고 불만 많은 얼굴이었다.

"생각보다 꽤 적극적이네. 뭐, 나쁘지 않지만."

"그럼, 수락한 걸로 알고 나갈게요."

더 이상 할 말 없다는 듯 찬바람을 일으키며 밖으로 나가던 그녀는 다시 준을 바라보았다.

"아는 술집 있으면 거기로 가요. 조용한 데로."

준이 뭐라 대답하기도 전에 소진은 이미 방에서 나간 후였다. 물론 그녀가 데이트 신청하는 게 아니라는 것쯤은 알고 있었다. 무슨 이유로 퇴근하고 따로, 그것도 '조용한 술집'에 가자는 걸까. 싫지는 않지만 불안한 기분이 들었다. 표정과 말투만 봐도 분명 그녀의 입에서 좋은 말이 나올 것 같지는 않았다.

"도대체 뭐하자는 건데."

술집에서 벌어질 수 있는 몇 가지 사태에 대해 떠올렸지만 근접한 게 하나도 없었다. 몇 가지 대안 중 최악의 사태는 맨정신으로 두 다리로 소진이 술집을 나갈 것 같지 않다는 것뿐이었다. 왠지 기분으로 봐서는 센 척하며 술이란 술은 제 입에 털어 넣을 것 같았다.

　하루가 바쁘게 지나가고 퇴근 준비를 마치고 방에서 나왔을 때 소진은 비장한 표정으로 준을 기다리고 있었다. 본인에겐 진지한 표정일 텐데 그 표정이 제법 웃겨 준은 참느라 혼났다.

　"나한테 할 말이 많은 얼굴인 것 같은데."

　"할 말도 많고 따질 것도 많죠."

　"할 말이 많은 건 이해되는데 따질 거라니?"

　준은 당최 소진의 말을 이해하지 못하겠다는 얼굴로 반문했다.

　"천천히 하죠. 처음부터 힘 뺄 거 뭐 있어요?"

　"힘까지 빼야 해?"

　"처음부터 에너지 소비 말죠, 우리."

　팔짱을 낀 채 도도한 표정으로 턱을 치켜 올린 소진은 여전히 준을 못마땅한 얼굴로 바라보고 있었다.

　"에너지 소비? 난 좋은데."

　"무슨 생각을 하는 거예요? 이 변태!"

　그냥 장난 한 번 친 걸 가지고 변태로 몰며 질색할 건 또 뭔가. 먼저 나가 버린 소진의 뒤를 따라 사무실에서 나와 지하 주차장으로 갔다. 준이 아는 술집이라곤 집 근처에 있는 조용한 bar뿐이었다. 사람도 거의 없는 데다 잔잔한 음악소리가 좋아 가끔 한잔하는 장소이기도 했다. 소진이 원하는 '조용한 술집'에 제일 적합한 곳이었다. 근처에 차를 주차시키곤 bar 앞에서 문을 열어주었다. 준의 표정을 읽은 소진이 먼저 안으로 들어섰다. 잔잔한 음악에 조명은 꽤나 어두웠다. 여기선 상대방의 표정도 제대로 볼 수 없을 것 같았다. 가까운 테이블에 앉은 두 사람에게 직원이 메뉴판과 얼음물을 가지고 왔다.

"술은 잘하나?"

"이래 봬도 해외 다니며 안 먹어 본 술이 없어요."

"보기와는 다르군."

준은 메뉴판을 펼쳐 소진 앞에 놓아주었다. 메뉴판을 넘기며 훑어보던 소진은 손을 들어 직원을 불렀다.

"블랙러시안 한 잔하구요."

말을 멈춘 소진은 준을 바라보았다.

"마티니 한 잔."

직원이 두고 간 얼음물을 한 잔 마신 준의 얼굴엔 피곤함이 몰려왔다. 바로 어제, 수연과 포장마차에서 새벽까지 소주를 마셨던 터라 속이 별로 좋지 않았다.

"그럼, 오늘은 술버릇 먼저 알아보는 시간인가?"

"지금은 별로 이사님과 대화할 기분이 아니네요."

"술 좀 들어가야 말하시겠다?"

소진은 새치름한 표정으로 입을 꾹 다물곤 팔짱을 꼈다. 어디서부터 어떻게 따져야 할지 아직 머릿속이 정리가 되지 않았다. 다른 여자와 다정하게 영화를 보며 즐거운 데이트를 보내고 있던 남자가 자신에게 고백을 하고 거기다 두 번의 키스까지 한 남자라는 사실에 분노가 치밀고 있었다. 따질 건 따지고 사과는 확실하

게 받아내야겠다고 다짐했다. 잠깐 시선을 딴 데 돌렸다 준에게
시선이 머물렀다. 어두운 조명 때문인지 오늘따라 더 근사하게 보
였다. 조금 후, 직원이 칵테일 두 잔을 가져와 각각 앞에 놓았다.
콜라가 섞인 것처럼 갈색빛이 도는 블랙러시안을 바라보다 소진
은 한입 마셨다.

"어때?"

"좋은데요."

"그래도 너무 급하게 마시지 마. 이래 봬도 도수가 꽤 높은 편
이니까."

"잘난 척은 사양할게요."

소진은 준의 말을 깔끔하게 무시하곤 한잔 쭉 들이켰다. 쓴맛
보다는 단맛이 더 강해서 그런지 목 넘김이 꽤 부드럽게 느껴졌
다.

"이러다 뻗으면 곱게 집에 데려다 준다고 장담 못해."

"장담 못하면요?"

"당신에겐 위기이고 나에겐 기회라는 거지. 윤소진을 더 잘 알
수 있는."

준은 소진을 약 올리며 칵테일을 한 모금 마셨다. 무엇이 섞였
는지 알 수 없는 투명한 칵테일 색은 물처럼 깨끗해 보였다. 마시
면 아무 맛이 나지 않을 것 같은 이 칵테일도 블랙러시안보다 독
한 축에 속했다. 어젠 소주를 진탕 마셨으니 오늘은 칵테일로 해
장을 해보려는 속셈이었다.

"원래 이렇게 언변이 좋은 사람이었어요? 아님 정말 바람둥이
에요?"

"원래 좋은 사람이었는데 하지 않았어. 해야 할 대상이 없었으니."

"이제 찾으셨어요?"

"이제 알아본 거지. 할 말이 뭐야?"

연이은 질문에 대답을 하던 준이 불만스러운 표정으로 소진에게 물었다. 진지한 표정으로 조용한 술집을 알아보라고 했으면 그만한 이유가 있어야 하는 거 아닌가. 얼굴은 할 말이 꽤나 많아 보여서 입을 여는 순간 폭탄들이 우르르 터질 것 같은데 용건과 빗나간 말만 하고 있으니 준은 답답했다. 준의 재촉에 소진은 당황한 얼굴로 다시 블랙러시안 한 잔을 음료 들이키듯 쭉 들이켰다. 연속으로 두 모금 마시고 나니 정말 취한 것처럼 머리가 어지러웠다.

"사람 가지고 놀지 말라구요."

"누가 누굴 가지고 놀았는데?"

"누구긴 누구겠어요?"

말머리는 싹 다 자르고 결론만 얘기하니 소진의 말을 이해 못하는 건 당연했다. 다짜고짜 할 말 많은 얼굴로 그녀가 한 말에 준은 화가 난 사람처럼 얼굴이 딱딱하게 굳어 있었다.

"내가 당신을 가지고 놀았단 말인가?"

"네. 제가 이사님을 가지고 논 적이 없으니 그렇게 되겠죠."

"무슨 근거로?"

어쩜 저렇게 제멋대로인 걸까. 이미 알고 있어서 새삼 놀랍지도 않았다. 그저 자신의 잣대로 판단하고 결론짓는데 타고난 재능이 있는 것 같았다.

내가 윤소진을 가지고 논다니?

그건 또 어디서 나온 발상인가. 준은 반쯤 남은 칵테일을 쭉 들이켰다. 그리곤 똑같은 칵테일을 또 주문했다.

"그런 것까지 말하고 싶지 않아요. 사람 가지고 장난하지 마요."

"이번엔 장난이야?"

"재미없어요."

"장난?"

준의 얼굴이 험악하게 굳어졌다. 막 나온 칵테일을 한 모금 마신 뒤 다시 말을 이었다.

"난 지금 어느 때보다 진지해. 그걸 일일이 말로 설명해야 하나? 서른여섯이나 먹고서 여자 가지고 장난이나 할 정도로 한심해 보여?"

준은 분노를 터뜨리며 참았던 말들을 숨 쉴 틈 없이 쏟아냈다. 그제야 자신이 실수했음을 깨달은 소진은 화로 얼룩진 준의 얼굴을 힐끔 쳐다보며 눈치만 살피기 급급했다. 하지만 이내 동그랗게 뜬 눈으로 죽일 듯 준을 노려보았다.

"그럼 누구예요? 그 여자?"

"또 생사람 잡기야?"

"어제 이사님 옆에 껌딱지처럼 딱 붙어서는 영화 보던 그 여자!"

"누구……."

순간적으로 떠오름과 동시에 말끝을 흐렸다. 바로 어제 수연에게 코 꿰어 강제로 영화 한 편을 보았다. 그런데 그 모습을 보고

'다른 여자'가 있다고 생각했던 것인가.

"그 여자?"

"그래요, 그 여자! 분명 아무 사이는 아닐 테지요? 그런데도 시치미 뗄 거예요?"

마치 바람 핀 애인의 덜미를 잡고 보란 듯이 추궁하는 장면 같았다. 그 모습이 어찌나 귀여운지 준은 작게 웃음을 터뜨렸다. 그 여자의 정체를 알고 나면 입을 다물지 못할 텐데.

"도대체 무슨 상상을 하는 거야?"

소진은 분이 덜 풀렸는지 숨도 돌릴 틈 없이 칵테일을 원샷했다. 그리곤 보란 듯이 직원에게 같은 칵테일을 주문했다.

"취해도 난 몰라."

"빨리 말이나 해요. 그 여자 누군지."

"그 여자."

"그래요, 그 여자! 나한테 장난한 게 아니라면 말해봐요!"

한참을 뜸 들이는 준의 행동에 소진은 답답함이 밀려와 윽박을 질렀다.

"내 사촌. 정확히 사촌 동생."

"그러니까 사촌…… 뭐라구요?"

"사촌 동생이라고."

준은 픽 웃으며 대답했다. 하지만 준의 대답에도 불구하고 믿기지 않는다는 듯 소진이 재차 물었다.

"사촌 동생이라구요? 정말이에요?"

"정 그렇게 못 믿겠다면 확인시켜 줄 수 있어."

준의 확답을 듣자 소진은 그제야 자신이 헛다리를 짚어도 한참 잘못 짚었음을 깨달았다. 너무 다정해 보여서 연인 사이겠거니 했는데 설마 사촌일 줄이야. 소진은 양손으로 얼굴을 감쌌다.

"왜 이제 쪽팔리나?"

"그, 그런 거 아니거든요."

"그래, 그렇게 나와야지."

큰소리는 떵떵 쳤으나 소진은 쥐구멍에 들어가고 싶은 심정이었다. 확실하게 따지고 사과 받고자 했던 소진의 계획은 수포로 돌아가 버렸다. 고개를 들고 준의 얼굴을 마주할 수가 없었다. 입술이 바짝 타들어 가는 갈증을 느낄 때쯤 소진이 주문한 칵테일이 나왔다. 소진은 기다렸다는 듯 칵테일을 벌컥벌컥 마셨다. 캬, 하고 손등으로 입술을 문지르던 소진은 눈앞에 있는 준의 얼굴이 흐릿하게 보여 눈을 찡그렸다.

"이제 인정하시지?"

"뭘요?"

"나한테 관심 있는 거. 발뺌해도 이제 소용없어. 들켜 버렸다고."

준의 말은 하나도 귀에 들어오지 않았다. 눈이 흐릿하다 이제 귀까지 잘 들리지 않기 시작했다.

"근데, 이사님. 왜 이렇게 어지럽죠?"

"그걸 두 잔이나 마셨는데 멀쩡하길 바라는 거야?"

손으로 눈을 비벼 봐도 흐릿한 시야는 여전했다. 옆에 누군가 앉는 인기척에 고개를 돌리자 준이 옆자리를 차지하고 앉아 있었다. 왜 옆에 찰싹 붙어 있냐고 호들갑을 떨며 내숭을 하기엔 이미 늦어 버렸다. 소진은 자신의 의지와는 상관없이 준의 어깨에 머리를 기대고 말았다.

"이러면 곤란하다고."

나도 남잔데.

"이사님."

"정신 좀 차려봐."

그리고 그때였다. 풀린 눈으로 준을 지그시 응시하던 소진은 그대로 준의 얼굴을 양손으로 잡고 자신의 입술로 막아 버렸다. 서툴긴 하지만 분명 그녀가 하는 건 키스였다. 어디서 본 건 있어서 준의 입술을 어느새 뜨겁게 달궈놓곤 진한 커피 향을 남긴 채 그대로 곯아떨어져 버렸다. 아직 자신의 입술에 남아 있는 소진의 타액을 손등으로 문지르며 준이 혼잣말을 삼켰다.

정말 선수야?

13.
남자가 사랑에 빠지면

잠자리가 바뀐 것도 모른 채 세상 물정 모르고 아직까지 단잠에서 깨어나지 못한 소진을 보며 준은 고개를 내저었다. 주방으로 걸음을 옮겨 찬장 위에서 꿀단지를 찾아 컵에 받아놓은 물에 넣어저었다. 서비스로 얼음까지 동동 띄어놓곤 준은 다시 그녀가 있는 방으로 들어갔다.

"자는 모습도 예쁘긴 한데 계속 감상하고 있으려니까 살짝 지루해지려 하는데. 어쩌지?"

셔츠 단추 하나, 둘 그리고 세 번째 단추에 손을 가져다 댔을 때 소진의 두 눈이 번쩍 떠지며 준의 못된 손을 꽉 잡고 놓아주지 않았다. 준은 그대로 소진을 끌어당겨 침대에 앉히곤 얼음 동동 띄운 꿀물을 소진에게 건넸다. 준이 건넨 꿀물을 본체만체 하며 소진은 앙칼진 눈으로 준을 바라보며 물었다.

"나 왜 여기 있어요?"

"기억 안 나?"

소진은 지끈거리는 머리를 부여잡고 어제 무슨 일이 있었는지 시간을 되짚어 갔다. 퇴근하고 준과 bar에 갔다. 그리고 블랙러시안이라는 칵테일을 두 잔을 마셨던 것까지는 기억이 난다. 커피 향이 나며 달달한 칵테일은 일어나자마자 생각날 정도로 강렬했다. 그리고…….

"나한테 키스했죠?"

"어제 피해자는 당신이 아니라 나야."

"그게 무슨…….."

말도 안 되는 변명이냐며 쏘아붙이려는 소진은 입을 벌린 채 준을 바라보고 있었다. 제멋대로 엉켜 있던 기억의 조각들이 제자리로 돌아온 순간 준의 얼굴을 잡고 키스를 퍼붓던 모습이 떠올랐다.

"기억이 나셨나? 이런, 나도 전기충격기나 장만해서 가지고 다니던지 해야지. 세상 흉흉해서 어디 살겠나."

소진의 표정을 읽은 준은 이때를 놓치지 않고 있는 대로 소진을 놀려댔다.

"또 이상한 짓 안 했죠?"

"나? 아님 당신?"

"어느 쪽이든요."

자의에 의해 준에게 키스를 퍼붓는 게 마지막 기억이었기에 소진은 우는 소리를 냈다.

"당신은 어제 칵테일 두 잔 마시고 내 옷에 오바이트를 신나게 퍼부은 다음에 완전히 곯아떨어져 버려서 일을 냈다면 내 쪽이었 겠지."

"아무 일도 없었다는 거네요. 그냥 택시 태워 보내지, 집에 데 리고 왔어요?"

"좋아하는 여자가 술에 곯아떨어졌는데 그 새벽에 택시 태워 보 내는 정신 나간 놈도 있어? 거기다 그 시간에 당신 집에 가면 회 장님께서 날 가만두셨을 것 같아?"

준의 논리에 소진은 고개를 끄덕이며 수긍하고 말았다. 준은 반 불구가 되겠지만 자신은 아마 삭발한 채로 이라크로 끌려갈지도 모르는 일이었다. 준의 적절한 상황 판단 이었다.

"그럼 나 연락도 없이 외, 외박한 거예요?"

"내가 회장님께 전화 드렸어. 홍보팀 회식인데 많이 취해서 집 에 데리고 가서 쉬게 하겠다고. 윤소진 씨가 내 옷에 오바이트를 해놓은 관계로 거기까지 못 가겠다고."

와우, 브라보. 난 이제 죽었구나.

"뭐, 뭐라구요? 아빠는 뭐래요? 난 이제 죽었어!"

이젠 끝이야. 소진은 엉덩이에 불붙은 강아지처럼 가만히 있지 못했다. 도대체 무슨 배짱으로 저런 소리를 한 것일까 의심하기 시작하는데 준의 입에서 충격적인 대답이 소진의 귀를 때렸다.

"알았다고 하시던데."

"알았다고 하셨다구요?"

"응. 난 다른 놈들과 다르니까."

준은 어깨를 으쓱해 보였다. 소진은 믿지 못하겠다는 얼굴로 혼 잣말을 중얼거렸다.

말도 안 돼. 외박했다 하면 그날 바로 카드 정지에 김 실장을 물론 경호원들 총동원해 자신을 찾으시던 양반이 준의 말에 단번에 오케이했다는 말을 믿을 수가 없었다. 거기다 혼자 사는 남자의 집에 말이다. 그래도 삭발당한 채로 이라크에 가는 건 면한 모양이라 다행이긴 한데 찜찜한 기분은 감출 수가 없었다. 그래도 소진은 한시름 놓곤 할 말 있는 얼굴로 준을 바라보았다.

"어제 일은 잊어주세요."

"뭐?"

"술을 너무 많이 마셔서 이성을 잃은 것 같아요. 아니, 어제의 나는 윤소진이 아니었어요. 어차피 이사님도 저한테 두 번이나 멋대로 키스했으니까 피장파장이죠."

이제 보니 사람 가지고 노는 선수가 아닌가 싶었다. 어쩜 이렇게 제멋대로인 걸까. 준은 얇은 웃음을 지어 보였다. 피장파장? 웃기고 있군.

"그렇게는 못하겠는데."

"네?"

"사람 가지고 노는 거야, 뭐야? 어제 영화관에 같이 있던 여자에 대해 왜 물었던 건데? 꼬치꼬치 캐물었던 건 당연히 나에게 마음이 있었던 거 아니었나?"

"착각도 이 정도면 수준급이네요."

"착각? 내가 그렇게 우스워? 없던 일로 하자고?"

화가 난 얼굴로 몰아붙이자 소진은 바짝 얼어붙어 입술만 달싹거렸다. 겁이 난 얼굴로 한 발짝 뒤로 물러나다 소진은 그대로 침대로 쓰러져 버렸다. 아차하는 순간에 준이 그대로 자신의 몸을 밀착시킨 후 소진의 양팔을 단단히 붙잡았다.

"아직 당신이 빚졌잖아."

"비켜⋯⋯."

소진의 저항은 그대로 준의 입속으로 사라져 버렸다. 아직까지 칵테일 향이 나는 소진의 입술을 음미하다 입술을 뗐다.

"이제야 피장파장이군."

입술 끝에 웃음을 머금은 준이 양팔에 힘을 빼자마자 왼쪽 뺨에 알싸한 통증이 느껴졌다. 거친 바람이 나뭇가지를 휩쓸고 지나가는 것처럼 준의 고개가 반대로 돌아갔다.

"못됐어, 정말."

"잘했어."

안 그랬음 어떤 짓을 했을지 모르니까.

준은 옆에 놓아 둔 꿀물을 소진에게 건넸다. 서비스로 동동 띄운 얼음은 흔적도 없이 사라져 버렸다. 건넨 손이 무안할 정도로 뚫어지게 쳐다보기만 하고 받을 생각 없어 보이는 소진의 손에 꿀물을 쥐어 주었다.

"난 센스 없는 놈이라 속옷에 옷까지 챙겨 두진 못했으니까 집에 갔다 출근해."

화를 억누르는 말투로 준은 제 할 말만 하고 나서 바로 방에서 나갔다. 뒤늦게 손에 들려 있는 꿀물을 확인하곤 소진은 미안한 얼굴로 그의 뒷모습만 바라보다 꿀물을 한입에 털어 넣었다.

"달다."

저절로 입에서 탄성이 흘러나오는 맛이었다. 단맛과 시원함이 적절히 어우러져 다 먹고도 아쉬워 소진은 입맛을 다셨다.

284

조금 전, 그가 한 키스는 무지막지한 키스였다. 공포가 들게 할 만큼 저돌적이었고 앞전의 키스에 비해 거칠었다. 본능적으로 그의 뺨을 후려친 후 정신을 차린 소진이었다. 사과하려는 그녀에게 준은 오히려 잘했다고 칭찬했다.

　"화낼 사람은 난데 왜 미안해하는 건데?"

　상황이 어째 자신이 뭔가 큰 잘못을 한 것 같은 분위기였다. 사과하려는 자신의 입을 막은 건 그였다. 그러니 미안해하지 않아도 된다.

　……라고 생각했으나 소진은 마음과 달리 미안한 마음이 들었다. 다른 의미로 말이다.

　혹시나 하고 윤 회장이 집에서 기다리지 않을까 걱정하며 대처 방안까지 생각해 놓은 게 무색하게도 그녀를 기다리는 사람은 아무도 없었다. 안성댁은 태연하게 아침식사의 유무를 물었고 윤 회장은 출근했는지 보이지 않았다. 시시각각 변하는 환경 속에서 자란 소진은 태연하게 괜찮다고 대답하며 후다닥 2층으로 올라가 샤워를 하고 옷을 갈아입었다. 바로 출근하려는 소진에게 안성댁이 우유를 한 잔 건넸다.

　사무실에 들어오자마자 준의 방을 노크하곤 눈도장을 찍는 소진을 준은 본체만체했다. 멋대로 키스해 놓고 적반하장도 유분수지 화낼 사람이 누군데 지금 사람을 아는 척도 안 하는지 이해할 수 없었다. 얼마나 바쁜지 준은 점심시간이 가는 줄도 모르고 사무실에 박혀 일만 하고 있었다.

"또 일벌레 모드야?"

노크를 하고 안으로 들어가 소진이 물었다.

"점심시간이에요."

"하고 와."

"이사님은 식사 안 하세요?

"언제부터 그렇게 관심이 많았어?"

불만스러운 준의 시선과 소진의 눈이 마주쳤다. 하지만 금세 준
은 노트북으로 시선을 고정시켰다. 더 이상 말 섞고 싶지 않다는
행동임이 분명했다.

흥, 밥 안 먹으면 본인이 손해지.

소진은 더 이상 말하지 않고 방에서 나와 구내식당으로 내려갔
다. 밥을 다 먹고 식판을 비우며 준을 찾아보았지만 정말 점심을
거를 생각인가 보다. 결국 소진은 매점에서 샌드위치와 우유를 사
사무실로 돌아왔다. 준의 방문은 여전히 굳게 닫혀 있었다. 살짝
손잡이를 돌려 안을 살펴보자 여전히 일벌레 모드를 하고 있었다.

"훔쳐보지 말고 할 말 있으면 들어와."

무미건조한 준의 말에 소진을 놀라 뒤로 넘어질 뻔했다. 놀란
마음을 추스르고 준의 앞에 선 소진은 샌드위치와 우유를 책상에
내려놓았다.

"매일 야근하면서 점심까지 거르면 되겠어요?"

"필요 없어."

"사람 성의를 봐서……."

"성의?"

소진의 말을 자른 준이 어이없다는 듯 소진을 쳐다보았다.

"직장 상사에게 베푸는 성의치곤 좀 지나치다는 생각 안 하나? 윤소진 씨에겐 성의일지는 몰라도 받는 입장에선 호감으로 받아들일지도 모른다는 생각은 안 해봤지?"

소진은 당황한 표정으로 준을 바라보며 쉽게 입을 떼지 못했다.

"그리고 나 혼자 또 오해하게 만들려고? 없던 일로 하자며. 그러니까 오해할 일은 삼가는 게 좋지 않겠어?"

일리 있는 말에 뭐라 반박하지 못한 소진은 씩씩거리며 샌드위치와 우유를 도로 손에 쥐곤 방에서 나왔다. 제 입으로 없던 일로 하자고 해놓고 소진은 준에게 그 말을 듣고 있기가 화가 났다. 이렇게 쉬운 감정이었나? 없던 일로 하자고 기다렸다는 듯 그래, 오케이하곤 사람을 면전 앞에 무시할 정도로 하찮은 감정이었나? 그러면서 혼자 폼이란 폼은 다 잡고 멋대로 키스까지 한 건데? 생각하면 생각할수록 억울한 감정이 솟구쳤다.

소진이 퇴근한다고 인사를 할 때도 준은 듣는 둥 마는 둥 했다. 쳐다보지도 않고 짧게 '그래'라고 대답하며 제 할 일을 하고 있었다. 그에게 주려고 사둔 샌드위치와 우유는 책상 위에 올려놓고 소진은 퇴근해 버렸다. 버스 정류장에 앉아 착잡한 마음으로 앉아 있는데 어떤 남자가 소진에게 다가왔다.

"혹시 시간 있으면 저와 차 한잔하실래요?"

"지금 좀 바빠서요."

소진은 남자의 제안을 단칼에 거절했다. 생각하고 고민할 가치도 없었다. 소진의 거절에 말을 잇지 못하다 가식적인 웃음을 입에 달곤 다시 입을 열었다.

"그러지 말고 저랑 차 한잔해요."

"생각 없다니까요!"

듣기만 하던 헌팅은 생각처럼 달콤하지 않았다. 끈덕지게 남자는 소진에게 차 한잔할 것을 권유했고 소진은 계속해서 싫다고 거절을 해야 했다.

"그럼 핸드폰 번호라도 알려주세요. 다음에 연락드릴게요."

"내가 왜 그쪽한테 핸드폰 번호를 알려줘요?"

"그러지 말고."

"기분 잡치니까 좀 꺼져 줄래요?"

결국 소진의 인내심이 한계에 다다랐고 겁 없이 남자에게 욕지기를 내뱉으며 싫은 내색을 했다. 그제야 남자의 얼굴엔 웃음기가 지워지고 서서히 본색을 드러내기 시작했다. 조금 전 당당함은 어디로 갔는지 소진은 잔뜩 움츠러들었다.

"농인식품 외동딸이라고 해서 어떻게 꼬셔 보려고 했더니. 듣던 대로 성격 하나는 끝내주게 더럽네."

"뭐, 뭐요?"

"아버지 빽에 반반한 얼굴 믿고 그렇게 깝치면 쓰나?"

남자는 소진의 가느다란 팔목을 세게 쥐곤 흔들었다. 겁에 질린 소진은 남자를 바라보며 입술을 달싹거리고 있었다.

"그 손 좀 놔주실까?"

익숙한 목소리가 나는 쪽으로 고개를 돌리자 험악한 표정의 준이 남자에게 다가오고 있었다.

"넌 뭐야? 그냥 갈 길이나 가시지. 난 이 여자한테 볼 일이 좀 있거든?"

"그렇게 못하겠는데. 그 여자 내 여자다."

말이 끝나기가 무섭게 준은 남자의 얼굴에 주먹을 날렸다. 준이 휘두른 주먹에 맞고 나자빠진 남자는 한 대 더 칠 기세로 자신을 내려다보는 준의 표정에 겁을 먹고 그대로 뒷걸음쳐 도망쳤다.

"괜찮아?"

얼마나 세게 잡고 있었던 건지 소진의 팔목에 빨간 자국이 선명하게 있었다. 안타까운 표정으로 준은 소진을 내려다보고 있었다.

"네. 괘, 괜찮아요."

"어디 다친 데는 없고?"

소진은 힘없이 고개를 끄덕였다.

"다행이다."

준은 안도의 한숨을 내쉬었다. 그리고 그 순간 소진의 눈에서 굵은 눈물이 뚝뚝 떨어져 내렸다.

"저 사람 우리 아빠가 농인식품 회장이라는 걸 알고 있었어요. 정말 무서웠어요. 사람도 없지, 버스는 안 오지. 이러다 끌려가서 쥐도 새도 모르게 어떻게 되는 건 아닌가 싶어서."

쉴 새 없이 떨어지는 소진의 눈물을 닦아주며 준은 소진을 가만히 안아 등을 토닥여 주었다. 준의 손길이 왠지 모르게 안심이 되어 소진은 눈물을 멈추곤 준을 바라보았다.

"이제 괜찮아. 내가 있잖아."

"미안했어요. 아침에 한 말은 진심이 아니었어요."

소진은 수줍은 얼굴로 준을 바라보며 말을 이었다.

"없던 일로 하자고 한 거 창피해서 한 말이에요. 그래요, 나 어제 막 질투했어요. 어떻게 나한테 고백하고 딴 여자랑 영화를 보러 왔을까. 날 가지고 논 줄 알고 이사님한테 따지려고 어제 부른 거였어요. 그런데 이사님 사촌 동생이란 말에 사실 다행이라는 생각도 들었다구요."

어렵게 속마음을 꺼내고 나자 소진은 마음이 한결 가벼워졌다. 키스가 싫지 않았다는 말은 차마 꺼내지 못하고 그것만큼은 숨기기로 했다. 소진의 말이 끝나자 준은 말없이 소진의 뺨을 어루만지곤 그대로 입술을 덮쳤다. 백 마디 말보다 더 진하게 그의 마음이 전해지는 입맞춤이었다. 진심을 담아 어느 때보다 정성껏 소진의 입술을 자신의 입술에 담곤 품에 안았다.

"난 당신밖에 없다고."

이보다 더 달콤한 말이 어디 있을까 싶었다. 부드러운 준의 목소리가 어느새 귀에 머물러 있나 싶더니 이내 가슴에 새겨져 버렸다.

"이젠 알겠어요."

이사님의 마음이 진심이었다는 걸.

빵—

지각이다! 하고 부리나케 집에서 나와 버스 정류장으로 전력 질주하던 그녀는 클랙슨 소리에 시선을 던졌다. 스르륵 내려가는 창문 너머로 방긋 웃고 있는 준의 얼굴이 보이자 소진은 깜짝 놀랐다.

"이사님!"

입에 물고 있는 식빵을 한입 베어 먹곤 소진은 준에게 가까이 다가갔다.

"굿모닝."

"굿모닝…… 아, 아니. 아침부터 여긴 어쩐 일이세요?"

"그러지 말고 차에 타지 그래? 지금 버스 타면 지각일 텐데."

급한 대로 준의 차에 탄 소진은 먹던 식빵을 마저 먹으려는데 준이 잽싸게 빼앗아 제 입으로 넣었다.

"버스비 대신이야."

"어쩌려고 아침부터 집까지 왔어요?"

"오늘 생각보다 일찍 일어나서 운동하고 드라이브하는데 어느새 여기까지 왔지 뭐야."

새빨간 거짓말.

아침부터 무슨 드라이브며 준의 집에서 소진의 집은 정반대 방향인데 여기까지 일부러 왔다는 말로밖에 설명이 되지 않았다.

"아빠한테 들키면 어쩌려고 그래요?"

"회장님 지금쯤 유럽에 계실 텐데."

"아, 그렇지. 그래도 그렇죠. 만약 출장 중이 아니셨으면 들켰을 거라구요."

윤 회장에게 들킬까 봐 전전긍긍하는 소진과 달리 준은 여유만만이었다.

"어쩌긴. 내가 책임지면 되지. 무슨 걱정이야?"

"하여간 큰소리는."

소진은 그래도 아침부터 준의 얼굴을 보자 기분이 좋아졌다. 그와 정식으로 교제하고 며칠이 지난 후, 갑자기 연락도 없이 찾아온 그가 당혹스럽긴 했지만 이제야 정말 서준이라는 남자가 내 남자라는 확신이 들었다.

"나 아니었으면 지각이었을 거야. 감사하라구."

"네네. 감개무량하네요. 그나저나 아침식사는 하셨어요?"

"챙겨줄 사람이 있어야지."

"필요하면 도우미라도 쓰던가요."

소진은 한쪽 귀를 후비며 별 대수롭지 않게 대답했다.

"……도우미?"

"네."

이렇게 눈치가 없어서 원, 피곤하겠군.

좋아하는 여자와 결혼해서 눈 뜨면 얼굴 보고, 부인이 해주는 밥을 먹고 싶다는 말을 단순하게 알아듣다니. 아무리 맛없는 음식이라도 맛있게 먹어줄 의향도 있었다. 벌써부터 결혼 타령이라니, 연애가 좋긴 좋은 모양이다.

"그나저나 당신 아침은 내가 빼앗아 먹은 것 같고."

"버스비 대신치곤 저렴하니 됐어요."

"굿모닝 키스나 할까?"

"아침식사를 버터로 했어요?"

어느새 회사 주차장 안으로 들어선 차는 주차장에 멈춰 섰다. 얄밉게 혀를 쏙 내미는 소진의 입술을 응징하듯 준은 기꺼이 자신의 입속에 가둬 버렸다. 놀람보다 당혹스러움이 더 큰 이유는 회사 주차장이라는 장소 때문이었다. 토끼눈으로 아둥바둥거리다 준의 입술이 떨어져 나가자 그제야 숨을 고르고 주변을 살폈다. 미국에서 김 실장을 따돌린 후 돌아서 혼자 가슴을 쓸어내리며 안도의 한숨을 내쉬었을 때보다 더 다행이라는 생각이 들었다.

"누가 보면 어쩌려고 그래요?"

"볼 테면 보라지? 회사 내 사내 연애가 금지되어 있는 것도 아닌데."

"울 아빠한테 하는 소리에요?"

"아니란 말 못하겠고."

대답하며 준은 뒤로 팔을 뻗어 비닐봉지에서 우유 두 개를 꺼내 들었다. 그리곤 빨대를 꽂아 하나를 소진에게 건넸다.

"바나나 맛이라."

"바나나 우유니까요."

소진은 우유를 쪽쪽 빨며 차에서 내렸다. 준도 마찬가지로 빨대를 꽂은 우유를 빨며 소진의 옆에서 엘리베이터를 기다리고 있었다.

"키스 맛으론 괜찮겠네."

"켁! 무슨 생각하는 거예요?"

"바나나 맛 키스."

잔뜩 소진을 놀리는 사이 엘리베이터 문이 열렸다. 두 사람이 엘리베이터를 타고 1층에서 문이 열리자 엘리베이터를 기다리던 사람들이 쉽사리 엘리베이터에 타지 못하고 서 있었다. 한참을 소진과 준을 번갈아 보며 똑같은 우유에 빨대를 꽂고 다정히 서 있는 두 사람을 묘한 시선으로 바라보고 있었다. 그 무리 속에 김 대리도 속해 있었다.

"귀신 봤어? 다들 안 탈 거면 먼저 올라가고."

그렇게 말하고 닫힘 버튼을 누르려던 찰나 사람들이 우르르 엘리베이터 쏟아져 들어왔다. 준은 소진을 끌어당겨 자신의 앞에 세워놓고 틈을 만들어 소진을 안전하게 피신시켰다. 엘리베이터 안에서 전쟁을 치른 뒤 사무실로 들어온 준은 기다렸다는 듯 소진의 입술에 짧게 쪽, 하고 입을 맞추었다. 이제 그의 스킨십에 제법 적응이 된 모양인지 소진은 놀라지도 않았다.

"이렇게 키스하고 싶어서 어떻게 참았대?"

"이제 안 참으려고."

"선전포고하는 거예요?"

준은 소진의 허리를 바짝 끌어당겼다.

"연애도 일종의 전쟁이니 선전포고 했으니 각오 하라고."

소진의 이마를 손가락으로 튕긴 후 준이 웃었다. 소진은 얼굴을 찡그리며 엄살을 부렸다.

"그런 의미로 퇴근 후 우리 집에 가는 게 어때?"

"이사님 집은 왜요?"

"아무에게도 구애받지 않고 둘만의 시간을 보낼 수 있으니까."

"무, 무슨 생각하는 거예요? 너무 앞서 나가는 거 아니에요?"

준의 손에서 벗어난 소진은 말까지 더듬으며 긴장하고 있었다. 밀폐된 공간에서 성인 남녀가 거기다 저녁 시간에 예측해 보건데 그 시간에 할 수 있는 것은…… 그것뿐이었다.

"뭐?"

"너무 진도가 빠르잖아요. 마치 기다렸다는 듯이."

"장난 농담 구분도 못하나?"

미간을 좁혔다가 얼굴을 펴며 준은 소진의 볼을 잡아당겼다.

"저녁 해주고 싶어서."

"저녁?"

"그래. 파스타 좋아한댔지?"

"할 줄 알아요?"

"못할 것도 없지."

소진은 잔뜩 거드름을 피우며 우쭐대는 준에게 존경의 눈빛을 보냈다.

"우와, 대단해!"

"이제 알았어?"

끄덕끄덕. 곧장 반응을 보이는 소진의 모습이 너무 사랑스럽다는 듯 준이 바라보았다.

"아직 멀었어요?"

"도대체 몇 번 물어보는지 알기나 해?"

찌릿. 반쯤 몸을 돌려 노려보는 준의 시선에 소진은 저절로 움찔했다. 하지만 그것도 잠시 소진은 고픈 배를 움켜쥐곤 계속해서 재촉했다.

"그런 걸 일일이 기억하고 있어요?"

"모르면 내가 알려주지. 세 번째야. 그리고 이제 막 면을 삶기 시작했고."

이제 그만 좀 물어봐, 라는 말이 함축되어 있는 준의 표정에도 소진은 아랑곳하지 않았다. 식탁에 앉아 턱을 괴곤 꽤 열심히 요리 중인 준의 뒷모습을 감상하는 것도 한계에 다달은 모양이었다.

뭐, 이렇게 근사한 남자가 앞치마를 두르고 면을 삶는 모습이 꽤 봐줄 만하긴 했지만 그건 딱 십 분이었다.

"내가 뭐 도와줄 건 없어요? 둘이하면 금방 할 거예요."

"그냥 앉아 있어."

준은 돌아보지도 않고 대답했다. 벌떡, 말이 끝나기가 무섭게 자신감에 찬 얼굴로 일어섰던 소진의 얼굴은 무참히 일그러졌다. 집에 있을 때도 뭐만 할라 치면 안성댁은 부리나케 달려와 큰일이 일어난 것마냥 호들갑을 떨며 제 손으로 가져가기 바빴다. 그러니 제 손으로 해본 거라곤 페디큐어 바르는 정도였다. 그걸 아는 모양인지 소진이 무언가 시도하기도 전에 제지를 했다.

"왜요?"

"왜긴. 여긴 내 집이니까. 내가 해줘야지."

"날 못 믿어서가 아니구요?"

"뭐 그런 이유도 없다고 말 못하겠고."

소진은 토라진 얼굴로 턱을 괴었다.

"심심하면 노래나 부르던지."

준의 말이 끝나고 조금 뒤 소진은 구슬프게 노래 한 곡을 불렀다.

"긴 밤 지새우고 풀잎마다 맺힌 진주보다 더 고운 아침 이슬처럼 내 맘의 설움이 알알이 맺힐 때 아침 동산에 올라 작은 미소를 배운다."

박자는 그렇다 치더라도 가사만큼은 제대로 부르는군. 제법이야. 준은 살짝 뒤돌아 열창 중인 소진을 바라보다 면을 씻기 시작했다. 노래는 어느덧 중반부를 지나 후반부에 가까워지고 있었다.

"태양은 묘지 위에 붉게 떠오르고 한낮에 찌는 더위는 나의 시련일지라. 나 이제 가노라 저 거친 사막에 서러움 모두 버리고 나 이제 가노라."

훗. 도전 1000곡 프로그램도 아니고 언제 틀리나 봤더니 역시나 마지막에 대미를 장식하고 나서 소진은 꽤 뿌듯한 얼굴로 박수까지 치고 있었다. 역시 소진은 실망시키지 않았다. 토끼를 여우로 둔갑시킬 때부터 알아봤지만 제 노래에 충만한 자신감을 가지고 있었다. 저절로 웃음이 터져 나오며 후라이팬에 소스와 함께 적당히 삶아 놓은 면을 살짝 볶고 나서 먹기 좋게 접시에 담았다.

"다 됐어요?"

"오래 기다리셨습니다."

크림 스파게티를 내려놓으며 준이 미소 지었다. 소진은 우와, 하며 탄성을 내질렀다.

"먹어도 되요?"

"그럼."

준의 손짓에 소진은 망설임 없이 스파게티를 입에 넣었다. 고소함과 담백함이 입안에 퍼졌다.

"서프라이즈. 완전 맛있어."

"당연하지. 누가 만든 건데."

식탁에 마주하고 앉아 준은 스파게티를 먹기 시작했다. 처음 만든 것치곤 제법 맛이 괜찮았다. 레시피 보고 그대로 따라했으니 당연한 결과였다. 제 스스로도 만족스러운 결과물을 보곤 준은 고개를 끄덕였다.

"우리 집 가서 윤소진 전용 셰프 하는 거 어때요?"

"그럼 나에게 뭘 줄 건데?"

"기브 앤 테이크 하자는 얘기에요?"

"나한테 시집오겠다는 말 정도 해주면 생각해 볼 수도 있고."

진심인지 장난인지 알 수 없는 그의 말에 소진은 동그랗게 뜨고 준을 바라보았다.

"그만한 각오 없이 남자를 집에 들이려 했단 말이야? 가만 보면 완전 구미호네."

"구미호도 예뻐야 할 수 있는 거예요. 드라마도 못 봤어요? 얼마나 예쁘면 남자들이 구미호에게 홀렸겠어요?"

"그럼 내가 구미호에게 홀린 남자란 얘긴가?"

오늘따라 웃는 일이 많아지네. 준은 물으면서도 제 스스로가 어이없다는 듯 웃었다. 소진은 팔을 길게 뻗어 준의 입술 주변을 엄지손가락으로 닦아냈다.

"에이, 서른여섯 맞아요? 완전 여섯 살이네."

"좋네, 이런 거. 연애하는 거 좋네."

"나도 좋아요."

두 사람은 한참 동안 그렇게 마주보고 웃다 스파게티를 마저 해치웠다. 식탁을 치우고 준과 소진은 소파에 다정히 앉았다. 소진이 준의 어깨에 살며시 기대곤 예쁘게 깎은 사과를 제 입속에 하나, 준의 입속에 하나씩 넣었다. 준은 다운받아 놓은 영화를 티브이로 틀었다.

"무슨 영화에요?"

"예전에 봤던 건데 같이 보려고 찾아놨던 거야. 첫사랑에 대한 얘기랄까."

"첫사랑? 이사님도 첫사랑이 있어요?"

준은 잘 익은 사과를 먹으며 고개를 끄덕였다.

"그럼 이 나이 먹도록 없을 것 같아?"

"그건 아니지만."

"당신도 첫사랑이 있을 거 아냐."

첫사랑이라. 어쩌다 대화의 주제가 '첫사랑' 으로 흘러가고 있었다. 준의 물음에 소진은 있을지 없을지도 모르는 기억에도 없는 첫사랑에 대해 생각에 잠겼다. 준이 입속에 넣어주는 사과를 먹으며 소진은 어릴 적 자신이 준의 꽁무니를 따라다니며 결혼할 거라는 맹랑한 소리를 했다는 게 사실이라면 여섯 살 소진이의 첫사랑은 바로 준이인 셈이었다.

"무슨 생각을 그렇게 열심히 해? 내가 뭐 어려운 문제를 냈었나?"

그런데 아무래도 그의 첫사랑이 자신이 아니라면 왠지 억울해질 것 같았다. 손해 보는 장사를 한 사람처럼 억울해서 잠이 오지 않을 것 같아 소진은 숨기기로 했다.

"별 생각 안 했어요."

"거짓말. 첫사랑 추억에 흠뻑 빠져 있던데."

"그랬나?"

능청스러운 표정으로 잔뜩 준을 약 올린 뒤에 소진은 티브이로 시선을 고정시켰다.

"어쭈? 잘난 애인의 얼굴로 고개 돌린다, 실시."

"잘난 애인은 영화 본다, 실시."

손으로 준의 얼굴을 티브이 화면 쪽으로 돌린 뒤에 소진은 준의 어깨에 다시 기댔다. 영화가 시작되었다. 교복을 입은 두 남녀가 사이좋게 자전거를 타며 예쁜 잔디밭을 거닐고 있는 첫 장면이 지나가기도 전에 소진의 눈꺼풀이 무겁게 내려앉고 있었다. 자면 안 된다는 생각을 마치기도 전에 소진은 스르륵 눈을 감았다. 조용한 적막에 고개를 돌려 소진을 쳐다보던 준은 풋, 하고 작게 웃었다.

"영화가 시작하기가 무섭게 자면 어쩌자는 거야."

소진의 몸을 소파에 눕히고 쿠션을 베게 하였다. 이렇게 움직이는 동안 소진은 잠에서 깨지도 않았다. 졸지에 소파 대신 바닥에 앉은 준은 새근새근 잠들어 있는 소진을 바라보다 손으로 얼굴을 쓰다듬었다. 보드라운 살결이 손바닥에 전해졌다.

"자는 모습도 이렇게 예쁘면 어쩌라고."

티브이 소리도 줄여놓고 턱을 괴고 소진의 자는 모습만 바라보았다.

조용히 자게 내버려 둘 자신…… 없는데.

준은 그녀의 부드러운 머리카락을 손으로 쓸었다.

"이사님."

졸린 눈을 하고 소진이 잠에서 깨어 준을 불렀다.

"깼어?"

"깨운 거 아니었어요?"

"들켰네."

소진은 아직도 졸린 모양인지 손으로 눈을 비비곤 소파에 앉아 바닥에 앉아서 자신을 사랑스러운 듯 올려다보고 있는 준의 목에 손을 둘렀다.

"근데 나 되게 매력 없나 보다."

"무슨 소리야?"

소진은 준의 입술에 자신의 입술을 포개곤 그의 볼에 가볍게 입을 맞추고 떨어졌다.

"어떻게 자기 여자가 자고 있는데 가만히 지켜보고 있어요?"

"뭐?"

준은 소진의 입에서 그런 말이 나올지 상상도 못했던 터라 괜히 웃음이 나왔다. 처음에 키스했을 땐 동물 취급을 하던 여자가 맞나 싶었다.

"솔직히 나 자존심이 좀 상하려고 해요."

"자존심?"

"이사님이 울 아빠예요? 자는 거 지켜보고 있게. 우리 애인 사이 아니에요?"

불퉁한 얼굴로 팩 쏘아붙인 소진의 얼굴이 점차 부끄러운 듯 입을 다물다 이내 결심한 듯 비장한 얼굴로 입을 열었다.

"우리도 때가 되었다고 생각해요."

"풉!"

이 말을 하는 당사자는 꽤 심각한 것 같은데 어째 준은 웃음이 나왔다. 이런 소진의 모습이 당황스럽기도 하지만 사랑스럽다는 생각이 들었다. 하지만 준은 자신의 욕정을 채우는 것보다는 소진을 아껴주고 싶었다.

"왜 웃어요?"

"당신 드라마를 너무 많이 봤어."

"난 심각하다구요. 이사님한테 여자로 보이고 싶어요!"

"뭐, 이런 모습도 꽤 맘에 들어. 하지만 오늘은 아니야."

"왜요?"

실망한 얼굴로 반문하는 그녀를 어쩌면 좋을까. 하지만 이렇게 갑작스런 호기심으로 인해 그녀를 안을 수는 없었다. 안는다는 게 어떤 의미인지 그녀는 정말 모르는 것 같았다.

"당신을 아껴주고 싶어."

"식상해요. 나 안고 싶지 않아요?"

당연히 안고 싶다. 안고 싶어 미칠 지경이었다. 정말 모르겠다는 얼굴로 바라보면 제아무리 서준이라고 해도 무너져 버린다.

"당신 정말 구미호야? 정신을 못 차리게 만드네."

"이사님."

"날 자극하지 마. 나도 남자라고."

그것도 본능에 충실한.

준의 경고를 비웃듯 그녀에게 돌린 그의 허리를 소진이 가지 못하게 붙잡았다. 등으로 들려오는 소진의 심장 소리에 준은 이성의 끈이 끊어지는 것을 느꼈다. 이렇게 대놓고 유혹하는데 넘어가지 않을 남자가 있을지 모르겠다.

"나도 이젠 정말 어쩔 도리가 없어."

기다렸다는 듯 소진은 발꿈치를 들고 더 이상 준이 아무 말하지 못하도록 입을 막았다. 준의 이성의 끈은 뚝, 끊기고 말았다. 준의 손은 이미 소진의 허리를 감싸다 이내 소진의 다리 사이를 훑고 있었다. 어느 때보다 소진의 입술은 달았다. 숨결까지 빨아들일 기세로 소진의 입술 안을 휘젓다 이내 준은 소진을 번쩍 안아 들고 방으로 들어가 침대에 소진을 눕혔다. 반쯤 풀린 소진의 눈동자는 준을 빤히 응시하며 미소 짓고 있었다. 소진의 손이 준의 셔츠 단추를 하나, 둘씩 풀고 있었다. 이내 셔츠를 벗기곤 탄탄한 그의 가슴을 손으로 쓸었다. 준은 그런 소진의 모습이 사랑스러워 소진의 손등에 입을 맞추었다.

"당신 너무 예쁜 거 알아?"

"알죠, 당연히."

허리를 숙여 준은 소진의 가느다란 목을 핥았다. 기분 좋은 향기가 준의 코를 더욱 자극하고 있었다. 가슴 쇄골까지 입을 맞추다 셔츠 단추를 풀자 소진은 수줍은 얼굴로 준을 바라보고 있었다. 가슴을 감싸고 있는 검은색 브래지어 후크를 단번에 풀자 풍만한 그녀의 가슴이 소담한 자태를 뽐내고 있었다. 한 손으로는 가슴을 쥐고 입으로는 분홍빛 유두를 입으로 가져다댔다. 그러자 소진의 입에서 흥분한 신음 소리가 터져 나왔다. 그녀의 가슴에서 배꼽으로 내려오며 입을 맞추다 스커트와 손바닥만 한 팬티를 거둬 버린 후 그녀의 다리를 벌려 그 사이로 고개를 깊숙이 묻었다. 흥분한 그녀의 꽃잎은 촉촉이 젖어 있었다.

"꽤 아플 텐데 괜찮겠어?"

소진은 발그레진 얼굴로 고개를 끄덕였다. 준은 그녀의 이마에 입을 맞춘 후 다리 사이로 잔뜩 성이 난 물건을 천천히 넣었다. 남자의 물건을 받아들이는 것이 처음인 그녀의 문은 좁아서 준은 천천히 물건을 넣기 시작했다. 그녀는 아픈지 눈썹을 찡그렸지만 괜찮다는 듯 웃어 보였다.

"금방 끝낼게. 조금이라도 덜 아프게."

이내 그녀의 좁은 문에 물건을 밀어 넣고 준은 천천히 허리를 움직였다. 찡그렸던 그녀의 눈썹이 언제 그랬냐는 듯 소진의 얼굴엔 흥분이 가득해 보였다. 그의 가슴을 쓸어내리는 그녀의 손에 입을 맞추었다.

"하악…… 하아."

허리를 움직이는 속도가 점차 빨라지면서 준의 입에선 쾌락에 젖은 신음 소리가 흘러나왔다. 절정에 달한 그의 몸에서 뜨거운 것을 내뿜고 그대로 그녀의 몸에 쓰러졌다. 땀으로 젖어 있는 그의 등을 쓸던 소진은 그의 뺨을 어루만졌다. 준은 이불로 그녀의 몸을 덮어주고 그 옆에 누워 그녀를 안았다.

"잠깐만 이러고 있자. 좋다, 당신 살 냄새."

"네. 잠깐이에요."

14.
단단해지다

모처럼의 주말, 윤 회장과 김 실장까지 집에 없으니 소진은 준과 데이트를 즐기고 있었다.

뮤지컬을 보고 공원에서 도시락을 먹고 카페에 앉아 서로 얼굴을 바라보기도 했다. 아무 말을 하지 않아도 그냥 같이 있는 것만으로도 설레고 좋았다. 일찍부터 만났는데도 헤어지는 게 너무 아쉬워 준의 집으로 와서 못다한 데이트를 즐기고 있었다.

"배고프지 않아?"

"점심을 늦게 먹었더니 괜찮아요."

"아이스크림 먹을까?"

"응. 단 거."

"그럼, 나갔다 올 테니까 잠깐 있어."

야무지게 고개를 끄덕이는 소진의 머리를 쓰다듬곤 준은 편의점으로 가 그녀가 말하는 '단 거'를 찾았다. 초코 아이스크림 두 개를 골라 집으로 돌아오자 소진이 신이 난 듯 아이스크림을 뜯어 입에 물었다. 나갔다 집에 들어왔을 때 누군가 맞아주는 거, 기분 좋은 일이라고 생각했다. 준이 티브이 전원을 켜자 소진이 기다렸다는 듯 준의 무릎을 베고 누웠다. 준의 손이 저절로 그녀의 셔츠 안으로 들어갔다.

"당신 가슴 한 손에 들어와."

"그래요?"

말랑한 그녀의 가슴을 조물조물 만지작거리다 보니 준의 물건이 점점 고개를 들려 하고 있었다. 그걸 아는지 모르는지 소진은 그의 무릎에 앉아 그와 몸을 밀착시킨 채 그를 바라보더니 짓궂은 얼굴로 그의 셔츠 단추를 풀기 시작했다.

"소파도 나쁘지 않죠?"

"당신만 좋다면."

소진은 그의 말이 끝나기 무섭게 입을 맞추었다. 셔츠 단추를 마저 다 풀곤 그의 가슴을 입술로 잘근 깨물었다. 이내 그녀는 거추장스러운 옷을 벗어 버리곤 그의 목에 손을 두르고 있었다. 준은 잘록한 소진의 허리를 감싼 채 그녀의 몸 안으로 물건을 넣었다. 그 대신 그녀가 허리를 움직이며 야릇한 표정으로 그의 얼굴을 만졌다.

"사랑해요."

그의 귀에 가까이 대고 그녀가 속삭였다.

"나도 당신 사랑해."

그녀의 목에 흔적을 남기며 두 사람은 사랑을 속삭였다. 절정에

달한 듯 그녀의 움직임이 격해짐과 동시에 그의 몸이 움직임을 멈추었다.

"이런, 소파가 더러워졌군."

"이를 어째요."

그녀가 장난기 많은 얼굴로 웃었다.

"일단 당신부터 씻겨야겠어."

욕실에서 간단히 샤워를 하고 그녀는 피곤한지 침대에 누워 쌕쌕 소리를 내며 잠들었다. 준은 그녀가 깨지 않도록 옆에서 지켜보기만 했다.

그리고 얼마 지나지 않아 졸린 눈을 한 번, 두 번, 세 번 깜박이는 동안 소진의 시야엔 흥미로운 표정으로 앉아 있는 준의 얼굴이 보였다. 그리고 네 번째 눈을 깜박임과 동시에 소진은 벌떡 소파에서 몸을 일으켰다.

"지, 지금 몇 시에요?"

"여덟 시 반. 잘 잤어?"

"왜 안 깨웠어요!"

소진은 옷매무새를 만질 새도 없이 일어나 백을 들었다. 오늘 윤 회장이 유럽 출장에서 돌아오는 날이라 집에 보이지 않으면 어디로 튄 줄 알고 사람들 보내 이리저리 휘젓고 다닐 게 뻔했다. 그러다 준과 사귀는 사이를 들키게 될 것이다. 가만히 있을 윤 회장이 아니었다.

"데려다 줄게."

"됐어요. 괜히 아빠한테 들키면 끝장이에요."

소진은 서둘러 구두를 신고 밖으로 나왔다. 준은 그래도 이 시

간에 소진을 혼자 보내는 게 영 마음에 놓이지 않았다. 열여덟 미
성년자도 아니고 숨어서 연애를 해야 하는 이유를 납득할 수 없었
다. 하지만 이렇게 윤 회장을 무서워하니 당분간은 숨기는 게 좋
을 듯했다.

"아직 열 시도 안 됐는데 벌써 전화라니."

소진은 진동음을 내며 손에서 춤추는 핸드폰을 바라보며 울상을
지었다. 핸드폰 액정엔 '저승사자'란 이름이 떡하니 떠 있었다.
정말 바로 눈앞에 저승사자가 있는 것처럼 소진은 공포에 휩싸였
다. 하지만 어느 때와 마찬가지로 노련한 거짓말로 상황을 잘 넘
길 수 있을 것이다.

"김 실장님, 벌써 귀국하셨어요?"

—아가씨.

"내가 안 보여서 전화한 거 내가 모를 줄 알고요? 딴 데로 안
샜으니……."

—지금 병원으로 오셔야겠습니다.

소진의 말을 자른 김 실장의 목소리는 평소와는 다르게 무겁게
내려앉아 있었다. 병원이란 말에 소진의 심장이 덜컥 내려앉았다.
안 좋은 예감에 소진은 걸음을 멈추곤 숨을 깊게 들이켰다.

"병원이라뇨?"

—회장님께서 쓰러지셨습니다.

순간 소진의 몸이 휘청거리더니 그대로 바닥에 주저앉았다. 옆
에 준이 없었다면 소진은 그대로 계단에서 구를 뻔했다. 얼굴이
하얗게 사색이 되어 핸드폰을 들고 있는 소진의 손이 덜덜 떨리고
있었다. 이런 상태로 소진이 전화 통화를 하는 건 무리라고 판단

한 준은 소진의 손에서 핸드폰을 넘겨받아 소진 대신 통화를 마저 끝냈다.

"괜찮아?"

"이사님. 우리 아빠……."

"괜찮을 거야. 누구보다 강한 분이셔. 병원에 가봐야지."

두 눈에 눈물이 그렁그렁 매달려 있다 이내 소진의 뺨 위로 소리 없이 흘러내렸다. 그런 소진을 안타까운 얼굴로 바라보며 그저 눈물을 닦아주는 것밖에 준이 할 수 있는 일은 없었다.

김 실장이 알려준 병원에 도착했을 때 정문엔 기자들이 모여 있었다. 벌써 소식을 듣고 달려온 경제부 기자들이었다.

준은 김 실장이 일러준 뒷문을 통해 소진과 함께 병원으로 들어갔다. 소진은 연신 눈물을 흘리며 쓰러질 듯 위태롭게 서 있었다.

"그만 울어. 괜찮을 거야. 이러다 큰일 나겠어."

연신 소진의 눈에서 떨어지는 굵은 눈물을 손으로 닦아내 주며 안아 주었다. 엘리베이터를 타고 10층에서 내리자 김 실장이 안절부절못하며 이리저리 왔다 갔다 하고 있었다.

"아가씨!"

"아빠는요?"

"조금 전에 깨어나셨습니다."

조심스레 병실 문을 열고 들어간 소진의 눈에 링거를 꽂고 잠들어 있는 수척해진 윤 회장의 얼굴이 보였다. 주름 자글자글한 아버지의 손을 잡은 소진은 터지려는 울음을 억지로 참으며 떨리는 목소리로 말했다.

"아빠. 눈 떠 보세요."

윤 회장이 잘못된 줄 알고 소진의 가슴이 얼마나 철렁하였던가. 이렇게 살아 있는 윤 회장을 보니 마음 한편으론 다행이라는 생각이 들었다. 가족이라곤 이 세상에 윤 회장과 자신 둘뿐이 없으니 소진은 윤 회장이 어떻게 됐을까 봐 무서웠다. 거기다 그동안 철없이 저지른 자신의 만행까지 생각하니 죄책감까지 한꺼번에 몰아쳤다.

"애비 안 죽는다. 걱정 말거라."

잔뜩 쉰 윤 회장이 소진의 손을 꽉 잡고 오히려 소진을 위로했다. 흐릿하게나마 웃고 있는 윤 회장의 얼굴에 소진의 가슴이 더욱 아팠다.

"정신이 드세요?"

윤 회장은 미세하게 고개를 끄덕였다.

"쉬고 싶구나."

소진은 윤 회장의 손을 내려놓고 병실에서 나왔다. 회진에서 돌아온 김 박사가 소진을 알아보았다.

"소진이 아니니?"

"네. 박사님, 우리 아빠 어때요?"

"잠깐 정신을 잃고 쓰러지신 것뿐이다. 원래 혈압 높은 양반이라 조심하라고 그렇게 일렀건만."

김 박사는 고개를 내저으며 병실을 흘깃 쳐다보다 입을 다물었다. 조용히 듣고 있던 준이 물었다.

"그럼 회장님께서는 깨어나시면 괜찮으신 겁니까?"

"당분간은 집에서 쉬시면서 안정을 취하면 괜찮을 것 같습니다.

절대적 안정이 중요하니 당분간은 업무를 못 보는 한이 있어도 쉬셔야 합니다. 스트레스에다 과로까지 겹쳐서 자칫 잘못하면 정말 황천길에 가는 수가 있어요."

김 박사는 단단히 겁을 주며 소진에게 인사하곤 곧 자리를 떴다. 그제야 소진은 진정이 되어 의자에 쓰러질 듯 주저앉았다.

"아가씨, 들어가십시오. 여긴 제가 있겠습니다."

"아빠가 저렇게 누워 계신데 제가 어떻게 마음 편히 집에 가겠어요? 저도 여기 있을래요."

김 실장은 준에게 시선을 돌렸다.

"여기까지 같이 와주셔서 감사합니다."

"아닙니다."

"그럼 이만 가셔도 좋습니다."

"저도 같이 있겠습니다. 회장님은 저희 아버지의 절친한 벗인 분입니다. 그냥 집으로 돌아가면 부친께서도 크게 호통 치실 겁니다."

말을 마친 준의 시선은 소진을 향해 있었다.

"혼자 있는 게 마음에 걸리기도 하구요. 잠시만 같이 있다 가겠습니다."

준의 완고한 태도에 김 실장은 입을 다물었다. 하지만 소진을 걱정하는 준의 표정엔 사적인 감정이 있음을 김 실장은 읽었다. 하지만 지금 논쟁할 상황이 아닌 만큼 잠시 뒤로 미루고 두 사람을 지켜보기로 했다. 조금 후, 마실 것을 사러 김 실장이 자리를 비웠다.

"정말 다행이야. 내가 뭐랬어. 괜찮을 거라고 했잖아."

소진은 고개를 끄덕이며 이제야 미소를 보였다. 준은 소진의 손을 잡으며 어깨를 감싸 안았다.

"고마워요. 이사님."

준이 내민 따뜻한 손길이 무엇보다 소진에겐 큰 위로가 되었다. 혼자 있었으면 무서웠을 병실 앞을 같이 지켜준다는 준의 마음이 너무 고마웠다.

"아까 병실에서 아빠 얼굴 보는데 죄송한 거 있죠."

준은 가만히 소진의 얼굴을 바라보았다.

"이렇게 힘들게 아빠가 번 돈으로 흥청망청 내 돈마냥 쓰고 다닌 게 죄송하고……. 병실에서 잠깐 본 아빠 얼굴이 원래 이렇게 야위어 있었나 불과 며칠 만에 보는 아빠 얼굴이 너무 안됐다 싶은 게 내가 참 불효녀구나. 이런 생각이 들었어요."

"우리 소진이 이제 철이 든 거야?"

"나 그동안 너무 못된 것 같아요."

자꾸 핼쑥한 윤 회장의 얼굴이 눈에 아른거리며 소진의 가슴을 쿡쿡 찔렀다. 처음으로 지난날에 대한 죄책감이 고개를 들고 있었다. 윤 회장이 죽을 수도 있다는 생각이 든 처음, 가슴이 철렁 내려앉아 세상이 끝난 것 같은 기분을 느낀 소진은 죄책감을 떨쳐낼 수가 없었다.

"원래 부모에게 자식은 웬수라잖아. 나도 그런데 뭐. 그래도 부모에게 자식은 절대적인 거야. 자식이란 이유로 절대적인 사랑을 줘야만 하는 대상이라고 해야 할까?"

그 말을 하면서도 준은 서 교수를 떠올렸다. 외롭게 독거노인으로 늙어 죽는다는 악담을 퍼붓는 서 교수에게도 자신도 절대적인 거겠지.

"이사님."

"그러니까 너무 그런 얼굴 하고 있지 말라고. 요즘 수명이 꽤 길어져서 백 살까진 거뜬하다고 하니까 그때까지 당신이 회장님께 잘못한 거 효도하면 되잖아?"

"네. 그럴게요."

혼자 말고 둘이.

준은 차마 입으로 하지 못한 말을 표정으로 대신했다.

아침 식사를 마치고 티슈로 입 주변을 닦기가 무섭게 소진은 물과 약을 내밀었다. 싫은 표정으로 약을 받아 입에 털어 넣곤 물을 단번에 들이켰다.

"잘했어요."

어린아이 달래듯 소진은 준비해 둔 오렌지 맛 사탕을 까서 윤 회장의 입속에 넣어주었다. 윤 회장은 이런 소진이 이상하면서도 그래도 싫지 않은 눈치였다.

"징그럽게 왜 이러냐."

사탕을 한쪽 볼에 밀어 놓곤 윤 회장이 가자미눈으로 소진을 흘겨보았다.

"왜 이러긴요."

"그동안 사고 친 건 아니고?"

"아빠!"

허허. 윤 회장은 기분 좋은 웃음을 입에 머금고 있었다. 소진도 한결 편안해진 얼굴로 윤 회장을 바라보았다. 농담을 하는 거 보니 이제 기운을 차린 것 같아 한결 마음이 놓인다. 그나저나 아침이 돼서야 출근한 준이 걱정이 되기 시작했다. 본인은 한잠도 못 자고 자신을 위해 밤새 어깨를 내어주다 출근해서 일이 손에 잡힐 리가 없었다. 오늘은 집에 가서 푹 쉬라고 얘기했는데 또 병원에 올까 봐 걱정이 되기도 했다.

"윤 회장, 기분이 좀 어떤가."

김 박사가 들어와 윤 회장의 안색을 살피며 물었다. 소진은 일어나 고개를 숙여 인사했다.

"답답하네."

"회사에 있어야 할 사람이 병원에 있어서인가?"

"그런 이유도 있고. 병원이 좀 답답한 것 같네."

"그럼 오후엔 산책이나 하지 그래?"

윤 회장은 힐끔 김 박사를 쳐다보았다. 그 의미가 무엇인지 알기에 김 박사의 표정이 험악하게 변했다.

"안 된다네. 어차피 자네는 회사에 가봤자 사인밖에 더하지 않은가? 일은 직원들이 다 알아서 할 터이니 좀 쉬게."

"누가 뭐랬나? 허참."

"소진이에게도 말했지만 절대 안정이네. 퇴원 후에도 잠시 동안은 휴식을 취하는 게 좋아. 다음에 또 정신 잃은 채로 병원 오면 그 길로 영안실에 갖다 버릴 테니 그리 알게!"

고집도 참 쇠심줄이란 말을 삼키며 윤 회장은 병실 밖으로 나가는 김 박사의 뒤통수를 바라보다 말았다. 젊을 때부터 줄곧 쉬지 않고 일했으니 하루 이렇게 쉬는 게 편치 않은 윤 회장이었다. 휴식이라는 걸 모르고 살았으니 어떻게 휴식을 취해야 할지도 모르는 사람이었다.

"김 박사님 저렇게 말 무섭게 하는 거 처음 봐요. 아빠 들었죠?"

"저게 친구한테 할 소리냐? 내가 저 영감 손에 영안실로 버려지기 싫어서라도 두 번 다시 안 온다."

"그러지 말고 김 박사님 말대로 밖에 나가서 산책이라도 해요. 하늘이 정말 맑아요."

윤 회장은 어린애처럼 입을 삐쭉 내민 채로 마지못해 소진의 손에 이끌려 병실 밖으로 나왔다. 밤새 진을 치고 있을 줄 알았던 기자들의 모습은 보이지 않았다. 푸른 하늘이 높기도 하고 정말 맑았다. 소진은 윤 회장과 함께 벤치에 앉았다.

"퇴원하고 한 달 정도는 집에서 쉬세요. 정 아빠가 업무 보고를 받아야겠으면 집에서 하시면 되잖아요. 회장이 오라는데 자기들이 안 올 거야?"

"알았다. 너까지 잔소리냐?"

윤 회장에게 대답을 듣고 나서야 소진은 밝게 웃었다.

"아빠, 날씨 참 좋죠?"

"그러게 말이다. 하늘이 정말 맑구나. 참 오랜만이야."

"앞으로는 일만 하시지 마시고 여행도 다니고 그러면서 지내요. 생각해 보니까 아빠랑 여행 간 적은 한 번도 없었던 것 같아."

윤 회장은 씁쓸하게 웃었다. 지금까지 일만 하며 소진에겐 오로지 공부만 가르쳤다. 결과적으론 소진은 강압적으로 하면 할수록 더욱 뻐딱해졌다. 자상한 아버지였다면 소진도 진작 마음의 문을 열지 않았을까 후회가 들었다.

"생각해 보마."

정말 오랜만에 윤 회장과 마주보며 대화를 나누는 것 같았다. 같이 하늘을 보는 것도 미소 짓는 것도 오랜만이었다. 이렇게 좋은 걸 왜 진작 하지 못했을까.

"회사 생활은 할 만한 거냐."

"할 만하던데. 내가 누구야? 윤소진이에요. 못한다고 징징거릴 것 같아요?"

회사에 와서 일하라는 윤 회장의 명령을 처음 들었을 때와는 다르게 소진은 의기양양한 표정을 지었다.

"난 아무리 딸이라고 안 봐준다. 공과 사는 철저히 하는 게 좋을 게다."

"네네. 회장님."

"준이 녀석은 잘해주고?"

"나쁘진 않아요. 아빠가 말했던 것처럼 나쁜 사람은 아니더라구."

"밤새 같이 있었다면서."

"이, 이사님이 아빠가 걱정된다면서 굳이 같이 있겠다고 고집을 부리더라구. 젊은 사람이 고집이 장난 아니에요. 말릴 수가 없었어."

소진은 자신과 준의 사이를 윤 회장에게 들킬까 봐 말까지 더듬었다. 다행히 윤 회장은 더 이상 묻지 않았다.

"아빠, 그런데 이사님 어때?"

"뭐가?"

"사위로서 어때요? 다른 뜻은 없고 친구 소개해 줄까 하는데 어른 보기엔 어떤가 궁금해서."

"널 줘도 아깝지 않은 녀석이다. 행실 바르고 능력 있고 누구보다 내가 믿는 녀석인데 당연히 하나뿐인 딸을 줘도 아깝지 않지."

분명 준에 대한 칭찬인 것 같긴 한데 칭찬이 좀 과하다 싶었다. 윤 회장은 준의 칭찬을 아끼지 않으면서도 표정이 흐뭇해 있었다. 표정만 봐도 얼마나 믿고 의지하는지 알 것 같았다.

"정말 그렇게 마음에 드는 사람이야?"

"그렇다마다. 네가 마음에 있는 건 아니고?"

"무, 무슨 소리야!"

정곡을 찔린 사람처럼 소진은 얼굴까지 빨개져서는 당황하고 말았다.

"준이 녀석 어릴 적에 어찌나 똑똑하던지 서 교수한테 나중에 내 사위 삼겠다고 우스갯소리를 한 적이 있었는데. 그게 벌써 언제냐. 시간 참 빠르구나."

"아빠."

"이제 들어가자꾸나."

소진은 벤치에서 일어난 윤 회장의 팔에 자신의 손을 끼워 넣었다.

준은 퇴근하자마자 병원으로 향했다. 병원에 도착해서 엘리베이터를 기다리던 준은 김 실장을 보고 아는 체를 했다.

"어디 다녀오십니까?"

"회장님 갈아입을 속옷과 퇴원하고 입고 가실 옷가지 몇 개를 챙겨 오는 길입니다."

"퇴원은 언제하십니까?"

"내일입니다."

준은 고개를 끄덕였다.

"퇴원 후 자택에서 업무를 보시겠군요. 일에서 손을 놓으실 분이 아니니까요."

"네. 그나마 다행입니다."

김 실장은 손수건으로 이마에 맺힌 땀을 닦아냈다. 그사이 엘리베이터 문이 열리자 두 사람은 안에 탑승했다. 병실 안으로 들어가자 윤 회장이 준을 보고 반가워했다.

"어제 밤새 있었다면서 또 온 게야?"

"괜찮습니다. 좀 어떠십니까?"

"난 괜찮네."

"회장님이 병원에 계신 건 소수의 임원들에게만 알렸습니다. 괜히 어려 사람들 입에 오르락내리락해서 좋을 건 없을 것 같아서요."

"잘했네. 그렇지 않아도 밤새 기자들이 지키고 있을까 봐 걱정했네. 멋대로 기사 써서 주식이나 직원들 사기에도 좋지 않으니 말이야."

윤 회장의 말에 준이 고개를 끄덕이며 대답했다.

"네. 맞습니다."

윤 회장과 준이 대화를 나누는 사이 소진이 병실 안으로 들어왔다. 꼬박 밤새고 아무렇지 않은 얼굴로 병실에 오다니, 도플갱어가 아니고서야 사람이 어떻게 그럴 수 있겠는가.

"오셨어요?"

소진은 냉장고에서 음료수를 꺼내 준에게 건넸다.

"고마워. 참, 내일까지 쉬고 다음 날부터 출근해."

"그럴게요."

"회장님, 그럼 이만 가보겠습니다. 몸조리 잘하십시오."

준이 고개를 까딱하며 윤 회장에게 인사를 하고 병실 밖으로 나가려던 찰나 뭔가 생각났다는 듯 몸을 뒤로 돌렸다.

"윤소진 씨, 내가 시킨 건 어디까지 진행됐지? 잠깐 나 좀 볼까?"

준의 말뜻을 이해 못한 소진이 고개를 갸웃거리다 뒤늦게 준의 의도를 눈치채곤 윤 회장의 눈치를 보았다.

"아, 그거요? 잠시만요."

어디까지 했더라, 소진은 혼잣말까지 하며 병실을 나서는 동안 연기에 몰입했다. 병실에서 나오자 기다렸다는 듯 준이 소진의 손을 잡았다.

"김 실장 나오면 어떻게 해요?"

"잠깐 얼굴 좀 보자."

준이 소진의 손을 끌고 간 곳은 휴게실이었다. 준은 소진을 가만히 품에 안았다.

"퇴원해서 내일은 푹 쉬어. 회장님 간호하느라 쉬지도 못했을 거 아냐."

"괜찮아요."

"저녁은 먹었어?"

"아, 그러고 보니 벌써 저녁 시간이네."

소진은 이제야 생각났다는 반응이었다. 이러니 그냥 두고 갈 수가 없었다. 끼니도 제때 챙겨 먹지도 못하는데 걱정돼서 발걸음이 차마 떨어지지 않는다.

"밥이라도 먹는 거 보고 가야겠다."

"알아서 먹을게요."

"잘도 그러겠다. 어차피 나도 저녁 전이니까 매점에서 간단하게 배라도 채우는 것도 나쁘진 않겠지?"

"그러다 김 실장 눈에 띄기라도 하면 어쩔려구요?"

"회장님 눈치까진 어떻게 참아보겠는데 김 실장님 눈치까지 봐야 하나? 볼 테면 보라지, 뭐."

준은 큰소리 치며 다시 소진의 손을 잡고 1층 매점으로 내려갔다. 소진은 테이블에 앉혀놓고 준은 라면과 김밥을 주문했다. 단무지와 정수기에서 따른 물 컵을 가지고 자리로 오자 소진이 풋 하고 웃었다.

"왜 웃어?"

"나 이런 데 처음 와보거든요. 매점에서 분식거리 사 먹고 이런 거 한 번쯤은 해보고 싶다는 생각했었는데 병원 매점에서 라면과 김밥을 먹을 줄이야. 생각하니까 웃겨서요."

"학교 매점도 가보고 싶어? 그럼 가든가. 어려울 것 없잖아."

"한 번이면 족해요. 사양하겠어요."

두 사람이 잠깐 대화를 나누는 사이 라면과 김밥이 나왔다. 각자 앞에 놓인 라면을 호호 불며 젓가락질을 신나게 하고 있었다. 사이좋게 서로의 입에 김밥을 하나씩 넣어주었다.

"아빠가 이사님 굉장히 좋아하시던데요? 어떻게 구워삶으셨어요?"

"말 본새 하고는. 구워삶다니? 타고난 거지."

"아빠가 이사님 보고 하나뿐인 딸을 줘도 아깝지 않을 녀석이라고 하더라구요."

준은 그 말에 놀라 젓가락질을 멈추었다.

"표정이 왜 그래요?"

"아니. 처음 듣는 얘기라서."

"어릴 적 이사님이 똘똘해서 사돈 맺자고 우스갯소리로 했다고도 하던데요? 도대체 몇 살 때부터 울 아빠 마음에 든 거야?"

"태어날 때 울음소리가 우렁차다며 마음에 든다고 하셨다지. 그럼 태어날 때부터인가?"

"어우, 얄미워."

대놓고 잘난 척을 하는 준의 행동은 이미 소진이 예상한 대로였다. 겸손 떨며 가식적인 모습보다 이쪽이 훨씬 좋았다.

"어쨌든 그 말을 하는 이유는 부딪쳐 보자는 건가?"

"혹시라도 아빠의 덫에 걸려 외국으로 영영 쫓겨나게 될지도 모르지만, 그래도 이만큼 좋아하는 사람 또 만날 거란 보장 없으니까요."

"말을 해도 참 험악하게 한다. 쫓겨나긴 누가 쫓겨나? 내가 당신 외국으로 쫓겨나게 가만히 지켜보고 있을 것 같아?"

"아뇨."

소진은 혀를 쏙 내밀었다. 그 모습에 준은 상황이 소진의 의도 대로 흘러가고 있는 것 같은 기분이 들었다.

"회장님께 허락받고 공식적으로 연애하는 거 숨어서 하는 것보다 낫겠지. 나도 당신처럼 이만큼 좋아하는 여자 또 만날 수 없을 것 같거든."

준은 말을 마치는가 싶더니 짓궂은 표정으로 말을 이었다.

"이 말을 기다렸겠지?"

"빙고."

"회장님 이제 내일 퇴원이셔. 천천히 생각해 보자. 그러다 충격 받고 쓰러지기라도 하면 큰일이라고."

소진도 알고 있는 사실이기에 고개를 끄덕였다.

"알고 있어요."

"……집에 가기 싫다."

라면을 마저 다 먹으면 집에 가야 한다는 사실에 준은 금세 시무룩해졌다. 집에 갔을 때 소진이 반갑게 맞아주었으면 얼마나 좋을까.

"내일 지나면 회사에서 매일매일 볼 수 있어요."

"회사에서만 말고 집에서도 보고 싶다고."

"엉큼해."

싫지 않은 미소를 지으며 소진은 라면을 후루룩 먹었다. 시켜놓은 라면은 먹지도 않고 준은 한참 동안 소진의 얼굴을 바라보았다. 오물조물 라면을 먹는 입술도 참 예쁘고, 젓가락질 하는 손은 가느다란 게 한 번 툭 치면 부러질 것처럼 앙상해서 제 손으로 먹여주고 싶게 만든다. 예쁘다, 그냥.

"왜 자꾸 쳐다봐요? 라면 먹어요. 불어요."

"다 먹었어."

"아직 많이 남았는데요? 먹지도 않았네, 뭐. 내가 그렇게 예뻐요? 아주 눈 돌아가겠던데요?"

"어쭈? 무슨 자신감이신가?"

"이사님이 그랬잖아요. 자신한테 그렇게 자신이 없냐고. 그래서 자신감 좀 가져보려구요. 나 좋아하는 사람 앞에선 괜찮잖아요."

헤헤, 하고 소진이 웃었다. 그 모습에 절로 준은 손을 소진의 뺨에 가져다댔다. 마지막 남은 김밥 두 개는 하나씩 나눠 먹고 자리에서 일어났다. 주차장까지 소진은 준을 배웅했다. 준은 헤어지는 게 못내 아쉬워 소진과 잡은 손을 못 놓고 있었다.

"시간 너무 빼앗았다. 그만 들어가."

"운전 조심히 해요."

고개를 끄덕이며 준은 소진의 볼에 짧게 입을 맞추고 떨어졌다. 준이 남겨놓은 흔적에 소진은 저절로 미소가 지어졌다.

오랜만에 집에 온 윤 회장은 한결 살겠다는 표정이었다. 병원에 입원한 지 3일이 30년 감옥 생활을 한 것처럼 답답하게 느껴졌다. 윤 회장은 마치 몇 달 집을 비운 사람처럼 현관에서 슬리퍼로 갈아 신고는 집을 이리저리 훑어보았다.

"집이 좋구나."

"그러니까 아프지 마세요."

"오냐."

안성댁은 윤 회장과 소진을 보며 반갑게 맞으며 수정과를 내왔다. 윤 회장과 소진은 안성댁이 내온 수정과를 한 모금 마시며 미소 지었다.

"역시 안성댁 수정과가 최고야. 병원에서 맛없는 병원 밥만 먹었더니 안성댁이 그리운 거 있지?"

"아무렴요. 점심 식사 준비 다 됐으니까 조금만 기다리세요."

안성댁은 분주하게 다시 주방으로 사라졌다. 윤 회장은 수정과를 한 입에 털어 넣고는 입맛을 다시고 있었다.

"아빠, 시장하시죠?"

"때 맞춰 밥 먹는 게 습관이 돼서 그런지 좀 그렇구나."

"근데 우리 아빠 흰머리가 많이 생겼네요. 염색 좀 하셔야겠어요."

소진의 말에 윤 회장은 손으로 머리를 만지작거렸다.

"그래?"

"어차피 오늘 할 일도 없는데 밥 먹고 10년은 더 젊어지게 염색해 드릴까요?"

"잘할 수 있겠어?"

영 미덥지 못한 눈으로 윤 회장이 눈을 흘겼다.

"염색하는 게 뭐가 대수라고. 걱정 마시고 딸한테 맡기세요."

크흠, 하고 윤 회장이 소진의 말을 못 들은 척 시선을 피했다. 그사이 안성댁이 식사 준비를 다 마쳤다. 안성댁이 차린 음식은 윤 회장이 좋아하는 갈비찜과 소진이 좋아하는 두툼한 계란말이가 메인 반찬으로 가운데 있고 나머지도 소진이 좋아하는 반찬들이었다.

"오늘 안성댁이 신경 좀 썼는데요?"

"그러게 말이다. 그냥 대충 한 수저 뜨면 되는 걸."

소진은 갈비 하나를 윤 회장 앞 접시에 놓아주었다.

"너도 얼른 먹거라. 밥 먹고 염색해 준다고 하지 않았느냐."

"알았어요."

젓가락질 하는 게 즐거울 정도로 오랜만에 보는 진수성찬에 소진은 저절로 미소가 지어졌다. 평소 같았음 다이어트한다며 반 공기는 늘 남겼는데 오늘은 한 공기를 깨끗이 비우곤 늘어지게 의자에 앉아 있었다. 컵에 물을 따라 윤 회장에게 약과 함께 건 냈다.

"이번 주까지 약 받아왔으니까 드셔야 해요. 알고 있죠?"

알고 있음에도 소진의 잔소리에 얼굴을 찡그린 윤 회장은 약을 받아 꿀꺽 삼켰다. 윤 회장은 양치를 한 후 의자에 앉아 염색을 해 줄 미용사를 기다렸다. 그사이 소진은 염색약을 잘 섞어 가지고 욕실로 들어왔다. 비닐 옷에 귀마개까지 씌우는 것으로 준비 완료 했다. 핀으로 머리를 들어 올려 속에 있는 머리카락부터 염색약을 바르기 시작했다. 뒷머리부터 옆머리까지 소진은 한 가닥 한 가닥 장인의 손길로 열심히 염색을 했다.

"여기 안 발렸다."

"거긴 조금 있다 할 거예요."

윤 회장은 뭔가 마음에 들지 않은 듯 입을 다물었다. 염색을 다 마친 후 소진은 뿌듯한 얼굴을 했다.

"이십 분 뒤 머리 감으시면 돼요."

"알고 있다. 염색 잘된 건지 모르겠구나. 김 실장 시킬 걸 그랬나."

뒤늦은 후회를 하며 윤 회장은 거울로 머리를 살폈다.

"에이, 김 실장보다는 그래도 내가 낫지. 저번에 보니까 염색 안 된 데 있던데."

"크흠."

윤 회장은 더 이상 말하지 않고 거실에서 신문을 펼쳐 보고 있었다. 염색약 때문인지 두피가 가려워 참을 수가 없었다. 손으로 머리를 만지려고 할 때마다 소진이 제지를 했다. 이십 분이 지난 뒤 윤 회장은 욕실로 들어가 머리를 감고 수건으로 머리를 털었다. 소진은 드라이기로 머리를 말려 주며 빗질을 했다.

"잘됐냐?"

"잘됐네. 김 실장보다 열 배는 더 낫지?"

윤 회장의 표정이 점점 굳어지고 있었다. 겉 머리는 잘되었는데 머리를 빗을 때마다 속에 있는 흰 머리가 보였기 때문이다.

"도대체 염색을 어떻게 했길래 이 모양이냐?"

"어차피 속에 있는 머리는 잘 안 보여서 괜찮아요."

"네 머리 아니라고 그런 말하는 거냐?"

소진은 뒷머리를 긁으며 멋쩍게 웃었다. 염색하는 뽐새만 그럴싸했지, 처음해 보는 염색이라 반신반의하면서 했던 것이다.

"다음엔 잘해줄게요. 하하!"

"이 녀석이. 애비를 놀려?"

머리 손질을 하고 거실로 나오자 안성댁이 과일을 내왔다.

"회장님, 십 년은 더 젊어 보이시네요. 진작 하시지."

"놀리는 게요?"

안성댁의 진심을 오해한 윤 회장은 눈썹을 치켜 올리며 불편한 기색을 보였다. 듬성듬성 보이는 흰머리가 꼭 브리지를 한 것처럼 눈에 거슬렸다. 안성댁은 손을 흔들며 진심 어린 눈빛으로 호소했다.

"놀리다니요. 정말 멋져 보이십니다."

"안성댁이 빈말하는 사람이에요?"

"미용사 실력이 생각보다 쓸 만하구만."

크흠, 기침을 하며 윤 회장은 거울로 재차 머리를 살피며 그래도 마음에 드는 눈치였다.

"이번 주 주말에 준이 보고 저녁 먹으러 오라고 해라."

"누구요?"

"준이 말이다."

소진은 사과가 목에 걸린 것처럼 헛기침을 했다. 갑자기 윤 회장의 입에서 준의 이름이 나오는 것과 동시에 저녁을 먹으러 오란 말에 소진은 놀랄 수밖에 없었다.

"왜요?"

"왜긴. 애비 병원에 입원한 날도 너와 같이 있어 주고 회사 일도 신경 써줬으니 같이 저녁 한 끼 하려고 그러지. 뭐 잘못된 게야?"

"그, 그건 아니지만. 그냥 오붓하게 두 분이서 밖에서 저녁 하시는 건 어때요?"

"뭐 찔리는 거라도 있어? 사고 쳤어?"

"아빠 내가 사고만 치고 다니는 줄 알아?"

"그렇게 전해라."

"네."

오히려 이유를 묻는 소진을 이상하게 쳐다보는 시선과 함께 타박이 이어졌다. 감히 누구 말인데 전하지 않겠는가. 소진은 이상하게 가슴이 두근거렸다. 집에서, 그것도 윤 회장과 셋이 저녁식사라. 그림 참 볼 만하겠는데.

15.
그대와 영원히

임원들이 한 차례씩 집에 다녀간 후에 소진이 윤 회장의 외동딸이란 사실을 알아 버렸다. 긴 시간 동안 숨기려고 했던 윤 회장의 의도는 아니었지만, 집으로 병문안 와서 가족사진을 보고 알게 하다니 너무 허무하다는 생각이 들었다. 임원들에게 각별히 입조심하라고 일러두었지만, 아래 직원들이 알 정도로 이미 알 만한 사람들은 소진이 회장의 딸이라는 사실이 금세 퍼졌다. 의도한 바는 아니었지만 처음부터 숨겼으니, 뒤늦게 사람들의 시선을 받는 게 소진은 부담스러웠다. 출근해서 엘리베이터를 기다릴 때나 화장실에서도 그렇고 사람들은 틈만 나면 하는 얘기는 바로 식세센스에 버금가는 반전이라는 얘기였다. 강 대리의 반응도 예외는 아니었다. 처음에 강 대리는 소진을 처음 만나는 사람처럼 어려워했으나 편하게 예전처럼 대하라는 소진의 말에 강 대리도 노력하고 있었다. 그나마 유일하게 회사에서 소진과 친분이 있었던 사람은 강 대리뿐이라 잃고 싶지 않았다.

점심 식사를 하고 옥상에서 준과 소진은 믹스 커피를 한 잔씩 들고 바닥에 앉았다. 사람들의 눈을 피하면서 같이 있을 수 있는 장소는 옥상뿐이었다. 회사 내 흡연실도 따로 마련되어 있고 테라스까지 구비되어 있는 덕에 옥상 휴게실 출입이 없었다. 커피를 홀짝이던 소진은 바람이 흩날리는 머리카락을 매만졌다. 그런 소진을 준은 사랑스럽다는 듯 바라보고 있었다.

"수상하지 않아요?"

밑도 끝도 없이 툭 던진 소진의 말에 준이 고개를 갸웃거렸다. 준의 반응에 소진은 불만스러운 표정으로 말을 덧붙였다.

"우리 아빠 말이에요."

"왜?"

"모르는 척하기에요?"

"저녁 한 끼 하자고 하는 것에 너무 많은 의미를 부여하지 말라고."

소진은 여전히 갑작스럽게 주말에 준과 저녁을 하자고 부른 것에 대해 미심쩍은 기분이 들었다. 정말 준의 말대로 순수하게 저녁 한 끼 하려는 것일까.

"우리 아빠 그럴 양반이 아니에요. 지금까지 김 실장 빼곤 집에서 같이 저녁 식사 한 사람 없었는걸요?"

"그럼 기뻐해야 하는 상황인 건가?"

실없는 준의 농담에도 소진은 맞장구쳐 주며 웃을 기분이 아니었다. 뭔가 꿍꿍이가 있는 것 같아 소진은 윤 회장의 속을 간파하려고 이리저리 애를 써 보았으나 소용없었다.

"농담이 나와요?"

"그렇게 신경 쓸 필요 없다고."

"이사님은 우리 아빠를 몰라서 그래요. 어쩌면 아빠가 눈치챘을지도 몰라요."

"우리 사이를?"

소진은 침통한 표정으로 고개를 끄덕였다.

"그동안 고마웠어요. 그날이 최후의 만찬이겠죠?"

"죽으러 가냐?"

"우리 어디 도망갈까요?"

뭔가 기발한 묘책이라도 떠오른 사람처럼 소진은 눈동자를 반짝였다.

"물색해 둔 데 있어?"

"일단 짐부터 챙겨요. 생각은 나중에 해요."

공모자의 눈빛으로 소진은 짐짓 진지한 표정으로 말을 덧붙였다.

"아빠한테 카드 다 빼앗겨서 융통할 수 있는 자금이 부족하니까 일단 이사님이 돈 좀 융통해 줘요. 일단 생각하는 즉시 빨리 행동으로 옮기는 게 중요해요. 고민하는 사이 공항에 날 잡으러 오는 사람들이 쫙 깔렸을지도 몰라요."

지금까지 윤 회장의 눈을 피해 어떻게 도망 다녔는지 알 만했다. 말이 끝나기가 무섭게 도망갈 계획을 철저히 세우는 소진의 모습에 감탄이 나오면서도 한심하기 그지없었다. 도망이라니? 나이 서른여섯 먹고 사랑의 도피라니. 요즘 시대에 어울리지 않게 시대에 뒤떨어지는 시대착오적 발상이었다. 준은 긴 손가락으로 소진의 이마에 딱밤을 때렸다. 이마를 감싸고 소진은 원망스러운 눈빛으로 준을 노려보았다.

"차라리 잘됐네. 회장님께서 먼저 아신다고 해서 달라질 게 있나?"

"그래도."

"날 굉장히 높이 평가하며 하나뿐인 딸을 줘도 아깝지 않을 녀석이라 칭하지 않았던가?"

"그래서요?"

소진의 물음에 준은 굉장히 자신감에 넘친 표정으로 웃었다.

"회장님께 하나뿐인 딸 달라고 하지 뭐."

"정말요?"

"못할 것도 없잖아."

"우리 아빠 만만치 않은데."

소진은 우려의 목소리로 말했다. 절대 호락호락하실 양반이 아니었다. 소진은 고등학교 때 있었던 사건을 지금도 잊을 수가 없었다. 등굣길에 매일 자신을 따라다니던 남학생을 조용히 따로 불러 경고했던 적도 있고 말을 잠깐 섞었던 남학생 또한 똑같은 처사를 받아야 했다. 나중에 이 일을 알고 윤 회장에게 항의를 했지만 통할 리가 만무했다. 거기다 소진은 회사와 영향력을 행사할 수 있는 집안과 결혼해야 했다. 거기까지 생각하자 소진은 걱정이 앞섰다. 준과 헤어지게 될까 봐, 다시는 못 만나게 될까 봐 두려웠다.

"나도 만만치 않아. 어차피 회장님께 말하려고 했었잖아. 조금

앞당겨졌다고 생각해."

"배짱 하나는 마음에 드네요."

"배짱만 좋은 게 아냐. 뭐, 회장님께서 당신에게 미끼를 던진 건지도 모르지만, 그게 아니라면 반대하지는 않게 만들겠어."

"미끼?"

소진은 아차 싶었다. 윤 회장이 던진 미끼를 소진이 덥석 문 것이었을까?

걱정스러운 소진의 표정을 읽은 준은 그녀의 뺨을 어루만졌다.

"그런데 회장님께서는 원래 날 좋아하셔."

"너무 자만하는 거 아니에요?"

"자만이 아니라 자신감이지."

"그런 자세 좋아요."

소진이 싱긋 웃었다. 걱정 가득한 얼굴로 마주하는 소진의 마음이 내내 마음에 걸렸던 준은 그제야 한시름 놓은 얼굴로 소진을 바라보았다.

"그런데 괜찮아?"

"뭐가요?"

"시치미 떼긴. 첩보 작전으로 숨겼던 회장님 외동딸 신분이 탄로 났잖아."

"언젠간 알았을 일인데요."

"그러고 보면 노친네들이 입 하나는 무지 가벼워. 회장님이 그리 신신당부했는데 며칠 만에 소문이 퍼지다니 말이야."

쯧쯧 혀를 차며 준은 함부로 입을 가볍게 놀린 고위 임원들에게 화가 나는 얼굴이었다. 이제 겨우 회사 생활에 적응해 나가고 있는 소진이 받았을 사람들의 시선은 그리 달갑지 않았을 것이다. 거기다 뒤에선 아버지의 지위에 힘입어 고속승진 하는 것이 아니냐는 등, 신입 사원 급여의 몇 배를 뒷주머니로 챙긴다는 헛소문까지 돌고 있었다. 그 소문을 소진도 알고 있을 터였다. 하지만 소진의 내색하지 않고 아무렇지 않은 표정과 행동이 오히려 준의 마음에 걸렸다.

"그러니 아빠의 신임을 얻지 못하는 거겠죠."

"강 대리는 어때?"

"절 어려워하는 것 같아요. 당연히 그러겠죠. 예전처럼 편하게 말하기 쉽지 않을 테죠."

"그래도 강 대리와 제일 친하지 않았어?"

시무룩한 얼굴로 소진은 고개를 끄덕였다.

"걱정 마. 시간이 지나면 괜찮을 거야."

"네."

햇살보다 더 따뜻한 얼굴로 준이 소진을 바라보았다. 준이 옆에 있어 주는 것만으로도 소진은 기운이 났다.

♥ ♡ ♥

"어쩐지. 그럴 줄 알았어."

"특채로 들어왔다더니 특채는 무슨. 아니, 맞는 말이네. 아버지 빽으로 들어왔으니."

"그럼 월급도 나보다 많겠지? 난 여기 3년차인데 아직도 승진을 못했다고. 억울해."

"원래 자기 가족끼리 다 해먹는 거라잖아. 쥐뿔 능력도 안 되면서 누군 좋겠다. 아버지 잘 만난 덕에 미래 걱정은 없잖아? 우리 같이 빽 없는 사람은 주임만 달다 끝나는 거라고."

 듣자 듣자 하니 정말 못하는 말이 없었다. 빽과 능력을 운운하며 휴게실에 앉아 한가로이 잡담을 하는 여직원들의 입에선 소진의 뒷담화가 이어지고 있었다. 자신이 들어도 이렇게 화가 나는데 소진이 직접 들었다면 얼마나 상처를 받았을지 알 만했다. 임원 회의를 마치고 나휴게실 앞을 지나다 여직원들의 뒷담화를 직접 듣지 못했다면 얼마나 사태가 심각한지 모르고 있었을 것이다. 꺄르륵거리며 여직원들의 웃음소리가 이어지자마자 준은 휴게실 문을 벌컥 열곤 이글거리는 눈빛으로 그녀들의 얼굴을 한 명씩 훑어보았다.

 "이, 이사님!"

 여직원들은 준의 등장에 놀라 당황한 얼굴로 자리에서 일어나 준에게 꾸벅 인사를 했다.

 "지금 업무 시간 아닌가?"

 "네. 머리가 아파서 일하다 잠깐 쉬고 있었습니다."

 한 여직원이 용기를 내어 하는 말은 변명에 지나지 않았다. 조금 전까지 신나게 떠들고 있던 사람이 할 말은 아닌지라 준은 픽, 저도 모르게 웃었다.

 "아픈 사람치곤 목소리가 너무 커서 지나가는 사람 발길을 잡아끌었군."

 "예?"

 "아니면 뒷담화하는 걸로 스트레스를 풀고 나니 두통이 다 나은 건 아닌가?"

"그게 무슨?"

바짝 얼은 얼굴로 여직원들은 어찌할 바를 모르고 있었다.

"영업팀 여직원들이 이렇게 한가한지 몰랐군. 업무 시간에 휴게
실에 앉아 한가롭게 커피나 마시면 뒷담화나 하고 말이야. 그러니
여직 주임 자리에서 못 벗어나는 게 아닌가 하는 개인적인 생각인
데. 억울한가?"

발뺌하려던 여직원들은 사색이 되어 어찌할 바를 모르고 있었
다.

"억울해?"

"⋯⋯아, 아닙니다."

"나 외에 다른 사람이 내 직원 흉보는 건 못 참는 성격이라 한
번만 더 이런 말이 내 귀에 들어온다면 자네들 부장을 넘어서 그
윗선까지 올라가게 된다는 걸 명심하는 게 좋을 거야. 이런 일로
징계를 당하는 수모를 겪고 싶지 않다면 말이야. 경고가 아니라
충고니까 잘 새겨들어. 주임에서 벗어날 수 있는 기회를 주는 거
니까."

당장 영업팀에 가서 부장을 데려다가 직원 교육을 어떻게 시
켰냐고 문책하고 싶었지만 준은 한 번은 참기로 했다. 괜히 소
란스러워져 소진의 귀에 들어가는 것은 원치 않기 때문이다.
분을 삭이지 못한 얼굴로 준은 휴게실 문을 닫곤 홍보팀으로
걸음을 옮겼다. 소진에게 더 잘해줘야겠다는 생각이 절로 들었
다.

"회의 끝나셨어요?"

"응."

어째 기분이 안 좋아 보이는 준을 보자 소진은 방에 따라 들어가려다 멈칫하곤 탕비실에서 달달한 홍차를 한 잔 타서 준의 방에 들어갔다. 책상 위에 찻잔을 내려놓곤 준의 표정에 대답을 해주듯 입을 열었다.

"홍차예요. 기분 안 좋을 때 먹으면 좋아요."

"내가 기분 안 좋은 건 어떻게 알았어?"

"얼굴에 다 쓰여 있거든요. 나 건들지 마, 이렇게."

준은 머쓱한 얼굴로 손으로 얼굴을 쓸었다. 그리곤 어렵게 말을 꺼냈다.

"회사 그만두는 거 어때?"

"네? 회사를 그만두라구요? 나 자르는 거예요?"

소진은 화들짝 놀란 얼굴로 울상을 지었다.

"그게 아니라…… 이미 사람들도 당신이 회장님 딸이라는 걸 알아 버렸으니 회사 출근해서 사람들 보는 거 불편할 거 아냐."

"그런 거라면 괜찮아요. 그런 말들 시간 지나면 사라져요."

"하지만……."

내가 괜찮지 않다고, 이 바보야.

준은 말하려다 입을 꾹 다물었다.

"사람들 하는 말 때문에 그래요? 괜찮아요. 사실인데요. 아빠 빽으로 회사에 들어왔고 와전된 말들도 있긴 한데 사실이잖아요. 아빠가 회장님 아니었으면 내가 어떻게 이 회사에 들어올 수 있었겠어요?"

"윤소진."

너무 당차게 말을 하니 더 이상 준은 권할 수가 없었다. 차라리 힘들다고 징징댔으면 위로라도 해주었을 텐데 아무렇지 않게 말하는 소진을 보자 그럴 수도 없었다. 많이 변했다. 예전의 그녀였으면 어쩌면 그가 말하기도 전에 회사에 출근하지 않았을 것이다. 그런데 제 스스로가 회사에 출근하겠다고 하는 걸 보면 예전의 소진이 아니었다.

"알아요. 나 능력도 없고 끈기도 없고 의지도 없는 거. 그런데 지금 이렇게 아빠 아픈데 나까지 회사 그만두면 회사 지킬 사람 없잖아요. 나라도 있어야지. 아빠 다시 복귀하면 그때 다시 생각해 볼게요."

준은 말없이 고개를 끄덕였다. 소진의 머리를 쓰다듬으며 괜히 자신이 뿌듯해졌다.

잘 컸네, 윤소진.

"그래, 대신 힘들면 나한테 투정부려."

"내가 뭐 어린앤가요?"

투정이란 말에 소진은 저절로 샐쭉하게 준을 쳐다봤다. 자꾸 어린애 취급하는 준의 행동이 마음이 들지 않았다.

"그 성깔 받아줄 사람 나 말고 또 누가 있을 것 같아?"

"모르는 말씀."

한쪽 눈을 찡긋이며 소진이 웃었다. 그 웃음의 의미를 모르는 준은 슬슬 기분이 나빠지려고 하고 있었다.

"지금까지 내 짜증과 신경질을 받아준 사람은 김 실장이었어요. 지금 생각해 보니 조금 미안해지려고 해요."

"왜?"

"내가 조금 못되게 굴었거든요."

차마 정강이를 걷어차며 심한 말을 했다고는 말할 수 없었다. 하지만 준은 그녀의 악행은 굳이 입으로 말하지 않아도 눈치채고 있었다.

"앞으로 또 그럴 거야?"

"아뇨. 안 그래요."

배시시 웃는 그녀가 어쩜 이렇게 사랑스러울 수 있을까.

"앞으론 나한테 해."

"정말요?"

"그럼."

"나중에 후회할 텐데."

영 미덥지 못한 얼굴로 소진이 혼잣말하듯 중얼거렸다.

"후회 같은 거 안 해. 앞으론 나한테 투정 부리고 힘들면 기대고 그래."

"좋아요. 그때 가서 귀찮다고 하기 없기예요?"

"당연하지."

준은 뒤늦게 그녀가 내온 홍차를 한 모금 마셨다. 사르륵 목으로 넘어가는 부드러움과 달콤함이 입안을 감쌌다.

"좋다."

"안성댁이 찻잎을 구해서 만든 거예요."

"그래서 그런지 향이 좋은데. 그런데 홍차가 원래 이렇게 단맛이 강한 건가?"

차 종류를 많이 접하지 않은 준은 그래도 홍차 티백이 아닌 이상 단맛이 강한 차가 아니란 것쯤은 알고 있었다. 소진은 어색한 미소를 얼굴에 걸어둔 채 머리를 긁적였다. 차마 설탕을 한 수푼이나 넣었다고 말할 수는 없었기 때문이다.

"글쎄요. 안성댁이 만들어서 저도 잘 모르겠네요."

"어쨌든 잘 마실게."

"기분 안 좋은 날 말씀하세요. 달달한 홍차 한 잔 내드릴 테니."

"나한테도 당신뿐이군."

어느새 소진과 준은 힘들 때 서로에게 힘이 되고픈 정도로 가까워져 있었다. 사랑하면 원래 이렇게 변하는 건가. 이런 자신이 참 우습다. 사랑이라는 이유로 사람이 변하니 말이다. 꼭 광대 같다.

"오고 있어요?"

—응. 그런데 회장님 뭘 좋아하시나?

"술을 좀 하시긴 하는데 혈압 때문에 마시면 안 돼요."

—역시 내 생각이 맞았군.

"설마 약주 준비했어요?"

—술 드시면 안 되는 혈압 환자에게 설마 그랬을까. 그렇다고 빈손으로 가는 건 예의가 아니고 말이야.

소진이 가슴을 졸이고 있을 때 준은 저녁 초대 선물을 고민하고 있었던 모양이다. 어차피 언젠가 윤 회장에게 허락받아야 할 관계였기에 윤 회장이 눈치를 챘건, 아니건 준은 관심 없었다. 원래 계획보다 조금 이르긴 하지만 오늘 폭탄을 던져도 나쁠 것 같지 않았다. 윤 회장의 허락을 받아 낼 수 있을지는 장담할 수 없었다. 하지만, 그렇다고 반대한다는 보장도 없으니 한 번 해보는 거다.

"그럼 뭘 준비했는데요?"

—보면 알 거야.

"목소리가 꽤 신나 보이는데요?"

마치 이날을 기다린 사람처럼 준은 철저하게 계획된 준비를 실행에 옮기고 있는 듯했다. 소진은 그가 준비한 선물엔 관심 없었다. 그저 윤 회장이 왜 준을 불렀는지 그게 의문이었다. 그저 저녁 한 끼 하는 걸 너무 부풀려 생각하는 걸까.

—전쟁터에 나갈 땐 원래 마음 비우고 발걸음은 가볍게, 대신 양손은 무겁게. 그러니 신나 보일 수밖에.

"빨리 와요."

—그렇게 보고 싶어?

"전쟁터에 나 혼자 있게 하지 말라구요."

소진은 풋, 소리를 내며 웃었다.

—금방 갈게. 소진아, 사랑해.

준의 달콤한 고백에 소진은 얼굴이 붉어졌다.

"지각한 거 모면하려고 그러는 거 내가 모를 줄 알구요?"

—이런, 들켰네. 다 왔어.

참 이상한 일이다. 그와 통화를 끝내고 나니 소진은 불안감이 사라져 버렸다. 대신 그녀의 마음속엔 설레임이 자리 잡고 있었다.

사랑한다는 말이 이렇게 달콤한 말이었나?

소진의 귓가에 사랑한다고 속삭이던 준의 목소리가 윙윙거렸다.

나도 사랑해요, 말하지 못한 게 조금 아쉽기도 했다.

"그러고 보니 이러고 있을 시간이 없어."

소진은 서둘러 샤워를 하고 나와 드레스 룸에서 한참 동안 갈아입을 옷을 골랐다. 요 근래 백화점 구경을 못해서 그런지 유행이 지난 옷밖에 없는 것 같았다. 소진은 한참 고민 끝에 심플한 블랙 원피스로 갈아입은 뒤 투명 메이크업을 했다. 과하지 않은 장신구를 하고 거울에 비친 자신의 모습에 만족스러운 미소가 걸렸다.

똑똑.

─아가씨.

김 실장이 부르는 소리에 소진은 문을 열었다.

"왜요?"

김 실장은 소진의 모습을 위아래로 훑으며 물었다.

"외출하십니까? 조금 있으면 서 이사님 도착할 시간인데……."

"홈웨어에요."

"홈…… 뭐요?"

"비켜요."

소진은 소진의 말을 못 알아듣는 김 실장을 밀치고 1층으로 내려왔다. 신문을 보고 있던 윤 회장은 시계로 시선이 향했다.

"아직 도착하려면 시간 좀 남았어요."

"나도 안다. 그런데 어디 나가냐?"

김 실장과 같은 질문에 소진은 고개를 내저었다.

"홈웨어에요."

"홈…… 뭐?"

"홈. 웨. 어. 딱 보면 모르시겠어요?"

어느새 윤 회장의 옆에 찰싹 붙어 김 실장이 고개를 저었다.

"모르겠습니다."

"집에 손님이 오는데 아무렇게나 하고 있을 수 있나요? 명색에 직장 상사인데 예의는 차려야죠. 아버지 얼굴에 먹칠할 수는 없는 일이기도 하고."

핑계를 대며 소진은 새침한 얼굴로 윤 회장의 안색을 살폈다.

"이미 먹칠은 할 만큼 했는데 더 남은 거냐?"

"아빠!"

큭. 입을 가리고 웃는 김 실장의 모습을 정확히 목격한 소진의 얼굴이 일그러졌다.

"김 실장, 그렇게 재밌으세요?"

"아, 아닙니다."

"아니긴. 그래, 맘껏 웃으세요. 그렇게 행복하게 웃을 날도 얼마 남지 않은 것 같으니."

소진은 혼잣말을 가장하여 김 실장의 밥줄을 쥐락펴락했다. 그제야 뜨끔한 김 실장이 구조 요청하듯 윤 회장을 바라보았고, 크흠, 하는 윤 회장의 기침 소리에 놀라는 사람은 소진이었다.

김 실장, 많이 컸네. 흥!

"서 이사가 조금 늦는구나."

다시 한 번 시계를 바라본 윤 회장이 걱정스러운 목소리로 말했다. 그사이 안성댁이 주방에서 나와 저녁 식사 준비가 다 되었음을 알렸다.

"곧 오겠죠."

조금 후, 초인종 소리에 안성댁이 인터폰을 받곤 윤 회장의 걱정을 씻겨주었다.

"서 이사님이세요. 회장님."

안성댁이 열어준 현관문을 열고 집으로 들어오는 준을 윤 회장은 반갑게 맞았다.

"조금 늦었구만."

"서두른다고 서둘렀는데 생각보다 차가 막혔습니다."

"오셨어요?"

소진은 손수 차 한 잔을 내오며 준에게 인사했다. 준은 고개를 끄덕이며 차를 마셨다.

"회장님."

준은 쇼핑백을 윤 회장에게 건넸다. 윤 회장은 쇼핑백을 건네받으며 물었다.

"이게 뭔가?"

"등산복입니다. 고혈압 환자에게 핵산 섭취도 중요하지만, 운동만큼 더 중요한 건 없다고 생각합니다."

"이런 것까지 생각하고 있었나. 그저 저녁 한 끼 하는 것뿐인데."

"부담 갖지 마십시오. 저희 아버지가 등산을 좋아하시는데 어머니께서 힘드셔서 등산을 못 다니셔서 불만이 많으십니다. 회장님께서 등산하신다고 하면 아버지께서도 무척 좋아하실 겁니다."

윤 회장은 등산복 한 벌을 꺼내보며 흡족한 미소를 지었다. 아들처럼 거기까지 걱정해 주는 모습에 든든하기까지 했다.

"고맙네. 다음에 꼭 서 교수와 같이 등산하러 가야겠구만."

"아빠, 이사님 시장하시겠어요."

소진은 윤 회장의 팔짱을 끼고 주방으로 들어갔다. 안성댁이 차린 푸짐한 식탁에 소진은 보는 것만으로도 배가 부르는 것 같았다. 준과 마주앉아 윤 회장이 수저를 들고 나서 소진도 수저를 들었다. 준과 마주앉아 얼굴을 보는 게 너무 좋아 소진의 입가엔 미소가 떠나지 않았다. 발을 뻗자 준의 다리에 소진의 발이 부딪쳤다. 순간 준과 스치듯 눈이 마주치자 소진이 살짝 미소를 지었다. 그에 대답하듯 준도 소진의 발에 제 발을 부딪쳤다. 고의적인 식탁 밑의 음밀한 행동에 준도 미소가 지어졌다.

"요즘 회사 일은 어떤가?"

"최근 신제품이 출시가 임박해지면서 공장 가동과 함께 박차를 가하고 있습니다. 홍보팀과 영업팀도 광고 촬영으로 한참 바쁠 시기입니다."

"아빠, 식사 중일 때는 식사만 하세요."

"알았다, 인석아."

소진이 말리지 않았다면 밥과 국이 다 식을 때까지 회사 얘기를 끝내지 않고도 남았을 것이다. 윤 회장은 허허, 어색하게 웃으며 식사를 했다. 소진이 준을 바라보자 준이 잘했다는 듯 고개를 끄덕였다. 마음 같아선 밥 위에 반찬을 얹어주고 싶은 마음이 굴뚝같지만 소진은 대신 자신 앞에 있는 부침개는 준 앞에 놔두고 대신 김치를 제 앞에 가져다 놓았다.

"김치 좀 가져갈게요. 아, 이것도."

부침개와 김치에 이어 생선조림과 콩나물을 바꾸기까지 했다.

윤 회장의 핀잔이 이어졌지만 소진은 전혀 개의치 않았다. 식탁 밑으로 준의 발을 톡톡, 건드리다 저도 모르게 소진은 실실 웃기까지 했다.

"실성한 게야?"

"아, 아뇨."

소진은 물을 벌컥 마시며 고개를 저었다.

"그나저나, 이 화상은 쓸 만한가?"

"누, 누가 화상이에요! 그리고 내가 물건이에요? 쓸 만하다는 표현은 듣기 그렇네요."

준 앞에서 대놓고 골칫덩어리 취급당하자 소진은 당황하며 얼굴을 붉혔다.

"처음엔 치워 버릴까 했는데 지금은 없으면 안 될 것 같습니다."

……없으면 안 될 것 같다라.

"내 딸이라고 점수를 후하게 주는 건 아니고?"

"결코 아닙니다."

"다행이군. 안 그랬음 이라크로 치워 버릴까 했는데 말이야."

"아, 아빠도 참."

"회장님."

준이 진지한 표정으로 윤 회장을 불렀다. 순간 소진은 준의 의중을 눈치채고 잔뜩 긴장한 얼굴로 준을 바라보았다.

"윤소진, 제게 주십시오."

순간 윤 회장의 눈이 커지며 놀라 입을 다물지 못했다.

"뭐?"

"놀라셨다는 거 압니다. 하나밖에 없는 딸 제게 주셔도 아깝지 않을 놈이라고 하셨잖습니까. 절대 후회하지 않도록 행복하게 해 주겠습니다."

"그, 그게 무슨 소리야?"

윤 회장의 시선이 소진에게 닿았다.

"아, 아빠. 이사님과 얼마 전부터 교제 시작했어요. 허락해 주세요."

"교, 교제?"

윤 회장은 놀란 얼굴로 물 한 잔을 벌컥 마셨다.

"저와 이사님, 서로에 대한 마음 진지해요."

처음으로 윤 회장에게 허락이란 걸 구해보는 소진의 마음은 어느 때보다 진지했다.

"제발 허락해 주십시오. 저에겐 이젠 없어서 안 될 사람입니다."

윤 회장은 한동안 말이 없었다. 물 잔을 움켜쥔 채 미동도 하지 않다가 다시 물을 벌컥 마셨다. 이윽고 결심한 듯 굳게 닫혀 있던 윤 회장의 입이 열렸다.

"올해 안에 해결해라."

"네?"

밑도 끝도 없는 윤 회장의 말을 두 사람은 알아듣지 못했다.

"올해 안에 이 녀석 데리고 가라."

"허락……해 주시는 겁니까?"

"허락? 하고 말 것도 없다. 부족하고 철없는 녀석 좋아해 주는 것만으로도 고맙다. 오히려 이 녀석에게 네가 과분하지."

"회장님."

"이 녀석에겐 농인식품이란 백그라운드밖에 없는 녀석이다. 네가 이제 이 녀석의 백그라운드가 되어 주려무나."

온화한 윤 회장의 미소와 함께 준의 손을 잡으며 어깨를 두들겼다. 그동안 불안함에 무거웠던 마음이 한결 가벼워지는 걸 느끼며 소진은 눈에서 뜨거운 눈물이 흘렀다. 이렇게 온화하고 따뜻한 미소를 가진 분이 자신의 아버지라는 사실에 감사하고, 자신을 생각하는 마음이 누구보다 컸던 아버지이기에 소진의 마음이 아렸다.

"아빠."

"감사합니다."

준은 윤 회장의 손을 꼭 잡았다. 이젠 소진의 든든한 백그라운드가 되어 주겠노라 준은 굳게 다짐했다.

"오늘 굉장히 예쁘다."

"평소엔 안 예뻤어요?"

"아니. 오늘 더 예쁘다고. 평소보다 열 배쯤은."

그제야 토라진 척하던 소진이 못 이기는 척 웃어 버렸다. 서 교수에 인사를 가기로 한 날 준은 소진의 집 앞으로 그녀를 데리러 왔다. 소진은 어느 때보다 옷매무새와 화장에 신경을 썼다. 준에게 예쁘다는 칭찬을 받는 게 좋을 수밖에 없었다. 준이 보조석 문을 열어주자 소진이 몸을 실었다.

"아버지께 연락드렸어요?"

"당연하지. 일주일 전에 미리 연락드렸으니까 걱정 마."

소진은 준의 부모님을 뵈러 가는 길이 너무 긴장이 되었다. 잔뜩 얼어 있는 소진의 손을 잡아주며 준이 미소 지었다. 그제야 소진은 긴장이 풀리는 것 같았다. 쭉 뻗어 있는 고속도로를 지나 30분가량을 달려 본가에 도착했다. 집에 들어서자 서 교수가 사람좋은 미소로 소진을 맞았다.

"어이구, 오느라 고생했어."

"안녕하세요."

서 교수는 아들보다 소진에게 먼저 다가가 손을 잡곤 반갑게 맞았다. 그 모습에 준은 서운한 얼굴로 소진의 손을 잡은 서 교수의 손을 떼어냈다.

"아들은 안중에도 없죠?"

"왔구나."

"……왔구나, 라니요. 벌써부터 이렇게 차별하셔도 되는 겁니까?"

벌써부터 찬밥 신세로 전락해 버린 자신의 신세가 처량하다 못해 불쌍하기까지 했다. 준의 항의에도 서 교수의 관심은 오로지 준과 같이 온 소진에게 향해 있었다. 그런 서 교수를 보다 못한 모친이 한마디 거들었다.

"너희 아버지 계속 너희들 언제 오냐고 한 시간 전부터 왔다 갔다 아주 정신이 없다."

"내가 언제 그랬다고 그래, 당신!"

"언제는요. 방금 전까지 전화해 보라고 재촉하던 양반이."

"크흠!"

결국 서 교수는 헛기침을 하며 부인을 노려보았다.

"오느라 고생했어. 어릴 적 얼굴이 그대로네."

"오랜만이에요. 어릴 적 저희 집에 놀러오셨었잖아요."

"어머, 기억나니?"

"네. 서 교수님이랑 마당에 있는 강아지랑 같이 저희 집에 왔었던 기억이 어렴풋이 나요."

가족이란 게 이렇게 따뜻한 거구나. 소진은 처음으로 따뜻한 온기에 녹아 버릴 것 같았다. 웃으며 반갑게 자신을 맞아주는 서 교수와 모친에게 감사했다.

"그러지 말고 앉아서 얘기하자고. 자자."

"내 정신 좀 봐."

모친은 서둘러 주방으로 가 홍차를 내오는 모습이 무척이나 행복해 보였다. 탁자 위에 홍차를 한 잔씩 내놓고 나서 모친은 서 교수 옆에 앉았다.

"정말 고맙구나."

서 교수는 절이라도 할 것 같은 얼굴로 소진에게 말했다.

"네?"

"우리 아들 독거노인에서 탈출시켜 줬잖니. 내가 고마워서 절이라도 하고 싶다."

"아버지!"

"아버지는 왜 찾는 게냐."

소진을 바라볼 때의 눈빛과 자신을 바라볼 때의 눈빛이 이렇게 다를 수 있을까.

"아들 바라보듯 바라볼 수 없으세요?"

"그렇게 하고 있는 건데."

"풋."

소진은 홍차를 마시다 작게 웃음을 터트렸다. 그 바람에 모두의 시선이 소진에게 향했다. 그들에겐 익숙한 모습이 소진에겐 낯설고 따뜻하기까지 했다.

"이런 말하면 실례가 될지 모르지만…… 교수님, 너무 귀여우세요."

"귀, 귀여워?"

곧 며느리가 될 사람에게 귀엽다는 말이 칭찬인지 욕인지 서 교수는 구분할 수 없다는 묘한 표정으로 그녀를 바라보았다. 표정을 보아하니 악의를 갖고 하는 말 같지 않아 서 교수는 칭찬으로 받아들이기로 했다.

"채신머리없게 아들하고 말다툼이나 하고 있으니 그런 거잖아요. 좋아할 일이 아니라구요."

"아, 아니에요. 어린아이처럼 순수하신 것 같다랄까."

부인의 핀잔이 이어질 새라 소진이 손을 내저으며 해명을 하기 바빴다. 하지만 별로 효과가 없었던 모양인지 준이 한마디 거들었다.

"나이 값 못한다는 말이네. 큭."

"이사님."

준마저 웃음을 터트리자 소진은 얼굴이 벌개져 어찌할 바를 몰랐다. 어른에게 뭔가 큰 실수를 저지른 것 같아 소진은 서 교수의 눈치를 살폈다.

"괜찮아, 괜찮아. 내가 이 나이 먹고 별 소릴 다 듣네. 허허."

그래도 좋은지 서 교수는 허허, 웃음까지 흘렸다. 그제야 소진은 긴장이 한풀 꺾인 얼굴로 홍차를 마셨다. 조금 후, 저녁 식사 준비를 마치고 식탁에 앉았다. 서 교수는 큼지막한 갈비를 소진의 앞 접시에 놓아주었다.

"감사합니다."

"꼭꼭 씹어 많이 먹으렴."

서 교수의 무한 애정을 받으며 소진은 주는 대로 다 먹어 치웠다. 배부르다는 말은 핑계로 들릴 것 같았기에 소진은 식사를 마치고 숨도 제대로 쉬지 못할 지경이었다. 더 먹을 걸 주기 전에 준은 방 구경시켜 준다는 말로 소진을 2층 자신이 쓰던 방으로 데리고 들어왔다.

"많이 먹었어?"

"네. 내일까지 굶어도 될 것 같아요."

"한 번 볼까?"

준은 통통해진 소진의 배를 만지며 웃었다.

"정말이죠?"

"응. 그러게 왜 주는 대로 다 먹고 그래."

"에이, 어른이 주시는데 어떻게 안 먹어요."

준은 소진의 허리를 바짝 끌어당겨 자신과 몸을 최대한 밀착시켰다. 놀란 소진은 소리도 내지 못하고 그의 가슴팍을 쳤다.

"왜 이래요."

"왜긴, 좋아서 그러지."

"엉큼하긴."

"안고 싶어 미칠 것 같았다고."

준은 가만히 소진의 등을 쓸며 나지막이 속삭였다. 소진도 그의 손길이 싫지 않아 그의 허리를 양손에 가뒀다.

"누가 들어오시면 어쩌려고 그래요."

"다 큰 아들 방에 노크도 없이 들어오실 정도로 매너 없는 분들은 아니셔."

고개를 숙인 준은 소진의 얼굴 가까이 다가갔다.

"거기다 아들이 여자 친구와 둘만의 오붓한 시간을 방해하실 정도로 눈치 없는 분들도 아니고."

"풋."

소진이 웃음을 터트리며 준의 입술에 그대로 자신의 입술을 부딪혔다. 준은 소진의 양볼을 자신의 손으로 감싸고 그녀의 입김을 모조리 빨아들였다. 아랫입술과 윗입술을 번갈아 맛보던 준은 더 이상 키스를 했다간 무슨 짓을 할지 몰라 그녀를 놓아주었다.

"이사님. 졸업앨범 보고 싶어요."

"졸업앨범?"

"네. 초등학교, 중학교, 고등학교 졸업앨범 있잖아요. 이사님이 어떤 모습이었는지 궁금해요."

"좋아."

준은 책꽂이에서 초등학교 졸업앨범을 가져왔다. 침대에 나란히 앉은 두 사람은 졸업앨범 맨 첫 장에 준의 이름을 찾기 시작했다.

"6학년 3반이라. 어디 보자."

"여기 있다!"

준이 6학년 3반 앨범 첫 장을 넘기기가 무섭게 소진이 쏜살같이 준의 이름을 찾아냈다. 준의 13살 때의 모습은 지금이나 그때나 차가운 얼굴을 하고 있었다. 마치 다가오지 마, 라고 암시를 하는 것처럼 그의 표정은 무척이나 딱딱했다.

"졸업사진 찍는 어린애 표정이 왜 이래요?"

"긴장해서 그래."

"긴장한 얼굴이에요?"

"그럼 무슨 얼굴 같은데?"

소진은 준의 질문에 잠시 생각에 잠겼다.

"뭔가 마음에 안 드는 표정인데요."

"맞아. 이날 입고 가려고 준비해 둔 옷이 있었는데 아침에 우유를 마시다 흘려 버렸었지. 그래서 마음에 안 드는 옷으로 갈아입고 갔었어."

"아, 그래서 이런 얼굴을 하고 있는 거구나."

이제야 이해가 된다는 얼굴로 소진은 고개를 끄덕였다. 중학교, 고등학교 졸업앨범을 보며 소진은 깔깔 웃으며 즐거운 시간을 보냈다. 준의 어린 시절을 안다는 것은 소진에게 또 다른 즐거움이었다.

"다음엔 당신 졸업앨범을 보여줘."

"그럴게요."

"내가 없었던 시간 당신은 어떻게 살아왔는지 나도 무척이나 궁금하니까."

사랑이라는 것은 그런 것일까. 서로에 대해 알고 싶은 것. 서로에 대해 궁금한 것이 늘어가는 것. 그리고 알아가는 것. 소진은 그의 뺨을 어루만졌다.

나의 사랑스러운 그대.

"사랑해요."

"당신보다 내가 더 사랑할 걸."

준이 그녀의 입을 맞추고 떨어지자 소진이 기다렸다는 듯 준의 입술을 훔쳤다.

침대에 누워 준은 불이 꺼져 어두운 천장을 바라보았다. 그러자 소진의 얼굴이 떠올랐다. 잘 자고 있겠지.

"보고 싶다."

회사에서 하루 종일 붙어 있었는데도 돌아서면 보고 싶고 생각이 난다. 그래서 그런지 매일 아침 일어나 출근하는 그의 발걸음이 무척이나 가벼워졌다. 하루 빨리 그녀와 살고 싶은 욕심이 때때로 그를 괴롭히고 있었다. 준은 무슨 생각인지 차 키를 들고 그대로 밖으로 나왔다. 생각하고 따지고 재고 싶지 않았다. 마음 가는 대로 한 번 해보고 싶었다. 차를 타고 무작정 운전한 준은 얼마 지나지 않아 소진의 집 앞에 도착했다. 생각하고 결정하는데 십 분이 채 걸리지 않았고 행동으로 옮기는데 삼십 분이면 충분했다.

높은 담벼락 너머로 보이는 주택 2층 창문은 그의 생각대로 불이 꺼져 있었다. 준은 핸드폰을 열고 메시지 창에 글씨를 썼다.

[당신은 자고 있겠지? 오늘따라 밤하늘이 굉장히 밝다. 당신 생각이 나서 문자해. 잘자.]

준은 피곤한 얼굴로 문자 메시지를 보내고 차에 올라탔다. 막 시동을 거는데 진동 소리에 액정화면을 확인했다.

"안 잤어?"

─네. 잠이 안 와서요. 이 새벽에 어디에요?

"그냥. 밖에 잠깐 나왔어."

─이 새벽에 잠깐 밖에 나갈 때가 어디 있다구요? 빨리 불어요.

소진은 추궁하며 집요하게 물었다. 자고 있을 줄 알았던 그녀에게 덜미를 잡힐 줄이야. 준은 어쩔 수 없다는 듯 입을 열었다.

"당신이 보고 싶어서 집 앞까지 와 버렸지 뭐야."

─집 앞이요?

역시 준의 예상대로 소진은 놀란 목소리로 반문했다.

"응. 지금 가려던 참이야."

─날 보러 왔다면서 보람도 없이 그냥 가겠다구요?

"그럼 나오기라도 하려고?"

─딱 5분만 기다려요. 그냥 가 버리면 나 택시 타고 이사님 집까지 쫓아갑니다.

이런 상황을 원했던 건 아니었는데 준은 그녀가 제 말만 하고 전화를 끊고 나서 어떻게 해야 할지 고민에 빠졌다. 잠깐 그녀의 얼굴을 보고 가는 것도 나쁠 것 같지 않지만, 그러다 회장님께 걸리기라도 하면 그냥 넘어가지 않으실 일이었다. 준이 고민하는 사이 5분이 채 넘기도 전에 대문 너머로 그녀가 나오는 모습이 보였다. 핑크색 잠옷에 카디건을 걸치고 고양이 걸음으로 걸어오는 모습이 꽤 인상적이었다. 조심스레 대문을 열고 밖으로 나온 소진은 인도의 한숨을 내쉬었다.

"정말 나온 거야?"

"이사님은 여기까지 왔잖아요."

소진은 보조석에 몸을 밀어 넣곤 꽤 신이 난 얼굴을 하고 있었다.

"회장님께 걸리면 어쩌려고 그래?"

"이사님이 불러서 나왔다고 하죠, 뭐."

절대 미워할 수 없는 그녀의 말에 준은 가볍게 그녀의 코를 비틀었다.

"얼굴 봤으니까 됐어. 얼른 들어가."

"보자마자 가라구요?"

"그럼?"

소진의 사악한 미소에 준은 불안해졌다.

"드라이브해요."

"이 새벽에?"

"네. 이 새벽에! 완전 신날 것 같아요."

준은 잠깐 고민에 빠진 얼굴이었다. 몇 시간 자고 바로 출근도 해야 하는 것도 문제였지만, 회장님께서 아실까 봐 준은 그게 더 걱정이었다. 하지만, 이왕 여기까지 온 거 한 번 더 배짱 좋게 새벽에 그녀를 납치하기로 했다.

"그러든가. 어디로 갈까?"

준은 동네를 빠져나와 한산한 도로를 달렸다. 소진은 창문을 내리고 눈을 감은 채 시원한 바람을 그대로 맞았다. 어느 때보다 행복해 보이는 소진을 보자 준은 마음을 비우기로 작정했다. 딱 삼십 분만 그녀를 납치하는 거다.

준이 운전해서 도착한 곳은 근처 공원이었다. 새로 생긴 공원이라 꽤 잘 꾸며놓아 젊은 사람들에게 인기가 좋은 곳이었다. 준은 차를 주차시키고 소진의 손을 잡고 공원 안으로 들어갔다. 풀숲이 우거져 있고 그 안엔 작은 호수가 보였는데 안에선 물고기들이 헤엄치는 게 보였다. 거기다 가로등 불까지 더해져서 공원 안이 몽환적인 게 꽤 그럴싸했다.

"나 여기 처음 와요."

"나도 그래."

소진은 호수 가까이 다가가 물고기들이 춤추듯 헤엄치는 걸 가만히 지켜보더니 신기한 듯 손으로 가리켰다.

"귀엽다!"

"응. 그렇지."

"여기 마음에 든다."

"사달라는 건 안 돼. 이래 봬도 월급쟁이라고."

준의 농담에 소진이 웃으며 준의 팔에 자신의 팔을 끼워넣었다.

"자주 와요."

"그건, 돼지. 당연히."

"그런데 새벽에 어떻게 집 앞까지 올 생각을 했어요?"

소진이 뒤늦게 궁금하다는 듯 물었다.

"생각 안 했어. 당신이 갑자기 보고 싶었고 생각과 동시에 차

키를 들고 있더라고."

"말도 안 돼."

"말이 안 되는 일, 세상에 굉장히 많아."

"치."

소진과 준은 호수 바로 앞에 있는 벤치에 앉았다. 마주 잡은 두 손이 어느 때보다 따뜻하다.

"좋다."

"그런데 당신 옷차림이 꽤 웃긴 거 알아?"

준은 큭큭대며 웃으며 소진을 놀렸다. 그제야 급하게 나오느라 잠옷을 입고 있다는 사실을 알아챈 소진은 화들짝 놀라며 카디건을 움켜쥐었다.

"잠, 잠옷이 어때서요?"

"핫 핑크색에 곰돌이 인형이라니. 완전 애들 취향이잖아."

"둘 다 내가 어릴 때부터 좋아하던 거라 그래요. 섹시한 망사로 된 슬립이 아니라 실망했어요?"

소진이 토라진 얼굴로 물었다. 당연히 그쪽이 준의 입장에선 훨씬 땡큐인 셈이지만, 새벽에 그 차림으로 나왔다면 준은 바로 집으로 돌려보냈을 것이다. 망사 슬립 차림의 제 여자는 혼자 감상하고 싶은 게 당연했으니 말이다.

"살짝. 하지만 핫핑크에 곰돌이도 나름 신선해."

"놀리지 말아요."

"진심이야. 망사 슬립은 둘만 있을 때 보자고."

준의 노골적인 짙은 농담에 소진의 얼굴이 발그레해졌다. 준은 그녀의 볼을 잡아당기며 웃었다.

"빨리 당신과 살고 싶다는 말을 하는 거잖아."

"나도 그래요."

"올해 안에 당신 데리고 가도 되겠어?"

"그건 왜 물어요?"

"후회하지 않겠어?"

준이 사뭇 진지한 얼굴로 묻고 있었다. 소진은 단 한 번도 그를 만난 것을 후회한 적 없었다.

"후회 안 해요. 내가 기다리라고 한다고 기다릴 이사님이 아니라는 거 이쯤 되면 나도 안다고요."

"많이 컸네."

"그렇죠?"

"응. 아주 잘 컸어. 예쁘게, 착하게, 내 마음에 쏙 들게."

소진은 준의 목을 양손으로 감싸자 준의 손이 그녀의 허리를 안았다. 그대와의 사랑을 후회하지 않았듯 앞으로도 후회하지 않을 자신 있었다. 이렇게 사랑스럽다는 듯 바라보아 주는 남자, 또 있을까 싶을 정도로 놓치고 싶지 않았다.

"사랑해요."

"알아. 그렇지만 당신보다 내가 더 사랑할 걸."

"치."

"너무 식상한가? 그래도 하는 수 없어. 그건 변함없는 사실이니까."

뻔한 대답인 줄 알면서도 웃게 되는 이 순간이 눈이 부실 만큼 소진은 행복했다. 명품으로 치장하는 거짓된 행복과는 차원이 다른, 마음 한구석이 꽉 채워진 그 느낌. 아마 그것을 단어로 표현한다면 사랑이겠지. 소진은 그의 가슴에 기대 그의 심장 뛰는 소리를 감상했다.

두근두근.

규칙적으로 뛰는 이 심장 소리는 자신을 향한 것이겠지?

……내일도 모레도, 언제나 지금처럼.

에필로그 1

"서은솔, 은은하고 소나무처럼 깨끗하게 자라라는 뜻인데 괜찮지 않은가?"

"서희찬이 제격이지. 발음도 어감도 어떤가? 이름에 담긴 뜻은 또 어떻고?"

"뜻이 어떻든 간에 은솔이 딱이네."

서 교수는 윤 회장의 말을 싸그리 무시하며 일주일을 고심 끝에 지은 '은솔'이란 이름을 끝까지 내세웠다. 윤 회장 또한 서 교수의 의견은 완전히 배제하며 끝까지 '희찬'이란 이름을 고집했다. 정작 부모의 의견은 안중에도 없이 서재에 틀어박혀서는 10개월 후에나 태어나는 아이의 이름 짓기에 열중하고 있었다.

"어허, 이보게. 들어보래도!"

"들으나 마나 내가 지은 이름이 더 좋을 게 분명하네. 이만 단

념하라고."

　말할 기회조차 주지 않고 쐐기를 박는 서 교수의 행동에 잔뜩
뿔이 난 윤 회장은 씩씩대며 느긋하게 차를 마시는 서 교수를 흘
깃 쳐다보았다.

　"나 이번 주 주말 등산 못 가네!"

　"갑자기 그게 무슨 말인가?"

　"못 간다고. 회사 일 때문에 바빠. 내가 얼마나 바쁜 사람인지
몰랐나?"

　"뭐?"

　기다렸다는 듯 윤 회장은 속이 훤히 보이는 말로 서 교수의 심
기를 건드렸다. 사이좋게 산을 타던 두 사람은 어느새 재미에 빠
져 한 달에 한 번 등산을 하는 재미에 빠져 살고 있었다. 윤 회장
이야 건강 때문에 억지로 서 교수의 손에 이끌려 산을 타는 거지
만, 서 교수는 이미 산 타는 맛에 들려 이날만 손꼽아 기다리고 있
던 터였다. 역시 갑작스런 윤 회장의 약속 취소에 서 교수는 단단
히 삐친 듯했다.

　"혼자 잘 다녀오게. 부부끼리 사이좋게 다녀오든가."

　이번엔 윤 회장이 화가 잔뜩 나 있는 서 교수를 향해 미소를 지
으며 찻잔을 들었다. 산이라면 아주 질색을 하는 사람이 바로 서
교수의 부인이었다.

　……하, 이렇게 쉽게 깨지는 얄팍한 우정이었다니. 유치원생들
도 이런 것 가지고 절교하진 않겠다.

　소진은 빠끔히 문을 열어 두 사람의 대화를 엿들으며 고개를 내
저었다. 이제 곧 할아버지가 되는 집안의 어른들이 별것 아닌 것

가지고 저렇게 싸우다 급기야 약속까지 취소를 하다니 정말 유치해서 더 이상 듣고 있을 수가 없었다. 아직 성별도 모르는 아이의 이름이 싸움의 원인이라는 게 소진은 어이가 없어서 말이 나오지 않았다. 아이 이름은 엄마, 아빠가 열심히 고민하고 있는데 할아버지까지 합세하려니 왠지 시끄러워질 것 같다는 생각에 인상을 찌푸렸다. 서재 문을 닫고 1층으로 내려와 안성댁이 정성을 담아 끓인 따뜻한 모과차를 들었다. 상큼한 맛 끝에 약간 떫은맛이 있긴 하지만 소진은 감기에 걸리지 않도록 건강을 잘 챙겨야 했다.

"우리 '가온'이는 할아버지 싸우는 거 듣지 말아요."

소진은 아직 나오지도 않은 배를 쓰다듬으며 준이 붙여준 태명을 부르며 씩 웃었다. 아직까진 가온이란 태명이 입에 붙진 않지만 곧 익숙해질 것 같았다. 세상에 중심에 서다, 라는 뜻의 가온. 누가 아빠 아니랄까 봐 태명도 참 멋지게 짓는다.

쿵쾅쿵쾅.

잔뜩 화가 나 있는 발걸음 소리에 소진은 차를 마시다 말고 주방에서 나왔다. 역시나 잔뜩 뿔이 나 있는 얼굴로 서 교수가 2층 서재에서 내려오고 있었다.

"아버님, 가시려구요? 더 있다 가시지 않고."

"아가, 건강 잘 챙겨라. 먹고 싶은 거 있음 전화하고."

"아버님, 저녁 드시고 가세요."

"아니다, 됐다. 친구가 가는데 나와 보지도 않냐! 우리 우정은 여기서 끝이다!"

소진에게 온화한 미소로 대답하더니 우정까지 들먹이며 고래고래 2층을 향해 소리를 지르던 서 교수는 나가 버렸다. 아이 이름

짓는 게 50년 넘은 우정까지 운운할 정도로 중요한 건가 싶으며 소진의 입에선 깊은 한숨이 터져 나왔다. 서재 문을 열자 그렇게 친구를 보낸 윤 회장의 마음도 그리 편치만은 않아 보였다.

"다 큰 어른들이 지금 싸우는 거예요?"

"저 노인네가 내 말은 듣지도 않고 싫다잖아."

"그래서 아빠 주말만 손꼽아 기다리는 아버님과의 약속을 무참히 깨셨구요?"

소진의 말에 뜨끔했는지 윤 회장의 표정이 바뀌었다.

"지금까지 내가 시간 내서 같이 산에 다녀준 게 몇 번인데."

"생색까지?"

"너도 이제 시댁 사람이다 이거냐?"

소진의 말을 고깝게 알아듣곤 윤 회장이 서럽다는 표정을 지었다. 그리곤 어느 때처럼 서랍장에서 모친의 사진을 쓰다듬고 있었다.

"아직 성별도 모르는 아이 이름 가지고 싸우고 그러세요?"

"사내든 여자애든 은솔이란 이름은 어느 쪽이든 잘 어울리지 않냐?"

동조를 구하는 애처로운 눈빛에 소진은 하, 하고 웃어 버렸다.

"아빠, 그래도 그렇지 아버님 한 번 삐치면 오래가는 거 몰라요?"

"흥! 아쉬운 사람이 우물 파는 거지."

그 말은 곧, 서 교수가 화해를 청하러 올 것이라고 확신하고 있었다.

"우리 가온이가 커서 배우면 안 될 텐데 걱정이야."

"서 교수의 옹졸함은 배우지 말아야 할 텐데."

윤 회장은 고개를 내저으며 빈 종이에 은솔이란 이름을 적으며 히죽거렸다.

"할아버지 되는 게 그렇게 좋아?"

"당연하지."

"우리 가온이는 복 터졌네. 외할아버지에 할아버지, 할머니 사랑까지 듬뿍 받을 테니까."

"허허. 그러게 말이다."

소진은 어느새 윤 회장과 함께 웃음 짓고 있었다. 빨리 만나고 싶다, 우리 가온이.

저녁 식사를 마치고 준과 침대에 누워 소진은 초음파 사진을 보고 있었다. 아직까지 소진은 뱃속에 콩알만 한 게 숨 쉬고 있다는 게 믿겨지지 않았다.

"당신은 여자아이였음 좋겠어요? 아님 남자아이였음 좋겠어요?"

"음, 어느 쪽이든 건강하기만 했으면 좋겠는데."

"그렇죠?"

소진은 빙그레 미소 지으며 준의 품을 파고들었다.

"여자아이면 당신 닮고, 남자아이면 날 닮았으면 좋겠다."

"그러게요. 당신 닮은 아들, 날 닮은 딸. 생각만 해도 도란도란 재미있을 것 같아요."

"응. 아주 시끄러울 거야."

준의 말에 소진은 동의한다는 듯 고개를 끄덕이다 낮에 다녀간

서 교수가 생각나 말을 꺼냈다.

"참, 아까 아버님 왔다 가셨어요. 그런데 아빠랑 대판 싸우고 절교 선언 하시고 가셨어요."

"뭐 때문에 절교 선언까지 한 거야?"

준의 물음에 소진은 웃음이 터져 버렸다. 곧 일흔이 다 되어 가는 어른들이 태어날 아이 이름 짓다 싸웠다는 말을 들으면 준도 자신과 같은 반응일 것이다.

"그게 우리 가온이 때문이에요."

"그게 무슨 말이야?"

"우리 가온이 이름 짓는다고 두 분이서 머리 맞대고 생각하다 싸우셨어요. 시작은 좋았는데 끝이 영……."

조용히 듣고 있던 준은 소진이 말한 상황이 떠오르자 웃어 버렸다.

"그렇다고 절교까지 할 것까지 없잖아."

"그게 아버님이 고집을 부리니까 아빠가 이번 주 등산 안 간다고 말해 버렸거든요. 그 바람에 아버님은 완전히 삐치셔서 절교 선언하시고 쌩 나가 버리셨어요."

"그렇다고 나이 먹어서 절교라니. 마음에도 없는 소릴 하셨군."

준은 유치한 두 어른들의 행동이 이해가 안 간다는 듯 고개를 내저었다. 어쩜 이렇게 하는 짓이 똑같을 수가 있을까 하면서도 비슷하기 때문에 50년 넘는 우정을 이어온 게 아닐까 싶기도 했다.

준과 소진은 결혼하고 1년가량은 분가해 살았으나, 소진이 임신한 뒤로 처가에 들어와 살고 있었다. 준의 잦은 야근으로 소진을 혼자 집에 둘 수 없는 노릇이었기에 생각해 낸 묘책과도 같았다. 거기다 이 큰 집에 윤 회장 혼자 지내려니 적적해 하는 것 같아 준의 마음이 편치만은 않았던 것이다. 어쩌다 한 번씩 바둑을 두러 서 교수가 왔다 갔다 하며 등산을 하며 지내는 덕에 윤 회장이 건강을 되찾고 있었다. 덕분에 마음이 한결 편했던 준은 서 교수가 토라져 버렸으니 어쩌나 싶었다.

"그러지 말고 아버님과 한 번 통화해 봐요."

"그래. 당신은 아버지 일 신경 쓰지 마. 그냥 한 번 해본 소릴 테니까."

"알았어요. 그나저나 어쩌면 좋아요?"

소진의 근심을 덜어주었다고 생각했건만 준은 또다시 그늘진 소진의 얼굴에 걱정 어린 눈으로 바라보았다.

"왜?"

"아빠랑 아버님이 지어주신 이름 중에 어떤 걸 골라야 하느냐구요."

"이그, 그게 걱정이셨어?"

준은 이런 소진이 귀엽다는 듯 코를 살짝 비틀었다.

"그렇잖아요. 하나를 고르면 선택받지 못한 분은 분명 서운해할 텐데요."

"생각해 보니 그렇군."

"듣자 하니, 아버님은 은솔로 밀고 계시고 아빠 희찬으로 밀고 계세요. 성별도 모르는 아이 이름 먼저 지어서 어쩌자는 건지."

어떻게든 해결을 해달라는 눈빛으로 소진이 준을 바라보았다. 은솔과 희찬이라.

"당신은 어느 쪽이 더 마음에 들어?"

"여자아이 이름으로 은솔, 남자아이면 희찬이 어울릴 것 같긴 해요."

준은 소진의 말을 들으며 두 분을 화해시키고 선택받지 못해도 서운해하지 않을 묘책이 떠올랐다. 이렇게 쉽고도 간단한 해결책이 있을 줄이야.

"걱정 마. 내가 해결할 테니. 당신은 태교에 신경 써."

자신감 넘치는 말로 소진을 안심시킨 준은 소진을 품에 꼭 안았다.

일주일 후, 소진의 애교에 못 이기는 척 넘어간 서 교수가 일주일 후 저녁 식사 시간에 맞춰 집으로 왔다. 윤 회장과 서 교수 사이엔 아직까지 앙금이 남아 있는 모양인지 서로 본체만체했다. 식탁에 모여 앉아 냉랭한 저녁 식사를 마치고 차를 마시면서도 서로 못마땅한 얼굴이었다.

"두 분 언제까지 이렇게 지내실 거예요?"

"먼저 절교를 한 사람은 저 노인네다."

"그렇게 만든 게 누군데."

소진은 한숨 섞인 숨을 내쉬며 준에게 시선을 돌렸다. 지금 상황을 깔끔하게 정리해 줄 수 있는 사람은 준밖에 없었다.

"그러지 마시고 이렇게 하면 어떨까요?"

소진에게 바통을 넘겨받은 준은 두 사람을 번갈아 보며 말을 꺼냈다. 역시나 뭔가 해결책을 내놓을 것만 같은 준을 바라보는 두 사람의 시선은 꽤 구미가 당기는 듯했다.

"두 어른들이 힘겹게 이름을 지어주셨는데 모른 척할 수야 없죠. 그런데 아직 아이 성별도 모르는데다 이름을 덥썩 지었다가는 나중에 두고두고 원망 듣는 수가 있습니다."

"그게 무슨 말이냐?"

"아버지 생각해 보세요. 여자아인데 이름이 희찬이면 크면서 얼마나 놀림받겠어요?"

준의 언변에 서 교수도 잠시 생각에 잠긴 듯했다. 윤 회장도 동조의 눈빛으로 준을 바라보고 있었다.

"그래서 결론을 내린 게 아들이면 희찬으로, 딸이면 은솔로 이름을 붙이면 어떨까 합니다. 그 정도 양보는 해주실 수 있죠?"

서 교수와 윤 회장은 서로 눈치를 살피며 헛기침만 하고 있었다. 소진은 준이 말한 해결책에 감탄을 하며 반쯤 넘어온 두 어른들의 반응에 준에게 환호의 시선을 보냈다.

"……뭐 어쩔 수 없지."

서 교수가 먼저 운을 떼자 윤 회장도 기다렸다는 듯 '그러마' 하고 짤막하게 대꾸했다.

"두 분도 얼른 화해하세요. 나중에 우리 가온이 태어나도 이렇게 싸우고 계실 거예요?"

서로 어색한 시선을 주고받던 서 교수와 윤 회장은 소진의 등쌀에 못 이겨 애매하게 화해를 했다. 윤 회장이 어색한 말투로 바둑이나 두자고 했고, 서 교수는 못 이기는 척 윤 회장의 뒤를 쫓아 서재로 들어갔다.

"꼭 멍석을 깔아줘야 한다니까."

"그러게 말이에요. 어쩜 이렇게 애들 같을까."

준과 소진은 2층으로 올라간 두 아버지들을 보며 흐뭇한 미소가 입에 걸렸다. 하지만 그것은 10분도 채 가지 못했다. 위에서 또 다시 누가 먼저 랄 것 없이 고집과 심통을 부리고 있었으니 말이다.

　……이번엔 과연 누가 먼저 내려오실까.

에필로그 2

　팔짱을 낀 채로 의자에 앉아 포즈를 취하는 희찬은 크레파스로 도화지에 자신의 초상화를 그리고 있는 동생 은솔이 굉장히 불안하기만 하다. 이제 막 다섯 살이 된 은솔은 한참 크레파스로 이것저것 칠하고 그리기를 반복하는 것에 흥미가 떨어진 모양인지 오빠 희찬을 붙들고 그려주겠다고 했다. 한참 샬록 홈즈 마지막 시리즈에 빠져 있던 희찬은 그런 동생이 귀찮아 본체만체하다 집이 떠나가라 우는 동생의 울음소리에 그만 할아버지 손에 이끌려 억지로 의자에 앉게 되었다. 이 집에서 은솔의 말 하나면 할아버지는 물론이고 아빠까지 껌뻑 죽으니 어쩔 수 없는 노릇이었다. 외할아버지와의 등산만이 은솔에게서 벗어날 수 있는 길이라 생각하면 희찬은 인내심을 가지고 기다렸다.

　"다 됐어?"

"움직이지 말랬지!"

야무진 동생의 으박에 희찬은 뒷머리를 긁적이나 불만스러운 얼굴로 은솔을 노려보았다. 고사리 같은 손으로 크레파스를 꾹 쥐고 열심인 동생이 꽤 대견스럽기도 했다. 딱 거기까지였다.

"짠!"

꽤 뿌듯한 얼굴로 스케치북을 돌리는 순간 희찬의 얼굴은 처참히 일그러졌다. 눈, 코, 입만 붙어 있다고 사람이 아니란 어른들의 말을 이제막 초등학생이 된 희찬이 이해하게 될 줄은 몰랐다.

"이게 뭐야. 완전 괴물이잖아."

"아니야. 오빠야. 희찬이 오빠."

"이게 어디 봐서 나냐?"

아무리 봐도 자신의 얼굴의 생김새와 거리가 먼 초상화를 보며 희찬은 난감한 얼굴로 그림 을 훑어보았다.

"음? 똑같이 생겼는데. 여기 눈, 여기 코, 여기 입. 똑같지?"

"눈, 코, 입만 붙어 있음 나냐? 그럼 너 해. 너랑 완전 판박인데."

"판박이? 그게 뭐야?"

고개를 갸웃거리며 묻는 은솔의 질문에 희찬은 또박또박 대답해 주었다.

"똑같이 생겼다고. 서은솔 너랑."

"으아아앙!"

자지러지게 소리를 지르며 은솔이 울어댔다. 은솔의 울음소리를 듣고 2층으로 올라올 할아버지 생각에 희찬은 어찌할 바를 몰랐다. 달래도 보고 웃겨도 봐도 은솔의 울음은 멈출 줄 몰랐다.

"은솔아, 오빠가 은솔이 그려줄게. 뚝 해."

"훌쩍. 은솔이 그려준다구?"

관심이 생기는지 은솔은 훌쩍이며 손등으로 눈물을 닦아내며 연신 물어보았다. 하기사 희찬은 동생과 놀아주기 보다 책 읽는 걸 더 좋아해 할아버지와의 거래가 있지 않는 이상 은솔과 놀아주지 않았다. 은솔은 늘 놀아달라고 떼를 쓰며 우는 게 일상이었으니 새삼 자신을 그려준다는 오빠의 행동이 반가웠을 터다.

"뚝 해. 울면 예쁘게 못 그려."

손으로 은솔의 눈물을 닦아내며 희찬이 웃었다. 은솔이도 좋은지 그제야 배시시 웃었다.

"오빠가 예쁘게 그려줄게."

"응!"

희찬은 꽤 열심히 은솔의 초상화를 그리기 시작한 지 이십여 분 뒤에 뿌듯한 미소를 지었다. 쌍커풀이 지고 큰 눈에 앵두 같은 입술에 통통한 볼, 가족 중 누가 봐도 은솔이라고 말할 수 있을 정도로 똑 닮았다.

"오빠, 다 그렸어?"

"짜잔!"

"와!"

오빠가 건넨 그림을 보며 은솔이 감탄사를 내뱉었다. 자신이 그린 희찬의 초상화와 어떻게 다른지 알긴 아는 모양인지 희찬의 그림을 보곤 언제 울었냐는 듯 방글방글 웃었다.

"엄마한테 자랑해야지."

그렇게 방을 나가 버린 동생을 바라보며 희찬은 고개를 내저었다. 어쩜 저렇게 단순할 수가. 울었다 웃었다, 화냈다 삐쳤다. 동생의 감정은 참으로 풍부했다. 하지만 이렇게 쉽게 방에서 나가주니 지금까지 힘들게 했던 고난의 시간들은 금세 싹 달아났다. 희찬은 기지개를 펴며 보던 책을 마저 보려는 순간 동생이 남겨놓은 흔적이 눈에 들어오자 깊은 한숨을 내쉬었다.

동생은 너무 피곤해.

"말썽꾸러기. 서은솔."

"이제 와요? 피곤하죠?"

요 근래 야근을 밥 먹듯이 하는 준의 얼굴은 금세 수척해져 있었다. 소진은 안타까운 얼굴로 준의 얼굴을 쓰다듬었다. 준은 괜찮다는 듯 고개를 내젓곤 가방을 소진에게 건넸다.

"아버님은?"

"아버님과 등산 가셨어요. 내일이나 오신데요. 아버님과 등산 다니신 이후로 건강이 많이 좋아지신 것 같아 다행이에요."

오붓한 부부의 시간을 보낸 지 채 1분도 지나지 않아 2층에서 우당탕 소리가 들리더니 은솔이 뛰어와 준의 품에 안겼다.

"아빠!"

"다치면 어쩌려고 그래! 엄마가 뛰지 말랬지? 서은솔!"

추상같은 엄마의 혼쭐에 은솔은 기가 팍 죽어 지그시 아빠를 쳐다보았다. 눈물 그렁그렁 쳐다보는 모양새가 구조 요청을 바라는 것 같았다. 소진은 그 모습에 기가 차 웃음이 나왔다.

"우리 공주님 뛰면 안 돼."

준이 은솔을 번쩍 안아들곤 한 바퀴 돌자 그제야 은솔은 기분이 풀린 듯 방글 웃었다.

"아빠, 씻고 올게."

"응! 나 보여줄 거 있어. 빨리 와야 해!"

"우리 공주님이 뭘 보여주려고 그러시나. 아빠 빨리 씻고 올게."

큼지막한 손으로 은솔의 머리를 쓰다듬으며 준이 2층으로 올라갔다. 준은 방을 지나가 서재 문고리를 지그시 돌렸다. 안에선 고도의 집중력을 발휘하며 독서를 하고 있는 희찬이의 모습이 보였다.

"뭘 그렇게 재미있게 봐?"

"아빠!"

희찬은 오랜만에 보는 아빠의 얼굴이 반갑다는 듯 의자에서 뛰어 내려왔다. 준은 희찬이 보고 있던 책을 덮어 제목을 확인했다.

"그걸 다 읽은 후엔 뭘 볼 거지?"

희찬은 서재를 가만히 훑었다. 우뚝 서 있는 책꽂이엔 희찬이 아직 보지 못한 책들이 무수히 많이 있었다.

"글쎄. 이 책 마저 본 후에 생각해 볼게."

"짜식. 책이 뭐가 재미있다고. 아빠랑 목욕이나 할까?"

"지금은 이 책을 마저 읽고 싶어. 미안, 아빠."

준은 서운한 듯 희찬의 머리를 흐트려뜨린 후 서재에서 나왔다. 서재는 준이 업무를 볼 때 사용하려고 만들어 둔 공간이지만, 어째 희찬이 더 많이 사용하는 듯했다. 방문을 열고 들어가자 기다렸다는 듯 소진이 준의 허리에 손을 둘렀다.

"목욕물 받아 놨어요."

"오랜만에 당신과 같이 목욕해야겠군."

기다렸다는 듯 소진은 준의 입술을 가만히 훑었다. 그리고 누가 먼저랄 것도 없이 서로의 입술을 탐하고 옷을 벗었다. 준은 소진을 안고 욕실로 들어섰다. 알맞게 따뜻한 물속에 들어가자 피곤이 녹아내리는 것 같았다.

"쿡쿡."

소진이 갑자기 웃음을 터뜨렸다. 웃음의 의미를 묻는 준의 시선을 느낀 소진은 여전히 웃음기를 머금으며 말했다.

"희찬이가 글쎄 은솔이 초상화를 그려준 거 있죠?"

"희찬이가?"

놀랍다는 듯 준이 반문했다. 동생을 귀찮아하며 독서만 하는 희찬은 참 별종이라 생각했었다. 그런데 그런 녀석이 동생을 그려줬다니 놀라울 수밖에 없었다.

"아주 잘 그렸던데요. 재능 있나 봐요."

"당신도 대한민국 주부라는 거야? 자기 자식이 뭐만 해도 재능 있다는 소리 하고."

"쿡. 어쨌든 은솔이가 스케치북 들고 주방까지 뛰어왔다구요."

"나도 한 번 보고 싶군."

준은 소진의 허리를 바짝 끌어당겼다. 소진의 말끔한 등을 손으로 가만히 쓸었다.

"아까 은솔이가 보여준다는 게 그거예요. 자랑하고 싶어 죽겠나 봐요."

"정말?"

"응. 내일 아빠랑 아버님 오면 자랑할 거라고 벼르고 있어요."

"이거 기대 이상이면 어쩌지?"

소담하고 풍성한 소진의 가슴을 한 손에 쥔 채로 준은 소진의 등에 기대어 눈을 감았다. 철렁, 하며 물소리가 나며 소진이 몸을 돌려 준을 바라보았다.

"여기서 자면 어떻게 해요?"

"잔소리는."

준의 손이 소진의 뺨을 감싸는가 싶더니 그대로 입술을 훑었다. 소진의 귓불에서 목으로 가슴까지 준의 입술로 도장을 찍으며 정복해 나갔다. 소진의 부푼 가슴을 쥐고 꽃잎을 손을 집어넣어 애무하자 소진의 입에서 흐느끼는 신음 소리가 터져 나왔다.

"당신, 벗고 있는 몸은 언제나 봐도 흥분된다고."

"당신도, 참."

준은 그대로 젖어 있는 소진의 몸속에 자신의 분신을 밀어 넣었다. 아무리 피곤해도 며칠만에 소진의 알몸을 본 자신의 분신이 빳빳하게 고개를 치켜들고 있으니 어쩔 수 없는 노릇이었다.

"당신 때문이니까 책임져."

샤워가 끝나기가 무섭게 은솔은 안방 문을 힘차게 두드려댔다. 고새를 못 참고 희찬이 그려준 스케치북을 가지고 달려온 모양이었다. 머리를 말리다 말고 준은 문을 열자 조금 전처럼 은솔이 와락 품에 안겼다. 은솔을 안고 소파에 앉자 은솔은 보물처럼 품에 가지고 있던 스케치북을 준에게 보여주었다.

"오빠가 은솔이 그려줬어."

"오, 제법인데."

그림을 건네받은 준은 준은 그림을 보자마자 절로 감탄이 흘러나왔다. 통통한 볼 하며 소진을 닮아 진한 쌍커풀에 오밀조밀한 작은 입술까지. 꽤 신경을 쓰고 그린 그림이었다.

"누가 은솔인지 모르겠는 걸?"

"푸핫! 아빠 여기, 내가 은솔이잖아."

뒤늦게 욕실에서 나온 소진은 머리를 털며 소파에 앉아 재롱을 부리고 있는 은솔의 뺨을 꼬집었다.

"손이 이게 뭐야. 손에 크레파스가 잔뜩 묻었네. 얼른 손 닦고 와야지."

은솔은 싫다고 아등바등하며 준의 뒤에 숨어 버렸다. 숨바꼭질이라도 할 모양인지 준의 뒤에서 나올 생각을 안 했다.

"서은솔~ 머리카락 다 보이지롱."

얼굴을 양손으로 가린 채 준의 등 뒤에서 숨어 있던 은솔은 소진이 얼굴을 내밀자 꺅! 하곤 방에서 뛰쳐나갔다.

"뛰지 말라고 엄마가 얘기했지. 다치면 어쩌려고 해."

아니나 다를까, 쿵쿵 소리를 내며 뛰던 은솔이 복도에서 넘어져 눈물을 글썽이고 있었다. 소진은 고개를 내저으며 한숨을 내쉬곤 다가가려는데, 서재에서 희찬이 나와 소진과 똑같이 한숨을 내쉬곤 소진에게 다가갔다.

"오빠가 뛰지 말랬지."

"흐어엉!"

"누가 보면 내가 때린 것 같잖아. 뚝 해!"

희찬은 손으로 눈물을 닦아내며 은솔을 달랬다. 조금 후, 은솔
의 울음소리가 잦아들기 시작했다. 훌쩍이며 옷자락을 잡는 은솔
의 손에 크레파스가 잔뜩 묻어 엉망이 되어 있는 것을 희찬이 뒤
늦게 확인했다.

"이리 와. 화장실 가서 씻어야겠어."

끄덕끄덕. 제 오빠 말이라면 은솔은 토 달지 않고 잘 따랐다.
희찬은 은솔의 손을 잡고 화장실로 들어가 비누로 손을 깨끗이 씻
긴 뒤 수건으로 물기를 닦아 주었다.

"이제 깨끗해졌지?"

"응! 신난다."

"이렇게 칠칠맞아서 유치원은 어떻게 다닐 거야?"

"헤. 오빠, 인형놀이 하고 놀자."

"남자는 인형놀이 같은 거 안 해."

단박에 거절당하자 은솔의 얼굴이 시무룩해졌다.

"나 동화책 읽어줘."

"오빠 책 읽고 있어."

"오빠 미워!"

은솔은 단단히 삐친 듯 씩씩대며 희찬을 노려보았다. 그래도 소
용없다는 듯 희찬은 화장실에서 나와 서재로 들어갔다. 읽던 책을
마저 읽으려고 의자에 앉는데 문이 빠끔히 열리면서 누군가 쳐다
보고 있었다. 분명 들키지 않게 조심스럽게 한다고 한 행동이겠지
만 희찬에게 너무 눈에 띄는 행동이었다. 신경 쓰지 않고 책에 집

중하려는데 밖에서 자신을 주시하고 있으니 희찬은 글씨가 눈에 들어오지 않았다.

"들어오려면 들어와."

"나 책 읽어도 돼?"

"책은 읽을 줄 알고?"

읽어 달라는 게 아니라 읽어도 돼, 라는 질문에 희찬은 은솔이 자신의 눈치를 보고 있음을 깨달았다.

"책 갖고 와. 읽어 줄게. 딱 30분 만이야."

"응!"

소파로 자리를 옮기자 은솔이 옆에 찰싹 붙어 앉았다. 희찬은 속으로 생각했다.

여자는 귀찮단 말이야.

다음 날.

"흐어어어엉!"

일어나자마자 은솔이 집이 떠나가라 울어대기 시작했다. 희찬의 유치원 복을 챙기고 있던 소진은 은솔의 울음소리에 방으로 뛰어갔다.

"은솔아, 왜 그래?"

닭똥 같이 굵은 눈물을 흘리던 은솔은 엄마를 보자마자 품에 안겨 서럽게 울어댔다. 소진은 은솔을 달래면서도 일어나자마자 은솔이 무엇 때문에 자지러지게 우는 것인지 궁금했다. 은솔을 안고 달래던 중 소진의 눈에 무언가 갈색 액체가 묻어 얼룩져 있는 스케치북이 눈에 들어왔다. 손에 들고 냄새를 맡자 동물적인 직감으로 커피였다. 그제야 소진은 왜 아침부터 은솔이 이렇게 우는지 짐작할 수 있게 되었다. 희찬이 그려준 그림이 엉망이 되어 있으니 은솔이 이런 반응을 보이는 것도 예외는 아니었다.

"울지 마. 은솔아."

"엄마, 오빠가 그려준 그림. 은솔이 그림…… 엉엉!"

"엄마가 다시 그려줄게. 울지 마. 뚝."

이런 짓을 할 사람은 남편밖에 없었다. 분명 커피를 마시며 그림을 보던 중 커피를 쏟은 게 분명했다. 어떻게 이런 짓을 해놓고 아무 언질도 없이 출근할 수가 있는가. 소진은 은솔을 어르고 달래 보았지만 은솔의 울음이 잦아들긴 커녕 더욱 커지고 있었다. 어찌나 고집이 센지 한 번 울기 시작하면 끝까지 우는 집요함이 있었다. 어쩔 수 없이 소진은 희찬의 방으로 달려갔다.

"아들, 딱 오 분만."

"왜요?"

"은솔이 그림 다시 그려주라."

"저번에도 학교 지각한 거 엄마도 알죠?"

희찬이 퉁명스럽게 대꾸했다. 지난번 비슷한 일 때문에 희찬이 학교를 지각하는 일이 발생했던 것이다. 이제 겨우 초등학교 1학년인데 벌써부터 학업에 목매는 모습에 소진은 늘 희찬에게 추억을 많이 만들며 즐기라고 말해주지만 이번만큼은 소용없을 것 같았다. 하지만 소진은 여기서 포기할 수가 없었다.

"은솔이가 저렇게 우는데 안쓰럽지도 않아? 오 분만, 오 분이면 되잖아."

"늦었다니까."

"어떻게 지 아빠랑 저렇게 똑같이 매정해. 은솔이 한 번 울면 하루 종일 우는 거 아들도 알잖아."

희찬은 말없이 옷을 챙겨 입고 학교에 등교 할 채비를 마쳤다. 정말 오 분도 내줄 생각이 없어 보이는 매정한 아들을 보며 소진은 머리를 쥐어박고 싶었다.

"몰라요. 엄마가 선생님한테 미리 전화나 해줘요."

희찬은 끝까지 좋지 않은 얼굴로 대꾸하며 은솔의 방으로 가 소진보다 익숙하게 은솔을 달랬다. 희찬이 다시 그려준다고 했는지 은솔은 다시 방긋 웃었다. 소진은 오늘 아침의 사태를 일으킨 주범에게 문자를 보냈다.

―당신, 오늘 집에 올 때 각오해.

- The end

후기

수정을 하고 있으니 벌써 첫눈이 기다려지는 겨울입니다.

유난히도 뜨거웠던 폭염 속에서 어떻게 글을 썼는지 기억이 가물가물하네요.

그래도 이렇게 무사히(?) 출간된다고 하니 오랜만의 출간이라 두근거립니다.

원고를 볼 때마다 재미있다고 해주시는 손 팀장님, 고마워요.

표지 시안도 여러번 고쳐 주신 이름 모를 디자이너님(?) 고맙습니다.

ㄷ
향

사랑, 그 설렘에 취하고 향기에 물들다.

사랑, 그 설렘에 취하고 향기에 물들다.